Eloy Moreno

Ricomincio da te

Romanzo

Traduzione di
Silvia Bogliolo

TEA

Per informazioni sulle novità
del Gruppo editoriale Mauri Spagnol visita:
www.illibraio.it
www.infinitestorie.it

TEA – Tascabili degli Editori Associati S.p.A., Milano
Gruppo editoriale Mauri Spagnol
www.tealibri.it

Prima edizione italiana presso Corbaccio, gennaio 2012

Titolo originale
El bolígrafo de gel verde

Prima edizione TEADUE maggio 2013

La sapete quella delle due vecchie signore in villeggiatura sui monti Catskill e una dice: «Mamma, come si mangia male in questo posto!»

«Oh sì, il vitto è uno schifo, e oltretutto ti danno porzioni così piccole!»

Be', questo è essenzialmente quello che io provo nei riguardi della vita: piena di solitudine e squallore, di guai, di dolori, di infelicità... e oltretutto dura troppo poco...

Woody Allen, *Io e Annie*

Una vita – qualsiasi – si riassume in una serie di avvenimenti speciali, di punti e a capo. Punti che, per quanto tempo passi, rimangono intatti nella memoria, indelebili fino all'ultimo giorno.

Se desideriamo rivederli, è sufficiente fermarci a pensare a ciò che abbiamo (o non abbiamo) fatto nel corso degli anni e la successione di quelle immagini, sparse nella nostra mente, emerge dal semplice *unire i puntini* della nostra esistenza.

Di solito non sono eventi trascendentali ma momenti comuni, insignificanti per chiunque altro ma fondamentali per noi stessi: il primo «ti amo», la morte di un parente o di una persona cara, la frontiera che si innalza la prima volta che ci danno del «lei», l'incontrollabile tremito delle gambe subito dopo un incidente, le notti passate in ospedale a promettere cose a un dio che poi dimentichi, il primo bacio sulle labbra o il primo in bocca – non è mai lo stesso –, il peggior litigio con il tuo miglior amico, veder sorgere il sole, la cicatrice più grande che hai sul corpo, il nascere di una vita, le notti a casa dei nonni, scoprire che un incubo era solo un incubo o la prima volta che ti rendi conto che quando qualcuno vuole comprare c'è sempre un altro che, alla fine, vende.

TESORO

Dopo quasi due settimane di ostinazione, motivati esclusivamente dalla forza di volontà, ci convincemmo che ormai ci mancava poco per finirla. Già nell'estate precedente eravamo arrivati alla conclusione che fosse indispensabile procurarci un luogo dove ripararci dal sole della Mancha; un rifugio dove difenderci dall'arsura a cui non riuscivamo ad abituarci, noi che venivamo dalla costa.

Avremmo potuto aspettare il refrigerio del tardo pomeriggio – anche se adesso, dalla prospettiva del ricordo, non so se questo avrebbe alterato in alcun modo ciò che accadde in seguito – ma i giorni passavano troppo rapidi e solo agosto era nostro.

Quel pomeriggio cominciammo presto. Con il dolce ancora tra i denti, ci alzammo da tavola per attraversare, con passi che quasi erano salti, il lungo corridoio che separava la saletta da pranzo dalla spaziosa cucina, con il frigorifero che aveva incorporato il surgelatore, la cucina con forno e fornelli alimentati dalla bombola a gas, il lavello in marmo ingiallito, due sedie con la seduta in paglia e lo schienale in legno e un tavolo accostato al muro da cui pendeva, ormai da anni, lo stesso calendario: una signorina giovane –

o forse non tanto – che dalla scollatura di una tuta blu mostrava un seno generoso unto di macchie d'olio, Officine Garrigo 1981.

Dalla cucina, attraverso una tenda di canniccio, si accedeva al portico lungo e stretto. Quattro balzi ed eravamo alla scala – ripidissima, con i gradini crepati e la ringhiera arrugginita – che portava giù al patio.

Il patio non era grande ma enorme. Di terra battuta e forma rettangolare, ospitava sulla sinistra una vasca per i pesci accanto a un mezzo campo da basket; alle estremità c'erano due gigantesche porte da calcio e sulla destra, in fondo, l'angolo dove ci stavamo affannando da giorni.

Quel venerdì pomeriggio si annunciava, come d'abitudine, tranquillo e pacifico, come il resto di quel mese d'agosto. Il cielo, di un azzurro terso e cristallino, non offriva ostacoli di sorta a un sole che sembrava deciso ad arrostire la terra su cui camminavamo. Il vento non riusciva a smuovere neppure la girandola che avevamo legato in cima all'unico albero del giardino. E il silenzio che ci circondava era così intenso che, senza neppure farci caso, ci assordava.

Iniziammo i preparativi per un'altra dura giornata di lavoro, l'ultima se tutto andava bene – e alla fine fu l'ultima anche se tutto andò a catafascio. Piazzammo i nostri sgabelli di vimini sotto il muraglione di pietra, approfittando di una piccola frangia d'ombra che, a partire dalle tre, cominciava ad allungarsi. Ci dividemmo il lavoro per recuperare il materiale necessario: la vecchia sega col manico rotto che a malapena segava, la cassetta degli attrezzi piena di chiodi, viti e dadi, i due martelli, le pinze gialle e alcuni cacciaviti che ogni giorno abbandonavamo qua o là. E così, senza che ne avessimo il minimo sospetto, nel volgere di un paio d'ore un sereno pomeriggio d'agosto ci si rivoltò contro.

Quell'angolo, il nostro, quello spazio dove trascorrevamo tutto il giorno, da un covo di bambini diventò una fucina di sogni. Un luogo dove si accumulavano – oltre a mattoni, legni, tegole e ferraglie varie – anche segreti, progetti, conversazioni che in quegli anni non rivelavamo a nessun altro.

Sono stato, nel corso della vita, in molti angoletti simili – più o meno accoglienti, più o meno spigolosi – ma non sono mai riuscito a ritrovarci ciò che tanti anni fa lasciammo in quel nascondiglio che fu solo nostro.

Trascorremmo lì quelle giornate che in breve avrebbero segnato la fine dell'estate e contemporaneamente la fine di tutte le nostre estati insieme. Si erano già conclusi i giorni del progetto, dei bozzetti preparatori e dei primi mattoni della base; finito il delicato momento di coprire il vuoto della porta, di allineare le pareti, di equilibrare la struttura. Tutte quelle mattine e pomeriggi, con le loro ore, i minuti, le risate e i litigi, erano passati. E, con il trascorrere del tempo, arrivò il giorno più importante: la posa del tetto.

Occupammo la mattina di quel venerdì a scartare decine di tavole troppo tarlate; ne salvammo a malapena otto o nove ma erano sufficienti. Quattro e quattro, questa fu la divisione: prima Toni e poi io; e poi ancora Toni e poi io un'altra volta. E così, lentamente, tremando tanto quanto vacillava la struttura, le mettemmo in posizione.

Il pomeriggio trascorse a cercare tegole. Ce n'erano tante ma erano quasi tutte rotte. Se ne andò più di un'ora prima che riuscissimo a metterne insieme una ventina passabili. Le ripulimmo con cura, con uno straccio, facendo impazzire le forbicine che le abitavano e la maggior parte, scappando, ci salì sulle braccia.

Con meticolosità chirurgica, le appoggiammo sulle tavole – un peso eccessivo per quei legni sottili – scartando l'idea di creare una pendenza: sarebbe stata inutile perché lì, in estate, non pioveva quasi mai.

Saranno state circa le cinque quando posammo l'ultima tegola: l'opera era conclusa.

Silenzio, fu questo il nostro giubilo, la nostra ricompensa. Un silenzio prolungato, generoso, intimo, di quelli che si continuano a ricordare anche dopo molti anni. Un silenzio irripetibile, quasi rumoroso, alla fine. Tra noi due, ci fu solo silenzio. E quest'assenza di suoni fu l'inizio della fine.

A nostro avviso era perfetta: larga due metri, lunga tre e alta quasi due. Tutto – mattoni, legni e tegole – era tenuto insieme dalla volontà, dalla speranza, e basta.

Non ci balenò neppure per un istante l'idea che una lieve brezza avrebbe potuto farla crollare; che la nostra casetta somigliasse un po' troppo a quella del primo porcellino. Il fatto è che a dodici anni ci sono cose che non si pensano proprio.

Le vacanze estive sono sempre state speciali, indubbiamente perché durano così tanto che in confronto Natale o Pasqua sembrano semplici pause. Erano quasi tre mesi senza mettere piede a scuola: tre mesi che all'inizio apparivano come un'eternità. E tuttavia, nonostante quella grande libertà, a partire dalla terza settimana d'agosto i giorni precipitavano inesorabili verso il nuovo anno.

Alla fine di luglio ci preparavamo per le vacanze al paese. Il rito era lo stesso anno dopo anno: ci alzavamo alle sette, facevamo colazione, e con la frenesia che ci scorreva nelle vene portavamo nell'ingresso tutti i fagotti in modo che mio padre, come un facchino, li sistemasse nel vecchio furgone. Pochi minuti dopo bagagliaio e abitacolo erano già zeppi di tutte le cose che potevano servire a una famiglia per passare un mese intero di vacanze lontano da casa. Parecchie borse di roba da mangiare – lattine, succhi e tutto ciò che si poteva conservare per qualche settimana –, alcuni giocattoli, i libri di scuola per ripassare e valigie piene di vestiti: abiti corti, abiti lunghi, costumi da bagno, scarpe, vestiti sportivi e qualcosa di pesante, perché al paese non si sa mai.

Dunque, stracarichi di bagagli, partivamo sul vecchio

furgone amaranto – che doveva sfruttare al massimo le discese per prendere la rincorsa per le salite – verso la provincia di Cuenca, felici come sempre di dare inizio alle nostre vacanze in campagna.

«Quanto manca?» continuavo a chiedere, mentre mia madre succhiava mezzo limone per contenere la nausea e mia sorella non la smetteva di dire che le scappava la pipì.

«Abbiamo già superato due tori, perciò ne rimane uno... Quando lo vedete, saremo quasi arrivati» rispondeva la mamma e intanto dava un altro morso al limone con una faccia talmente disgustata che non potevamo non ridere.

Da casa nostra al paese – è così che misuravo le distanze nei viaggi lunghi – c'erano esattamente tre tori. Tre tori di quelli giganti e neri, che trasformano l'orizzonte già a distanza, piazzati vicini alle strade. Tori che per tutto il viaggio cercavo di scorgere su quelle pianure infinite dalle tinte bruciate: verdi e gialli che, perfettamente squadrati, addomesticavano la Mancha in una scacchiera che poi non sono più riuscito a ritrovare. Di tanto in tanto lo sguardo si impigliava nelle distese di girasoli che arrivavano fino a bordo strada. Tutti intruppati a ripetere la stessa coreografia, come la maggior parte delle persone che conosco. Li ho guardati centinaia di volte e non sono mai riuscito a capire il senso dei loro movimenti: li ho sempre visti con la testa in giù, come a fare un riposino.

E all'improvviso, in qualche tratto indefinito del viaggio, finalmente lo scorgevo: un punto nero nella distesa dei ricordi. Un punto che avvicinandosi si trasformava in toro. Un punto che dopo pochi minuti si allontanava e mi sfuggiva di nuovo... adesso mancava un po' di meno.

Lo sguardo retto, parallelo all'asfalto che di tanto si ondulava verticalmente. Uno sguardo che nei dossi più elevati riusciva a intravedere il manipolo di case che formava il paese dove stavamo andando a trascorrere l'estate insieme. Quella, l'ultima.

Appena arrivati, dedicavamo i primi due giorni di vacanza a strappare le erbacce e i cardi – alti anche mezzo metro – che approfittando della nostra assenza avevano riempito tutto il patio. Era un lavoraccio, «di quelli che ti spaccano la schiena» diceva mio padre.

La sera del secondo giorno – non ricordo che ce ne siamo occupati anche il terzo – decidevamo, la maggior parte delle volte unilateralmente, che gli obblighi erano terminati. E così, con tutta l'erba secca, i cardi e la carta ammucchiati al centro dell'enorme cortile, incendiavamo il nostro privato falò di San Giovanni.

Intorno al fuoco si formava un vivace girotondo: i bambini – stanchi o che facevano finta di esserlo – seduti a terra a mangiarsi pane e cioccolata; la mamma, in piedi, allungava le mani verso le fiamme; il papà, appoggiato al muro di pietra, si concedeva l'ennesima sigaretta della giornata. La nonna dal portico guardava incantata godendosi – come solo sanno farlo gli anziani – la presenza di tutta la famiglia. E il nonno... il nonno, come al solito, trafficava dietro a qualcosa, sempre occupato nelle sue faccende.

La piccola fumata grigio nebbia che, una volta esaurite le fiamme, si levava in cielo era il segno che le nostre vacanze erano finalmente iniziate.

Di sera, approfittando dell'«oggi sembra che finalmente rinfreschi» che ci regalavano i tramonti in campagna, ci vestivamo a festa e uscivamo a passeggiare sul Riato, una grande strada che – in contrasto con il resto dei vicoli del paese, stretti e tortuosi – sembrava dritta come un fuso ed era fiancheggiata da alberi, lampioni e panchine di legno. Un viale dove i bar facevano resuscitare, con le patate, le seppioline e gli *zarajos*, una popolazione che in inverno si ibernava.

Agosto era la vigilia delle feste patronali, il mese dell'arrivo dei villeggianti, dei ragazzi e delle ragazze che si tenevano per mano, dei pettegolezzi delle vecchie e delle levatacce della domenica mattina per procurarsi i *churros* appena fritti. Erano i giorni in cui riapriva l'unico cinema del paese che proiettava film che nella capitale erano ormai usciti da mesi, dell'assordante viavai delle motociclette, dell'insopportabile «e tu per chi tieni?», e delle interminabili serate nei bar a giocare a macchinette in cui i migliori si concedevano il romantico lusso di scrivere tre iniziali – quella di mezzo era sempre una & – nelle classifiche degli *high scores*.

Era l'epoca in cui la zona del Carrascal, un parco in costruzione dove si trovavano già alcune panchine, un prato con l'erba alta, qualche gioco per bambini (sostanzialmente uno scivolo e varie ruote di camion legate con le catene) e un chiosco di merendine, faceva da sfondo agli amori estivi, agli amici che tiravano mattina e ai vecchi che passeggiavano lenti e si ammonivano l'un l'altro che le cose, in paese, stavano cambiando.

Ricordo, spesso, di come la tranquillità si impadroniva delle nostre giornate senza che quasi ce ne rendessimo conto. I giorni si succedevano senza affanno e qualunque riferimento allo stress sembrava uscito da un film americano. Quando andavamo a sdraiarci, subito dopo pranzo, a nessuno veniva in mente di pianificare un limite a quel riposo: sarebbe stato il corpo a farlo. Se c'era fretta di alzarsi al mattino, io non la ricordo. La tranquillità ci entrava nelle ossa quando la sera, buttati sul prato umido, con ciuffi d'erba appena strappata tra le dita, guardavamo il cielo sperando di vedere la fugacità di una stella cadente per poter esprimere un desiderio.

Temo di non aver mai espresso quello giusto.

«Chi entra per primo?» domandai con timore, come se il fatto di chiederlo di per sé mi esentasse dall'essere io a doverla inaugurare.

«Tu» mi rispose Toni.

E più spaventato che fiero, più diffidente che ansioso di entrare, varcai lentamente la soglia del nostro rifugio di mattoni, tegole e legni.

Nonostante l'altezza dovetti entrare carponi: l'apertura della porta era troppo piccola. Man mano che procedevo, sentivo una gradevole frescura che, dopo tante ore di lavoro sotto il sole, mi confortò profondamente.

«Toni, entra!» lo chiamai, già accomodato al mio posto, un posto qualunque.

E Toni entrò, anche lui a quattro zampe, con prudenza, cautela e sospetto. Osservai il suo sguardo ancora impaurito. Ma vedendomi lì, sorridente, seduto a gambe incrociate e piedi scalzi, si rincuorò. Lentamente si sedette accanto a me.

Restammo in silenzio. Abituando gli occhi alla penombra del pomeriggio e le dita al freddo della terra; assaporando il risultato di quasi tredici giorni di duro lavoro.

Seduti vicini, provammo un profondo apprezzamento,

l'uno per l'altro; un amore infantile, di fratelli, che ci unì ancora di più come amici. Un sentimento che sentii eterno, che il tempo si sarebbe incaricato di amplificare, pensai. Non potevo sbagliarmi di più.

Braccio contro braccio, sfiorandoci la pelle, non pensammo neanche per un istante a come poteva reggersi in piedi tutta la struttura. L'unica cosa che contava era che – finalmente – avevamo un luogo dove ripararci quando il sole si accaniva contro di noi. E ce lo eravamo costruiti insieme, senza l'aiuto dei grandi, solo con le nostre mani.

In nessun momento immaginammo cosa ci stava per capitare tra capo e collo – che crudeli possono essere a volte le parole – quella sera.

Non è possibile prevedere che in una manciata di minuti la vita possa virare tanto bruscamente; che tutti i programmi pensati per quello stesso pomeriggio, per il giorno dopo o per il resto dell'estate possano, in un attimo, andare in fumo.

Ma così accadde un pomeriggio afoso d'agosto in mezzo alla Mancha. Un pomeriggio che sembrava assolutamente anonimo, uguale a tanti altri. Un pomeriggio il cui profilo sembrava già definito, nelle nostre mani. Un pomeriggio insignificante, in cui due ragazzini giocavano in giardino; in cui il padre pisolava sul letto, meritato riposo visto che era dalla mattina presto che armeggiava con vari lavoretti intorno a casa; in cui la madre e la nonna si erano incollate alla tivù con la telenovela del momento, scoprendo, stravaccate sul divano, che «anche i ricchi piangono»; e in cui il nonno vagava ozioso, in cerca di un'occupazione o di un pretesto. Un pomeriggio che sarebbe passato inavvertito in pochi istanti si rivoltò contro di noi, si ribellò come può fare un gatto spaventato in una stanza buia: saltando da una parte all'altra senza sapere neppure lui dove scappare; come fa un coccodrillo: con un gesto fulmineo e una violenza brutale.

Era passata quasi un'ora. Eravamo ancora lì, tutti e due, seduti, a giocare con la terra tra le dita o con le dita nella terra, senza fare niente di particolare, quando sentii che mia madre ci chiamava: «A merenda! Ragazzi, a merenda!» gridava, come faceva sempre. «Ragazzi!» insisteva. E anche quello era normale, per lei.

Avremmo potuto uscire e basta, avremmo potuto raggiungerla, andare verso il portico, salire in cucina e fare merenda insieme. Sicuramente, se avessimo continuato come fino a quel momento, senza fare parola dell'esistenza del nostro rifugio, avremmo confuso il destino. Così tutto sarebbe stato diverso, o meglio, non sarebbe cambiato nulla.

«Qui mamma!» urlai, mentre mi affacciavo con la testa dalla porticina. «Qui, nella capanna che ci siamo costruiti, qui!» E questo fu il mio errore: dimenticare il motivo per cui avevamo tenuto nascosto il nostro lavoro fino ad allora.

Con mezzo corpo fuori e agitando la mano, le gridai di scendere e venire a vedere. Lo feci con quell'entusiasmo del bimbo che vuole mostrare alla mamma che ormai è capace di andare in bicicletta: «guardami, mamma, guardami!»; con quella frenesia di chi si lancia giù dallo scivolo – testa avanti – e sembra che non ci sia alcun valore se i genitori per caso non lo vedono, «mi hai visto? mi hai visto?»; con quella gioia infantile di quando si impara a tuffarsi a bomba in piscina. Guardami come salto sul tappeto elastico, come vado forte sull'autoscontro, come lancio la trottola, «guardami, mamma!», guarda come nuoto bene, come controllo l'aquilone, come faccio dondolare lo yoyo. Con quella stessa incontenibile eccitazione chiamai la mamma, pregustandomi la sua ammirazione per la capanna che avevamo costruito, ma non ottenni ciò che speravo.

Ci sentiva, ma non riusciva a vederci. Dopo aver insistito due o tre volte, scese nel patio per capire cosa stesse succedendo.

La osservai avvicinarsi lungo il muro che proiettava ombra. E da una decina di metri di distanza, senza essersi esposta al sole, mi individuò: suo figlio era fuori per metà da quella che sembrava una baracca sbilenca.

«Uscite da lì» ci urlò da lontano. Un urlo che aveva il tono della minaccia e un volume ancora più alto del normale. «Uscite immediatamente!»

C'era qualcosa di sbagliato: riconobbi nella voce tracce di paura. Senza pensarci, in un'età in cui ancora non si cercano spiegazioni, mi irrigidii in un fascio di nervi. Strusciando le ginocchia per terra, gattonai rapidamente per uscire il prima possibile dall'origine delle preoccupazioni di mia madre.

«Uscite da lì!» continuava a urlare e intanto aveva abbandonato il suo rifugio d'ombra per venire verso di me, verso di noi.

Ero quasi uscito del tutto quando il piede sinistro mi si impigliò in uno dei mattoni che formavano la base dell'entrata, oggettivamente troppo stretta.

Mia madre si avvicinava e continuava a gridare, oppure era venuta a strillare più vicino, non saprei dire, mi ricordo solo che i suoi movimenti mi rendevano sempre più nervoso. Non pensai a nulla: mi importava solo uscire da lì il più in fretta possibile. Strattonai il piede e non mi venne neppure in mente di arretrare di qualche centimetro per tirarlo fuori normalmente; non pensai che potevo farmi male, né farcelo a entrambi. E dunque, senza riflettere, tirai con forza il piede nudo verso l'esterno. Sentii il taglio sulla pelle: sangue.

Fu quello strattone – quello che liberò il piede bloccato – a spostare un mattone, facendo diventare la costruzione ancora più instabile di prima. Non ci fu bisogno neppure del soffio del lupo. In due secondi – sufficienti a voltare la testa e chiudere gli occhi – la capanna venne giù di botto.

Sentii due urli simultanei: uno che si avvicinava, un grido in movimento, di paura. Un altro immobile, alle mie spalle, secco, cupo, ma non di dolore – quello sarebbe venuto dopo –, di panico. Due urli e poi il silenzio avvolto in una nube di polvere. Mia madre si lanciò su di me nell'istante in cui la capanna crollò. Mi prese, mi abbracciò e mi strinse così forte che ancora oggi, quando ci penso, sento le sue unghie nelle mie braccia nude. Scoprii quel pomeriggio la sensazione di sicurezza più intensa che ci sia: l'abbraccio di una madre spaventata.

Iniziai a piangere senza sapere esattamente il perché. Di motivi ce n'erano tanti: il sangue sul mio piede sinistro, i due urli simultanei, la recente sensazione di incertezza, la nube di polvere che ci avvolgeva tutti, il sospetto che adesso fosse finita l'estate...

Ciò che successe dopo fu un caleidoscopio di immagini, movimenti e rumori. Ricordo mia madre che mi lasciò con la stessa intensità – quasi violenta – con cui mi aveva afferrato per cominciare a spostare le macerie; ricordo gli occhi di mio padre – che era arrivato di corsa sentendo le grida – che mi minacciavano, mentre le mani si davano da fare per liberare Toni, con un «dopo facciamo i conti, io e te»; ricordo una nebbia che a tratti spariva; ricordo di aver desiderato che non sparisse mai; ricordo le mie guance bagnate...

Toni era il figlio unico degli Abat, i migliori amici dei miei genitori. Ana e José Antonio erano una strana coppia, che sembrava uscita da un fumetto. Lei me la ricordo alta e magrissima, come Olivia di Braccio di Ferro. Lui assomigliava più a Brutus, con una barba che solo di rado lasciava scorgere le labbra. I quattro si conoscevano fin da ragazzi, quando intrecciarono un'amicizia che si consolidò nel tempo. Le loro vite sembravano muoversi più o meno sullo stesso vagone: le coppie si formarono nello stesso periodo e i matrimoni si celebrarono nello stesso anno; noi due nascemmo a pochi mesi di distanza. Io ero il maggiore.

Gli Abat facevano parte di quegli amici a cui ti senti legato più che agli stessi parenti. Amici che inviti a casa il sabato sera, con cui fai la gita il fine settimana o vai in spiaggia con ombrellone, asciugamano, frigo portatile e ogni genere di mercanzia; amici per le passeggiate in montagna per vedere la neve appena caduta. Amici da «oggi puoi tenere tu Toni e domani prendo io il tuo?» e da «non sai che favore mi hai fatto!»

D'estate, di solito, io passavo le prime due o tre settimane di luglio nella casa che gli Abat avevano sui Pirenei, in provincia di Lerida, e in agosto era Toni che veniva con noi nella nostra casa al paese.

Ricordo con nostalgia la casa della montagna – io la chiamavo così – degli Abat. Era, in realtà, un insieme formato da tre casette che il padre di Toni aveva acquistato per un prezzo molto conveniente.

Una delle tre, sicuramente quella che nei suoi tempi d'oro era stata la principale, era totalmente abbandonata. Restavano a malapena i quattro muri di pietra che sostenevano un magnifico tetto in lastre di lavagna che, malgrado il tempo, non si era ancora incurvato. Aveva porte e finestre perennemente chiuse e riuscimmo a entrarci solo una volta. Il padre di Toni, stufo dei nostri ripetuti «cosa c'è nella casa vecchia?» o «stanotte abbiamo sentito dei rumori nella casa vecchia!», ci accompagnò una sera per mostrarci cosa c'era dentro: niente fantasmi, nessun gigante che usciva col buio ad accendere i lampioni e neppure animali misteriosi che bisbigliavano tra loro. In realtà, non c'era proprio niente. Una casa abbandonata a se stessa, praticamente senza mobili e con un impiantito che si crepava per lasciare spazio alle erbacce che cercavano una superficie per continuare a crescere. Una casa in attesa dell'«un giorno o l'altro le daremo una sistemata».

La più piccola, situata a una ventina di metri dall'altra, era stata rimessa a posto dal padre di Toni e ora fungeva da piccolo rifugio per chiunque ne avesse bisogno. I suoi genitori possedevano una generosità che raramente ho ritrovato in altri. C'era solo una stanza con due letti, un piccolo bagno con doccia e qualche coperta. L'indispensabile per qualsiasi montanaro che dovesse passare la notte.

Il gruppo era completato dalla casa che adesso si era trasformata nella principale: quella che gli Abat usavano per trascorrere le vacanze. La ristrutturazione durò tre anni, tre anni in cui il padre di Toni investì tutto: tempo, soldi e speranze. Lassù, incastonato tra le montagne, c'era un gioiello di pietra grigia, finestre rosse di legno e tetto di lavagna che sembrava uscito da un racconto. La casa era su due piani. Sotto c'era il soggiorno, con un ampio tavolo, due grandi divani posti uno davanti all'altro e divisi da una poltrona decorata con strani disegni. Su un lato il televisore e sull'altro il caminetto, che a volte si accendeva ancora nelle serate di luglio. La cucina era accanto al soggiorno, separata da una porta di vetro smerigliato. Completavano il piano terra un piccolo bagno e una stanzetta con due letti dove dormivamo Toni e io. Tra il bagno e la nostra camera c'era la scala che portava al piano di sopra, dove si trovava il resto delle stanze: la camera dei genitori di Toni con un bagno all'interno, quella degli ospiti e un altro bagno completo.

Ricordo ancora perfettamente l'ultimo pezzo della strada che portava al complesso degli Abat. Dopo aver superato il piccolo paese di Espot, lasciavamo la strada asfaltata per avventurarci su una pista di terra battuta. Una pista sorprendentemente ampia e dritta, di cui non si riusciva a scorgere la fine. Il fuoristrada degli Abat procedeva con facilità su quel percorso e si lasciava alle spalle un impressionante nuvolone di polvere che ci entusiasmava. Con le guance incollate al finestrino osservavamo svanire gli alti alberi che ci circondavano. Dopo circa un quarto d'ora – stando ai miei calcoli di bambino di allora – raggiungevamo una specie di stagno circondato da una rete di ferro. Lì la pista continuava a salire, ma sulla destra, in discesa, partiva una biforcazione, contrassegnata solo da un grosso paletto color rosso spento. Quel paletto – ci spiegò una volta il padre di Toni – era un segnale che si trovava ancora nelle vecchie carte di montagna della zona, e serviva probabilmente proprio per indicare l'inizio del sentiero. Il padre di Toni aveva deciso di lasciarlo e ogni anno, alla fine dell'estate, lo ridipingeva di rosso.

Il fuoristrada ci entrava a malapena, in quel budello stretto e sassoso. Dondolava parecchio, i rami gli sfioravano le fiancate e noi ci divertivamo più che al luna park. Nonostante suo padre, con le mani strette sul volante, facesse il possibile per evitare le pietre più grosse o le sporgenze più aguzze della pista, spesso si sentivano dei colpi sotto la macchina che istintivamente ci portavano a sollevare i piedi.

Con rammarico nostro e sollievo di Ana – che se ancora non aveva vomitato, poco ci mancava – dopo solo cinque minuti arrivavamo al piccolo altipiano dove si trovava il luogo in cui avremmo trascorso i successivi quindici o venti giorni. Tutto il complesso era cintato da uno steccato alto circa un metro, che aveva uno scopo più ornamentale che pratico. Si entrava da due cancellini, ciascuno sormontato da una vecchia lanterna. E non finiva qui, perché le tre case – compresa quella abbandonata – avevano un'altra lanterna dello stesso tipo appesa sopra la porta d'ingresso.

Certe sere, al buio, ci allontanavamo dalla recinzione per divertirci, seduti sotto un albero, a guardare la piccola costellazione rossiccia formata da quelle cinque lucine.

Tutti e quattro – io mi sono sempre sentito parte integrante della famiglia – salivamo sulle montagne, equipaggiati con panino, bibita e tavoletta di cioccolata, per passeggiate che avevano per meta i paesi vicini, oppure escursioni sui picchi circostanti o una camminata fino al lago.

Di sera, dopo aver camminato per ore lungo sentieri, viottoli e mulattiere, eravamo sopraffatti dalla stanchezza al punto da entrare in casa e cadere inerti sul divano. Per fortuna, qualcuno si incaricava sempre di farci risvegliare nei nostri letti.

Adesso, con la mia pancia sporgente, che nonostante la sua magnifica rotondità non mi regala neanche un grammo di soddisfazione, la mia collezione di smagliature all'altezza dei fianchi e i miei flaccidi pettorali che ormai competono per dimensione con quelli di mia moglie, ricordo quegli anni con nostalgia. Mi ricordo di quando ancora ero agile, quando passavamo i pomeriggi a esplorare le montagne, a nasconderci tra gli alberi raccogliendo pigne per lanciarle contro le bottiglie di vetro o a pedalare a tutta birra per esibire i nuovi adesivi che avevamo attaccato ai raggi della bicicletta. Ormai ho definitivamente rinunciato alla possibilità di sentire ancora qualcosa di simile. Arriva un'età in cui sembra che tutto precipiti verso il peggio, quando sai che, in futuro, tutto sarà solo più deprimente.

Nonostante non fossimo fratelli di sangue, ci consideravamo a tutti gli effetti fratelli di vita. Ogni volta che ripenso alla mia infanzia, compare lui affacciato all'angolo di qualunque ricordo. Ancora oggi so che non mi sentirò mai più unito a qualcuno come lo fui con lui.

Arrivai a convincermi che la nostra amicizia non sarebbe finita mai, che si sarebbe perpetuata negli anni... ma furono proprio quelli stessi anni che la fecero fuori definitivamente. E dunque venne un momento in cui, malgrado gli sguardi complici, l'aiuto reciproco, e le risate interrotte solo dal dolore degli addominali, nessuno dei due fu più capace di guardare l'altro negli occhi con franchezza.

L'amicizia tra me e Toni, due fratelli che non lo erano ma che si sentivano tali, si è perduta ormai molti anni fa. Ci rimase, in un primo momento, il sedimento dell'affetto ma poi neppure più quello. Adesso ci limitiamo a una conoscenza da ascensore, da ufficio, da medesima città.

A dieci anni di distanza da quell'estate, quando eravamo alla fine dell'università, si riaccese un barlume di speranza. Fu un'epoca in cui iniziammo ad avere amici comuni, a frequentare insieme alcune lezioni, e perfino, di tanto in tanto, a ritrovarci per preparare qualche esame in biblioteca.

Avemmo dunque una seconda possibilità per risanare un rapporto che stava degenerando nell'indifferenza. Per qualche tempo riuscimmo a risvegliare un'amicizia in letargo: un cinema la domenica sera, qualche giro – come facevamo sempre al paese – in bicicletta per stradine secondarie, e in alcune occasioni in cui ci divertimmo a ricordare i nostri anni di bambini, fummo capaci di incrociare uno sguardo in cui affiorarono resti di quell'amore che ci aveva legato così in profondità.

Per mesi accarezzai – e voglio pensare che lo fece anche lui – la speranza che tutto potesse ritornare se non uguale a prima almeno un buon succedaneo di come era stato. Però, come l'albero storto è incapace di raddrizzarsi, il nostro destino tendeva a separarci. Quando le radici del passato stavano recuperando vigore, quando sembrava che Toni e io, io e Toni, potessimo tornare a essere i migliori «fratelli non fratelli» del mondo, in quel momento tutto precipitò un'altra volta.

Il declino ricominciò ancora nel mese di agosto. Una di quelle giornate in cui ci trovavamo in spiaggia con gli amici per passare qualche ora in compagnia.

Quel pomeriggio, quando già ci stavamo arrostendo al sole da un paio d'ore, arrivò Pablo con la sua fidanzata e un'altra ragazza che nessuno conosceva.

«Ciao, gente!» ci salutò Pablo avvicinandosi.

«Ciao» rispondemmo insieme, senza smettere di fissare la sconosciuta che li accompagnava; sguardi che andavano dalla curiosità alla sorpresa, passando per il desiderio.

«Lei è mia cugina Rebeca. I suoi genitori si sono trasferiti a vivere qui e visto che ancora non conosce nessuno...» ci informò Pablo, mentre stendevano i teli di spugna sulla spiaggia.

«Ciao a tutti» disse una voce dolce.

I tre si spogliarono e rimasero in costume da bagno. Toni e io, sdraiati a pancia in giù e schermati dai nostri occhiali da sole, non staccammo gli occhi di dosso dalla nuova arrivata.

Rebeca era una meraviglia dagli occhi blu, capelli biondo chiaro e corpo atletico. Non era né alta né bassa, statura media. Rimanemmo imbambolati a guardarla mentre si spalmava la crema solare. Lei se ne accorse – e non fu l'unica, suo cugino ci guardava in cagnesco – e ci regalò un sorriso. Quando finalmente smise di accarezzarsi il corpo con la mano, si sdraiò sul telo a pancia in giù. Quel giorno portava un bikini nero che dava ancor più risalto ai suoi capelli biondi, anche se non era su quelli che avevamo inchiodato gli occhi.

A partire da quel momento Rebe – come preferiva essere chiamata – fu una ragazza in più del nostro gruppo, ma si poté dire lo stesso per le nostre vite.

Al di là del fisico, se qualcosa mi – ci – attirò, fu la sua inarrestabile energia, il suo infinito desiderio di approfittare di ogni istante di un'esistenza che le sembrava appena incominciata. In qualunque momento sapeva già cosa voleva fare dopo e, malgrado non avesse ancora vissuto l'oggi, aveva pronto un progetto per domani. Fu un'epoca nella quale Rebe si rifiutò di conoscere il significato di parole come pausa, sosta o riposo.

Divenne, per settimane, un'amica comune con due pretendenti: due fratelli che non lo erano. Ricordo adesso quei giochi sciocchi, quegli sguardi che passavano dall'uno all'altro, quei momenti di chiacchiere scanzonate. Ricordo due ragazzini che – nonostante fossero ormai adulti – continuavano a dire: «guardami, Rebe»; guarda come mi tuffo di testa in piscina, «guardami, Rebe»; guarda come riesco a fare la verticale in acqua, «guardami, Rebe»; guarda che ti assomiglio più io di lui, «guardami, Rebe...»

E quella competizione adolescenziale, inizialmente giocosa, a poco a poco si fece più ostile. Tanto che alla fine infranse la nostra recente e rinata amicizia.

Finalmente venne il giorno che Rebe scelse uno di noi. E così, con quella scelta, il nostro rapporto si concluse di nuovo. E fu per sempre.

Rimasi immobile, abbandonato per terra. Guardavo attraverso le lacrime che mi offuscavano gli occhi i miei genitori che spostavano i resti della capanna cercando chi, fino a poco prima, mi aveva aiutato a costruirla. Furono momenti in cui mi mossi – come un equilibrista – sul filo che separa la realtà dall'incoscienza.

Da sotto il disastro apparve una testa ricoperta di polvere, mattoni e sangue. E, attaccato alla testa, apparve anche un pezzo di legno; nella fretta ci eravamo scordati di togliere i chiodi.

Il sangue, allora mi sembrarono litri, sgorgava dai capelli e come un piccolo torrente gli attraversava la fronte. All'altezza del naso si divideva in duc emissari che poi si riunivano nel collo, al di sotto del mento. Sangue ancora fresco, impastato di terra, che gli riempiva la faccia. La faccia di un Toni che adesso stentavo a riconoscere.

Il corpo restava immobile. Mi fissai sulle unghie: piene di terra come se mentre io mi affannavo per liberare il piede anche lui – previsto il disastro – stesse lottando per uscire.

Dopo alcuni istanti reagì ed emise dei suoni che non mi dimenticherò mai. Erano gemiti affogati, come il triste miagolio di un gatto che muore, come un voler respirare e non riuscirci. Appena Toni si riprese, mio padre corse a casa dei vicini – a casa nostra non c'era il telefono – per chiamare un'ambulanza. Mia madre si sedette accanto a lui e gli tenne la mano, mentre cercava di confortarlo sussurrandogli qualcosa all'orecchio.

«Non preoccuparti, amore, non preoccuparti...» tremava come mai l'avevo vista tremare, di terrore, di preoccupazione. «Ora arriva subito l'ambulanza, piccino mio.»

«Non muoverti, Toni» gli stringeva la mano così forte che temetti che gliela staccasse. «Resisti ancora un pochino, ché presto passa tutto, non muoverti, piccino» continuava a sussurrare, mentre gli toglieva la polvere dagli occhi con la paura di sfiorare il legno che gli si era conficcato nella testa. Piangeva anche lei.

Ma Toni non si muoveva. Era disteso in grembo a mia madre, sforzandosi per recuperare tutta l'aria che gli era mancata. Rimasi a guardare, tra le lacrime, il suo petto che si alzava e si abbassava. Mi portai le mani sugli occhi, che ormai mi bruciavano da morire; e a partire da quel momento tutto iniziò a confondersi, sfocarsi, allontanarsi.

Alla fine non riuscii a restare in piedi e caddi.

Mi svegliai nel mio letto in un lago di sudore, nella stanza che io e Toni dividevamo ogni agosto. Il buio ammantava la camera come in qualunque altra notte e mi convinsi di aver fatto un sogno strano in una strana giornata. Sentii un sollievo indescrivibile, smisurato, quasi euforico. Con le mani ancora in tensione, mi afferrai alla mia stessa testa, aggrappandomi alla speranza. Fu il momento migliore di un agosto amaro quando, ancora confuso, compresi che gli incubi a volte sono così reali che il corpo impiega del tempo a rendersi conto che sono invece immaginari. Indugiai per qualche minuto in quella fase di incertezza che serve per capire che, nonostante lo scossone, non siamo caduti dal letto, che l'automobile non si è schiantata o che lei non è scappata con un altro. Indugiai nel momento più bello degli incubi: quando riconosci che cos'è e diventi cosciente che non c'era niente di vero.

Perciò il giorno dopo, la mattina dopo, malgrado dovessimo agire di nascosto e malgrado il brutto sogno, Toni e io avremmo continuato a posare il tetto, anche se – questo sì – ci conveniva fare attenzione ai chiodi.

Il corpo era ancora in agitazione. Chiusi gli occhi, mi coprii anche la testa e tentai di riaddormentarmi.

Stavo per abbandonarmi al sonno quando il calo della tensione lasciò spazio a un leggero fastidio sul piede sinistro. Un fastidio che al primo movimento si trasformò in dolore. Un dolore acuto, che per un po' era rimasto indefinito, ma che repentinamente si estese a tutto il corpo e subito rivelò la realtà. Una verità troppo dura.

Mi scoprii in un baleno e mi lanciai sul letto di Toni, cercando a tentoni la speranza. Ci trovai solo il vuoto.

Lì, su quel letto inabitato, senza Toni, piansi il resto della disperazione che ancora avevo dentro. A testa bassa, prendendo a pugni un innocente materasso, urlai sottovoce contro un letto intonso. Gli chiesi spiegazioni, volli sapere di Toni, ordinai che mutasse una verità che sentivo ribadita dalle unghie di mia madre nel mio braccio.

Lì, su quell'umido nido di sconforto, dopo ore di domande, mi riaddormentai.

Mia madre se ne andò con Toni in ambulanza; mio padre li seguì in macchina.

All'ospedale gli diedero quindici punti in testa e, dopo due giorni in osservazione durante i quali lo sottoposero a vari test – il colpo gli aveva fatto perdere conoscenza –, stabilirono che la ferita non era stata troppo profonda: non ci sarebbero state conseguenze di sorta. Evidentemente si riferivano solo a quelle fisiche e alle sue. Non pensarono alle mie, né alle nostre.

Non mi permisero di andare con loro, perciò impotente e straziato dal senso di colpa, dovetti restarmene al paese, a sentire i «povero Toni» di mia nonna. Furono i giorni più lunghi di tutta la mia infanzia.

Dopo molte, molte ore, ci fu il ritorno. Li aspettavo da appena alzato, dunque non mi allontanai dalla finestra per tutta la mattina. Fu verso le dodici che scorsi, in fondo alla strada, ancora lontano, l'auto dei miei genitori seguita dal fuoristrada degli Abat.

«Eccoli, eccoli!» gridai.

E, senza aspettare un secondo di più, scesi correndo giù in strada.

L'immagine di Toni che scendeva dall'auto con la testa fasciata mi si impresse indelebile nella memoria.

Ci abbracciammo – non ci fu tempo neppure per guardarci – come non l'avevamo mai fatto. Ci abbracciammo sapendo che quello non era un ritrovarsi ma un addio.

Ricominciai a piangere. E anche lui.

Divenimmo consapevoli, malgrado la nostra giovane età, che in quel momento le nostre vacanze si separavano. Con gli anni ci rendemmo conto che successe la stessa cosa anche alle nostre vite.

Tentarono di consolarci con i tipici «non preoccuparti» o «tranquillo, è tutto passato», ma io sapevo che in realtà non era passato nulla, piuttosto il contrario. Sapevo che a partire da quel momento ci sarebbe stato un nuovo inizio, e tutto sarebbe stato diverso. Con il crollo di quella capanna si strapparono molti dei legami che univano i nostri genitori: primo fra tutti il vincolo della fiducia.

Non ci furono più estati insieme, né al mio paese né sui suoi Pirenei. Quell'incidente modificò tutto ciò che c'era stato fino ad allora: finiti i pomeriggi a sfidarsi con i tappi sui circuiti del patio – la squadra di ciclismo Kelme contro il team Reynolds –, le olimpiadi a due saltando sulla rena o lanciando sassi che simulavano il peso, le corse in bicicletta per le vie del paese e nei dintorni, il falò di erbacce e cardi secchi; ma soprattutto alterò un'amicizia che a partire da allora, con qualche alto e basso, iniziò inesorabile il suo declino.

Ancora oggi, con i miei tanti anni, conservo il ricordo di quel bambino con un pezzo di legno inchiodato nella testa. Un'immagine che mi riporta alla notte in cui mi svegliai pensando che tutto era stato un sogno; la notte in cui, con i miei dodici anni, diventai adulto.

La distanza crebbe in primo luogo tra le due famiglie, e

infine tra di noi. Nessuno volle riconoscere in ciò che accadde quel pomeriggio la ragione di quel raffreddamento. Non ci fu mai un rimprovero, né una recriminazione, né un «di chi fu la colpa?»; però fu l'inizio della fine.

Non capii allora che gli Abat avevano scoperto qualche crepa nella fiducia che fino ad allora avevano riposto nei miei genitori; fessure di cui prima non si erano accorti ma che a partire da quel momento non riuscirono a ignorare. Spaccature che nessuno osò ricolmare e che col tempo si ingigantirono senza rimedio.

Né riconobbi la tristezza che attanagliò i miei genitori, consapevoli di non essere stati in grado di garantire la sicurezza di un ragazzino di dodici anni. Avevano ricevuto una responsabilità e non erano riusciti a onorarla. Un ragazzino che, nonostante fosse come di famiglia, in realtà non lo era. Nonostante fosse come di casa, non lo era. E questo dolore da allora – e per sempre – fu più pesante di tutti i momenti precedenti in cui ci eravamo sentiti inseparabili.

E lì, nella strada, davanti alla porta, ma fuori, ci fu il nostro primo distanziamento. Non vollero – o preferisco pensare che in realtà non riuscirono – dissimulare il loro desiderio di andarsene il prima possibile. Non vollero neppure i miei genitori proporre ciò che sicuramente sarebbe stato un pranzo spiacevole. E infine, con un «mangiamo qualcosa lungo la strada», entrambe le coppie tirarono un sospiro di sollievo.

Non fui capace quel giorno di spiegarmi le ragioni di quella fuga, perché tanta fretta di partire, perché le nostre famiglie erano così a disagio. Non capii che quel «il dottore ha detto che deve stare a riposo» celava molto di più. Ma di cosa si trattasse, alla mia età, mi sfuggiva del tutto.

Quel giorno ci perdemmo a vicenda, con nostro grande dolore.

Metà marzo 2002

È già l'una e mezzo di notte e continuo a non avere sonno.

Lei dorme da ore, tante quante ne sto trascorrendo io a rivangare i vecchi tempi, i giorni d'infanzia, quei momenti che custodisco come un tesoro.

Sono passati tanti anni da quel periodo, dalle estati insieme, dalla libertà di essere bambini, dall'euforia di avere ancora tutta la vita davanti... Come mi piacerebbe riavvolgere il tempo, ritornare a quegli anni in cui nacque un rapporto – il mio con Toni – che poi non è approdato in nessun posto.

Ho ripensato alla mia infanzia per colpa del progetto che mi è venuto in mente: i Pirenei sarebbero un bel posto per ricominciare. Non so, forse ho tanto fegato solo sotto il lenzuolo, e magari appena mi alzo, da qui a qualche ora, mi dimentico di tutto.

Le due del mattino. Devo cercare di dormire, se no domani – anzi, oggi – non ce la farò a svegliarmi.

«Buona notte, Rebe» le sussurro all'orecchio.

LA FUGA

Fine aprile 2002

È passato poco più di un mese dalla notte in cui ho ripensato alla mia infanzia. Un mese nel quale mi è cambiata tutta la vita: ho perso tutto. Sì, sono passato da progettare un piano per salvare la mia relazione con Rebe a fuggire sapendo che l'ho distrutta completamente. E tutto in appena cinque settimane.

Quando si capisce che una decisione è giusta?

Dov'è la differenza tra fare una pazzia e diventare matto?

Ora, dalla calma, dalla solitudine, iniziano a decantare di nuovo i sentimenti. Erano agitati, in subbuglio, contagiati tutti da un'eccitazione smisurata.

Mi fermo, lentamente mi tranquillizzo, per poter pensare a ciò che ho lasciato, non da parte ma dietro le spalle.

Lo sferragliare delle ruote mi riscuote. Da quanti anni non viaggio più in treno? Da quanti anni non faccio più niente?

Accoccolato su un duro sedile di plastica, incapace di isolare le emozioni, mi limito a guardare dal finestrino di un vagone vuoto: luci lontane di case sconosciute, buio, luci fugaci che rafforzano la nostalgia.

Appoggiato al vetro, ho ancora il coraggio di giocherellare, nervoso, con la maledetta penna che ho tra le dita. Lei, che è stata testimone di tutto. Che si è spostata perfino più di me. Che mi ha fatto cambiare strada. Innocente, assente, dimenticata ma anche deliberatamente abbandonata, offerta e insieme desiderata.

Sarei potuto restare immobile nel grande sbadiglio. Rimanere invischiato nella routine, rinunciando a ogni piacere e accumulando riposo. Avrei potuto evitare qualunque cambiamento, assentarmi con la mente e presentarmi unicamente col corpo.

Ma davvero potevo restare nello sbadiglio? No, impossibile. Se non altro, ora, sono in movimento.

Sono tante le domande che ho lasciato senza risposta...

E se tutto questo è uno sbaglio? Se in realtà sono stato un codardo? Se invece di battermi ho iniziato la ritirata? Dovrei essere felice di scappare, e invece non lo sono. Dovrei essere triste per ciò che abbandono, e invece non mi sento triste per niente. Dovrei pensare che un giorno o l'altro dovrò pur tornare, però non voglio pensarci, per una volta voglio solo pensare a me stesso e al mio immediato futuro.

Come ci divideremo le cose?, cosa ne sarà di noi?, cosa dirà la gente? Sono domande che ora cerco di evitare. Non posso stare un giorno senza vederli e ora mi allontano in direzione contraria.

La decisione è presa, ma... fino a quando?

Mi aspetta un lungo viaggio, non nel senso del tempo ma dei ricordi; non come distanza ma come rimorsi. Ti amo, tutti e due.

Ormai non devo fare altro che aspettare un paio d'ore e dopo...

Non c'è niente per distrarsi, nessuno con cui parlare. Il buio mi cade addosso, ma il sonno è fuggito. È impossibile: non riuscirò a scacciare i ricordi. Sono annidati dentro di me... e, nonostante ci provi con tutte le forze, non riesco ad allontanarli: si ripresentano uno dopo l'altro. Non ce la faccio.

Alla fine mi arrendo e mi dispongo a ricordare gli ultimi giorni, a cominciare da quella notte in cui ho ripensato alla mia infanzia.

Guardo la penna che ho tra le dita e mi rammento. Sono frammenti concreti di momenti vissuti, di serate, di notti e giorni clonati l'uno con l'altro. Man mano che mi allontano, sento che ho indovinato: è la mossa giusta; man mano che mi allontano, intuisco che ho sbagliato.

I «sì», i «no», i «torna», i «vattene!», i «ma che fai?», gli «scappa finché sei in tempo», i «mi dispiace...», tutti questi pensieri mi si rivoltano in testa e mi scoraggiano.

Sì, forse è stata quella volta che mi sono messo a ripensare a quando ero bambino a scatenare tutto.

Tutto è iniziato con quella telefonata che ho ricevuto il giorno dopo...

Lunedì 18 marzo 2002

«D'accordo, prendo subito nota delle modifiche, un attimo...» Dov'è quella stupida penna? «Un istante, per favore...» Uffa, mi era successo di nuovo!

Controllai ancora nel barattolo di legno, dove infilavo senza troppa cura qualunque genere di matita, penna o pennarello. Ma quella nera, la penna gel che era in assoluto la mia preferita, era sparita per l'ennesima volta. Ne presi un'altra, una blu, di quelle normali, di plastica trasparente. Ma l'inchiostro usciva in modo intermittente e intuii che probabilmente era caduta di punta. Allora ne scelsi un'altra, una di quelle che ti regalano le aziende il cui responsabile marketing non serve a molto di più. Era di plastica rossa, con grandi lettere grigie che reclamizzavano la ditta in questione e così enormemente massiccia da risultare difficile da impugnare. Era di quel genere di penne che vanno in pellegrinaggio di cassetto in cassetto, senza padroni né pretendenti, e che di solito non funzionano mai. La penna grossa quanto una carota, puntualmente, non scriveva. Per quanto grattassi sul foglio, non ci fu modo di farle lasciare la minima traccia d'inchiostro. Quand'è che un regalo si trasforma in un dispetto?

«Un istante, per favore...» Perdendo le speranze, presi ad alitare sulla punta.

Premetti con tanta forza sulla carta che finii per farci uno strappo. Ormai spazientito, vidi che l'ultima cosa che mi restava – a parte due pennarelli indelebili – era un vecchio lapis del tipo giallo, nero, giallo, nero all'esterno e sicuramente mina spezzata all'interno. Un vecchio lapis con in cima una gomma consumata, una gomma arroccata in un cilindretto di metallo dorato, che quando struscia sulla carta mi dà una sensazione paragonabile solo all'incontro tra unghia e lavagna. Lo scartai.

«Sara!»

Mi sporsi per guardarla. «Hai preso tu la mia penna nera?»

«No, io non ce l'ho» mi rispose senza neppure alzare gli occhi, e continuò a lavorare concentrata.

«Ma se un secondo fa era qui... merda!»

L'ultima parola mi scappò a voce alta: non era la prima volta negli ultimi mesi.

«Guarda che ti sentono» mi avvisò Sara, mentre con il pollice e il mignolo mi faceva segno che c'era il cliente all'altro capo del telefono. «E poi di sicuro l'hai mollata tu da qualche parte, come al solito.»

«D'accordo...» inspirai con un rumore esagerato per cercare di mantenere la calma. «Me ne presti una?»

«Prendila» rispose con una smorfia di rassegnazione mentre me la avvicinava con la mano dalla scrivania. È seduta alla mia sinistra.

Una penna blu normale, di quelle trasparenti che utilizziamo la maggior parte delle volte. Mi fissai sul tappino all'estremità: era in condizioni perfette, intatto. Una penna impeccabile, senza segni di morsi, né graffi: niente di niente. Una penna *prestabile*, non come quelle di Ricardo.

Ricardo le morde, le succhia, le rimorde, le sgretola, fa rumore con la plastica tra i denti, le assapora e di certo ogni tanto gliene arrivano dei pezzetti nello stomaco. Ai primi morsi sparisce il tappino dalla parte finale. Con i successivi la plastica comincia a creparsi. E a quel punto basta poco per far partire le prime schegge e la lunghezza diminuisce. Alla fine l'interno comincia a riempirsi di saliva: saliva che dopo un po' deborda. Quando la impugni, ti accorgi che la penna ti ha vomitato sulle dita. No: a lui nessuno ruba mai le penne; è un furbastro, quel Ricardo.

Ma quella di Sara era nuova. Malgrado tutto, però, non era a inchiostro gel, quelle che mi piacciono di più. Ne tengo sempre una sulla scrivania... quasi sempre.

«Vediamo, allora... cambiare la posizione del tasto del sito e aumentare la lunghezza del riquadro del testo, tre caratteri in più dovrebbero bastare, credo.» Con quella penna tutto era più lento, ma riuscii ad annotare le richieste del cliente. «Ora le ripeto...» e senza smettere di muovere la penna tra le dita, cominciai a rileggere ciò che avevo scritto. «È corretto?» domandai, sapendo già di sì. «Benissimo, tra cinque giorni riceverà le modifiche implementate nel programma. Buona giornata» salutai con un tono amabile. Il più amabile che potei.

«Grazie, Sara. Riprenditi la penna.» Gliela restituii, inghiottendo la voglia di tenermela. Così nuova: sarebbe stata benissimo nel mio barattolo, accanto alla penna blu che una qualche volta era caduta di punta, alla penna promozionale cicciona che non funzionava, alla matita-ape e alla scomparsa penna gel nera.

«Di nulla, e vediamo se ora starai un po' più attento, che ogni settimana ne perdi una» mi rimproverò, mentre mi strizzava l'occhio e mi faceva la linguaccia. Così era impossibile arrabbiarsi con lei.

«Ma se me le fanno sparire!» protestai. «E per di più questa era mia. Me l'ero portata da casa.»

Sara, quanti anni insieme! Ricordo come se fosse ieri il giorno che entrò nelle nostre vite, nella nostra azienda. Ci passò davanti con il suo tailleur scuro, i capelli neri, un profumo di caramella. La vidi – la guardai – dirigersi verso l'ufficio del vecchio direttore del personale e rimasi – rimanemmo tutti – incantati a fissare la scia della cometa.

Passata una mezz'ora uscirono entrambi e vennero da noi.

«Buon giorno a tutti, questa è Sara e a partire da oggi farà parte del vostro gruppo di programmazione» ci annunciò il vecchio direttore del personale.

«Piacere» fui il primo a presentarmi. «Sono il responsabile del gruppo, benvenuta» balbettai mentre le porgevo una mano leggermente sudata.

«Piacere mio» rispose lei, tentando di rivolgermi un sorriso che non sbocciò: c'era qualcosa che glielo impediva.

Sara era – ed è, nonostante tutto – una bella donna: alta, di costituzione snella, con i capelli lisci e neri come pece che le arrivavano alle spalle e gli occhi di un verde intenso che, a quell'epoca, tentavano di nascondere un segreto. La collocai sulla soglia della trentina: forse non l'aveva ancora varcata fisicamente, ma per altri aspetti di sicuro era già oltre. Riconobbi fin dal primo momento che quella bellezza dalla pelle candida era prigioniera della tristezza.

Quel giorno parlammo di molte cose, cose normali che ora neppure ricordo. Quello che trattengo nella memoria, però, è come le sue labbra iniziassero ciascuna frase con un entusiasmo che poi scemava e spariva nell'ultima parola. Ricordo una donna che parlava come se avesse già visto tutto e, ancora peggio, come se ormai non le restasse più niente da scoprire. Una donna che – ebbi l'impressione – aveva perso qualcosa di importante. Più avanti seppi che aveva perso troppo.

Passò del tempo e Sara riuscì a ritrovare le forze – e soprattutto la fiducia – per aprirsi con me. E fu in quello svelarsi dell'anima che io, misero impiegatuccio incapace di aiutarla, capii che il dolore può arrivare a intorbidire ogni sorriso, ogni allegria.

Malgrado i miei sospetti e tutti i suoi sintomi, non insinuai mai nulla. Non le chiesi mai il motivo di quel pesante trucco sugli occhi, né del suo aspetto abbattuto di alcune mattine, quando il suo viso dimostrava qualcosa che andava oltre l'aver passato una brutta nottata.

Malgrado le mie intuizioni, mi trattenni sempre dall'offrirle aiuto: non osavo. Temevo che avrei distrutto, inevitabilmente, la sua già scarsa autostima. Sarebbe stato come rivelarle che non era affatto capace di dissimulare – con i sorrisi e il trucco – quel dolore che la tormentava. Avrei rischiato che confondesse il mio aiuto con un'elemosina e la mia preoccupazione con la pena. E avrei costruito tra noi un muro invalicabile.

Quel giorno, nel pomeriggio, la situazione si fece sempre più complicata. Uno dei nostri principali clienti aveva bisogno di un programma di software per quella sera stessa. Ci lavorammo io e lei – il resto del gruppo era in ferie o occupato su altre attività – gomito a gomito. Finalmente, alle nove di sera, inviammo al cliente l'applicazione finale.

Esausti, andammo nella sala riunioni per prenderci l'ultimo caffè seduti al tavolo. Lì ricommentammo tutti i contrattempi di un pomeriggio che era sembrato infinito: la fretta indiavolata del cliente, la pressione dei nostri superiori, la legge di Murphy, gli errori commessi... E tra le risate, le confidenze e le battute, le chiesi se era sposata. Fu una domanda innocente, senza alcuna premeditazione; una domanda come tante, ma improvvisamente le si inumidirono gli occhi. Lì seppi che avevo trovato, senza cercarla, la ferita ancora aperta.

Ci separò, per un momento, il silenzio. Mi sentii a disagio. A disagio come si sente chi commette un danno senza farlo apposta, senza neppure pensarci e senza rendersene conto. Non ci guardammo in faccia: lei non poteva e io non ci riuscivo. Lasciammo che fosse il tempo, col suo trascorrere, ad alleggerire la situazione.

Con sguardo laterale e sorriso assente, alla fine liberò il segreto che aveva sempre trattenuto. E quel racconto, quel frammento della sua biografia, me la fece vedere con altri occhi.

Fu duro per entrambi, ma assolutamente necessario. Per tutti e due.

Sara si sposò giovane, si sposò felice – lo seppi perché mentre me lo raccontava fu in grado di mostrarmi un sorriso completo – quando aveva ventidue anni. Con tutta la vita davanti, con tutte le illusioni ancora intatte. Durante la luna di miele girarono per l'Europa e in quei giorni – sono sicura tra l'Italia e la Francia, mi spiegò – senza cercarlo, ma anche senza preclusioni di sorta, rimase incinta. E così, al suo ritorno, Sara portò con sé ben più di qualche ricordo. Portò l'inizio di Miguelito: il loro primo figlio.

Tre anni dopo ebbero il secondo: Dani.

Fece una pausa che divenne un riposo, e si afferrò debolmente al bicchierino di plastica che era ancora caldissimo. Bevve un sorso di caffè, affondò nella poltrona e da una certa distanza mi raccontò – ora senza interruzioni e tutto d'un fiato, come se temesse di fermarsi e tenersi dentro qualcosa – il suo segreto.

Mi ricordo ancora tutto, parola per parola:

Mio marito Miguel era appassionato di gare automobilistiche, le seguiva quasi con devozione. A quei tempi la Formula 1 non era così mediatizzata come oggi, ma lui riusciva sempre a tenersi informato, anche sui dettagli. E non seguiva solo la Formula 1, ma anche i rally, le corse di moto, le noiosissime gare di... Nascar, credo che si dica così. Insomma, tutto ciò che aveva a che fare con i motori. Era così grande il suo entusiasmo che in casa non mancava mai l'ultimo numero di qualunque rivista di automobilismo o di moto; né un modellino di Ferrari o di Porsche; avevamo anche una grande pista della Scalextric e un'infinità di giocattoli del genere. Ovviamente, com'era inevitabile, trasmise la sua passione anche all'altro Miguel, il nostro primogenito.

Miguelito era...

Ma quell'*era*, nel discorso, aveva troppi significati. Non disse è.

Sara non riuscì ad andare avanti. Si portò le mani sugli occhi e con le nocche tentò di asciugare le lacrime che cominciavano a scendere.

Tacqui e distolsi lo sguardo.

Bevemmo entrambi un altro sorso di caffè.

Continuò.

Miguelito, che aveva appena sei anni, possedeva già una collezione di automobiline di tutto rispetto; passava ore a giocare con la Scalextric sul tappeto della sala da pranzo ed era capace di riconoscere la marca di qualunque macchina vedessimo per strada, a volte perfino di sera, guardando solo i fanali.

Quell'anno si doveva correre il Gran Premio di Spagna di Formula 1, a Montmeló, e io, attraverso alcuni contatti nell'ufficio dove lavoravo prima, riuscii a procurarmi due biglietti su una tribuna d'onore, vicino alla griglia di partenza, con tanto di pass per poter curiosare anche dietro le quinte dello spettacolo.

Mentre me lo raccontava notai che le era venuta la pelle d'oca.

Quando gli detti i biglietti, rimase pietrificato. Per un attimo pensai che gli fosse venuto un infarto. All'improvviso mi abbracciò di slancio, mi baciò mille volte mentre mi sussurrava all'orecchio quanto mi amava. Facemmo perfino qualche passo di danza, in salotto. Fu un incanto.

Il progetto era lasciare i bambini dai nonni per potercene andare noi due, liberi per un giorno. Noi due a vedere una gara di Formula 1. Mio marito sapeva tutto alla perfezione: nome di ogni pilota, scuderia di appartenenza, regolamento di gara, classifica mondiale... Io sapevo solo che avrei visto un gruppetto di macchine sfrecciare a gran velocità sul circuito per un numero infinito di giri, che i momenti più interessanti erano la partenza e l'arrivo, che avrebbero fatto un rumore insopportabile quando ci passavano vicino e – soprattutto – che avevo reso felice mio marito.

Tutto cominciò a prendere la piega sbagliata due giorni prima. Dani, il piccolo, passò una notte orribile: non smet-

teva di vomitare e il termometro indicava che a ogni ora la febbre continuava a salire. La mattina dopo, nonostante fosse leggermente migliorato, lo portai al pronto soccorso. Mi dissero che si trattava certamente di un virus intestinale, niente di grave, ma ci sarebbero voluti almeno tre o quattro giorni di letto. La gara era il giorno seguente.

Dopo la delusione iniziale, dopo essermi rassegnata che ci sarebbero state altre occasioni, e che non era un dramma, mi venne in mente che potevano andare loro: Miguelito e mio marito; io sarei rimasta a casa. Glielo dissi e inizialmente Miguel rispose di no. Ma poi i miei «dai, andate» e gli «andiamo, dai» di Lito finirono per convincerlo.

Perché? Perché insistetti tanto?

Interruppe quella storia per porsi una domanda che non aveva risposta, almeno non una risposta sensata.

Ricominciò a singhiozzare.

Infine si riprese e andò avanti.

Passai la giornata a occuparmi di Dani, che lentamente stava migliorando. Iniziava a mangiare senza vomitare tutto un istante dopo, e la febbre era diminuita. Dopo la consueta telefonata di mio marito che mi avvisava che erano arrivati, che mi voleva bene e che dopo qualche ora sarebbe cominciata la gara, mi misi davanti al televisore con la vana speranza di riconoscerli fra tutta quella moltitudine di gente.

Mi vidi tutta la corsa alla tele, senza neppure capire chi era primo, né secondo, né ultimo, ma solo tentando di riconoscere i miei due Miguel in quel piccolo schermo. Pensai di averli visti un paio di volte, ma niente di più.

Trascorse quasi due ore un uomo sventolò una bandiera a scacchi e capii che la gara era finita.

Dopo nemmeno mezz'ora Miguel mi ritelefonò.

«Amore, è stato uno spettacolo, un giorno indimentica-

bile. Mi dispiace molto che tu non sia potuta venire.» Lo *sentivo nervoso, agitato, confuso. «Lito è irriconoscibile. Dovevi vederlo in piedi sulla poltroncina, a fare il tifo per tutti. Tra poco partiamo. Un bacio, amore, e un altro da Lito. Ti amo.»*

E così, con quell'allegria altrui, lo aspettai a casa, tranquilla ed emozionata insieme. Quel breve racconto della gara, unito a ciò che avevo visto alla tele, aveva fatto salire anche a me l'adrenalina. Dani mi si era addormentato sul divano e lì attesi che l'altra metà della famiglia rientrasse.

Passarono sei ore – troppe, pensai – e ancora non erano arrivati. All'andata ce ne avevano messe cinque. Li chiamai, ma il cellulare non squillava, forse come gli succedeva spesso, era di nuovo senza batteria. Come sempre fui ottimista e invece di preoccuparmi iniziai a inventarmi possibili ragioni che spiegassero il ritardo: di certo si era formata la coda all'uscita del circuito; o magari si erano distratti a guardare le macchine e i camion delle scuderie; era anche possibile che si fossero fermati a mangiare qualcosa, per non fare tutto il viaggio senza neppure una sosta.

Ma il tempo che passava finì per minare il mio ottimismo: sette ore. Continuavo a escogitare scuse, ma un attimo dopo averle pensate mi venivano in mente dei particolari che le rendevano inconsistenti: potevano aver bucato una gomma, ma allora mi avrebbero telefonato da qualche posto per avvisarmi; forse avevano dovuto lasciare l'autostrada per qualche incidente, ma comunque me l'avrebbero fatto sapere...

Dopo otto ore di attesa preoccupata, non trovai più alcuna giustificazione per convincermi che non fosse successo niente. Fu quello il momento in cui mi resi conto che la peggior paura è l'incertezza.

Quando, passate dieci ore, mi telefonarono, non dovetti inventarmi più niente.

A Sara non restavano più lacrime, le aveva sparse lentamente, man mano che ricordava, man mano che mi raccontava la sua storia. A una a una le avevo viste uscire dai suoi occhi, attraversarle le guance, sparire sotto il mento.

Bevve ancora da un bicchiere in cui ormai di certo non restava più caffè. Ma almeno le servì per respirare, per concludere quel che aveva iniziato, per approfittare, se non altro, dello sfogo, necessario a tutti.

Era una chiamata dell'ospedale. L'auto di Miguel si era schiantata contro un camion durante un sorpasso. È chiaro che non me lo dissero così, ebbero parole più delicate, che però volevano dire questo.

I pompieri impiegarono più di cinque ore per liberare i corpi. Morirono tutti e due nell'impatto. Nonostante le indagini fossero ancora in corso, secondo alcuni testimoni Miguel aveva cominciato ad accelerare a manetta lungo una salita e, quando se n'è accorto... quando se n'è accorto, ormai il camion gli era addosso.

E quello fu il momento in cui Sara mise da parte la maschera con cui era entrata, qualche mese prima, in azienda. Abbandonò, su quella poltrona da ufficio, la sua armatura di ferro. E vidi, per la prima volta, com'era realmente.

Precipitò, sempre più giù, lì davanti a me, a toccare il fondo, nel fango dei suoi sentimenti. Aggomitolata su se stessa, con la testa stretta tra le braccia, sembrava un essere distrutto. La sentii tremare, la sentii piangere ormai senza lacrime, ma con una forza dirompente e singhiozzi incontrollati.

Tra il disagio e il dolore non sapevo che cosa fare. Dovevo avvicinarmi e aiutarla o restare a distanza? Alla fine decisi di andarle accanto. Mi sedetti sulla poltrona vicino a lei e, senza neppure alzare la testa, mi si buttò al collo.

Per qualche minuto restammo abbracciati, per qualche minuto rimasi lì a sentire il calore del suo pianto, per qualche minuto fu incapace di separarsi dalle mie braccia.

Quando alla fine ci allontanammo, afferrò rapidamente un fazzoletto con il quale tentò di cancellarsi dal viso i segni del dolore. Lì, accanto a lei, con la sua mano nella mia – tremavano entrambe – non seppi dirle nulla. Tacemmo tutti e due: lei, nascosta sotto un quadrato di carta bianca; io pensando che ormai si era sfogata, che ormai aveva concluso il suo racconto. Ma mi sbagliavo. Sara continuò.

E la Sara che in poche ore era rimasta senza i suoi due Miguel, la Sara che aveva gli occhi sprofondati nel ricordo, mi impartì, ancora una volta, una lezione: esistono cose più dolorose della morte. Loro erano morti, ma lei sfortunatamente era ancora viva; e il dolore – disse – è un privilegio dei vivi. Restava il dopo, lo sfogo finale: aveva bisogno di liberarsi da un peso che si portava addosso da allora, un peso che in molti avevano tentato – senza riuscirci – di alleggerire con consigli, sostegni psicologici, parole dolci e abbracci. Neanch'io ne fui capace quella sera. Nessuno, se non lei stessa, poteva toglierle quel fardello.

L'attesa del loro ritorno, la fatidica notizia dall'ospedale, l'immagine dei due corpi, i giorni del lutto, le «sentite condoglianze»... ormai era tutto passato e restava solo la zavorra del senso di colpa.

Nonostante fosse tardi, molto tardi, lasciai da parte l'orologio – e con esso la mia famiglia – per consentirle di liberarsi di quel che ancora le restava dentro.

Mi sentivo così in colpa per aver cercato i biglietti... In fin dei conti ci sono andati per causa mia, solo mia. Mi sentivo in colpa per non esserci andata io con lui... Mi sono macerata nei sensi di colpa, nei primi giorni... Però nello stesso tempo, e ora mi vergogno a ripensarci, lo odiavo con tutta me stessa. Lo odiavo per essersi ammazzato, per aver ammazzato Miguelito; per essere stato così imprudente, così imbecille; lo odiavo con la stessa intensità con cui prima l'avevo amato.

E mentre lo odiavo mi mancava da morire; mi mancava e mi sentivo impotente, inutile. Ci avevo – ci avevamo – impiegato tanti anni per costruirci una famiglia e poi – in qualche ora – tutto era stato distrutto. E ora non solo non c'era più niente, non esistevamo più neppure noi.

La sua mano, stretta alla mia, continuava a tremare.

Fu quel contatto la sua via di fuga. Restavamo uniti: io incapace di consolarla; lei incapace di essere consolata. Balbettandomi sulla spalla, con le lacrime che si mischiavano alla saliva, arrivò alla fine del suo racconto.

Non ebbi neppure la consolazione di affibbiare la colpa a qualcun altro: no, fu colpa sua e solo sua. Così non mi rimase nemmeno quella misera consolazione, quella scusa. No, non potei prendermela con un qualche figlio di buona donna che gli tagliò la strada, no. Fu lui a voler sorpassare, lui che si buttò contro il camion. Fu la stanchezza, fu l'emozione, fu la voglia di imitare i suoi idoli o di correre a raccontarmi tutto – preferisco pensarla così – ma in realtà non lo so. Non so a chi devo dare la colpa. A volte mi sembra che si tratti solo di questo: di poter scaricare la colpa su qualcos'altro, perché non ricada sempre e solo addosso a una persona sola, per non dovermela sobbarcare io per il resto della vita.

Dopo le undici di sera c'era davanti a me una Sara più rilassata. Una Sara che finì per raccontarmi come dovette lasciare il suo vecchio lavoro e una promettente carriera da programmatrice in una delle imprese informatiche più prestigiose del paese. Sara cambiò anche casa e città. E per oltre un anno tentò di trovare la sua nuova strada. Aveva perso in un giorno solo tutto il suo mondo, e insieme anche il desiderio di vivere. Solo Dani le impedì di unirsi a loro, fu solo quel bambino che la obbligò ad andare avanti.

Dopo quasi un anno di sforzi vani per dimenticare l'impossibile, dopo essersi alzata ogni mattina sperando che tutto fosse stato un brutto sogno, dopo essersi caricata il dolore sulle spalle come un giogo, aveva deciso di ricominciare da capo in una città sconosciuta. L'indennità ormai stava finendo e Dani meritava un'opportunità: la stessa che a loro era stata negata. Non voleva rimanere nello stesso luogo, perché lì tutto le ricordava altri momenti: le domeniche mattina al parco; Miguelito che giocava sulla piazza – davanti alla cattedrale – con la sua automobilina radiocomandata; le spese di tutti i giorni; le visite dal dottore, dai parenti, a scuola... Non l'avrebbe sopportato.

Sarà partì e cominciò a mandare il suo curriculum a varie società; la chiamarono da diversi posti, e alla fine rimase qui, a lavorare con noi, con me, a ricominciare da capo la vita.

So che non fui in grado di aiutarla quella sera. So che riuscii solo ad ascoltarla.

Non ritornammo mai più sull'argomento.

La mia penna potrebbe averla avuta anche Juanjo. Juanjo il so-tutto-io, il sapientone del gruppo, lo sputasentenze, il padre di tutti i leccaculo. L'insopportabile Juanjo, quello che parla sempre più degli altri, quello del «per l'azienda questo e altro»; lo snob.

Ma non ce l'aveva, non ne ha mai avuta una così, perché lui è più da penne di marca che marchiate come quelle di Ricardo. Mi ricordo ancora come, in quel momento, le sue dita si trastullavano con una nera, sottile e lucida, di quelle da astuccio d'argento e prezzo da paura.

Juanjo è nato bene. Non ha mai avuto bisogno di lavorare, ma solo di occupare il tempo. Aveva – ha – un trentacinque anni e ancora non si è emancipato dai suoi ricchi genitori. Genitori che in qualche modo sono ammanicati – non ho mai capito come – con l'azienda.

È così prevedibile, così noioso, così duro di comprendonio... Il suo modo di vestire è impeccabile sino al fastidio, tedioso e inalterabile. Sfoggia costantemente polo di quelle col coccodrillino sul petto, confezionate a Taiwan, nello Sri Lanka o in Cina. Roba che costa molto meno del valore che le danno quando le cuciono sopra l'etichetta. Necessaria, senza dubbio, se non altro per separare le fasce sociali, perché chi è sopra si senta ancora più in alto pensando che chi è sotto ristagni a livelli infimi. Gente ricca – parlo solo di denari – che ha bisogno dei poveri per potersi godere la propria ricchezza.

Juanjo è uno dalle idee chiare, quelle che gli hanno inculcato. Il pane è pane e il vino è vino, e le certezze sono quelle che si sono imparate. Non esistono variazioni di sorta e tutto è come deve essere: bianco il bianco e nero il nero. Non è il tipo che si mette a cercare le sfumature. È ricco e dunque felice; oppure è felice perché è ricco; in ogni modo non c'è molto da approfondire. Un perfetto militante, di cosa non si sa, però militante.

Potrebbe essere stata anche Estrella a prendermi la penna, e questa poteva diventare – per me e per la penna – una notizia eccellente. Per quanti giorni passassero, la garanzia di recuperarla intatta era totale. Non ricordo di averla mai vista seduta al suo posto più di un'ora di seguito, e di lavorare neanche a parlarne. Estrella è sempre stata magica, volubile come il fumo, trasparente come acqua in bottiglia, Alice nel paese delle meraviglie... Arriva sempre – perché una dote sì che ce l'ha: la puntualità – prestissimo, si prende il suo caffeino di rigore, scambia qualche parola con tutti e alle dieci e un quarto è sparita. Durante la mattinata ripassa dall'ufficio, di tanto in tanto, per spettegolare con qualcuno e alla fine, quando manca grossomodo mezz'ora per concludere la giornata, si prende un ultimo caffè e saluta con un «a domani». Varie volte l'abbiamo vista arrivare con i capelli neri e ripartire con una tinta rossa, bionda o mesciata. Varie volte è arrivata vestita di blu e se n'è andata la sera con un abito grigio.

Estrella adesso sarà più o meno sui cinquanta; nonostante i chili in eccesso, non si è mai sentita in imbarazzo a sfidare le leggi dell'equilibrio arrampicata su tacchi altissimi, né a presentarsi insaccata in pantaloni che di sicuro per togliersi è costretta a rompere... di certo è per questo che quasi mai indossa lo stesso vestito una seconda volta. Tuttavia da qualche tempo, soprattutto in questi ultimi mesi, è leggermente dimagrita. Qualcuno le avrà detto che non può più permettersi la taglia quaranta.

Non abbiamo quasi mai parlato e praticamente non so niente della sua vita; non mi sono mai interessato ai suoi problemi, né alle sue allegrie. Mi giustifico pensando che il disinteresse è stato reciproco.

Però avrebbero potuto avercela anche Óscar, o Javi, o Felipe, o la signora delle pulizie, o il capo del personale, o Marta, la bella Marta – quel gran pezzo di figliola di Marta –, l'attrazione del palazzo. I suoi giretti per l'ufficio – esattamente come le sue gonne – sono sempre stati troppo corti. Gli occhi passavano dal monitor alle sue gambe e dalle gambe al corpo. Negli ultimi anni, ogni volta che si è avvicinata alle nostre scrivanie, l'azienda ha perso senza dubbio qualche migliaio di euro.

Marta è piazzata strategicamente alla reception. Si è sempre occupata di controllare – se non si distrae limandosi le unghie o scrivendo un messaggio al cellulare – chi entra in azienda e contemporaneamente fa le funzioni di centralinista. Del resto non le si è mai potuto chiedere molto di più. Ricordo ancora con una certa vergogna – interposta – le e-mail che ci inviava: ogni tre parole ce n'era una scritta male. Sono rimaste famose, fra noi, le sue «A chiamato tizio, dessidera avere subito la risposta», «Ci manchierai molto questo Natale».

Le sue precedenti esperienze – in campo lavorativo – si riducevano ad aver servito qualche caffè in un bar e suggerito qualche abitino in negozi di abbigliamento. Avevamo saputo anche che – per un certo periodo – aveva frequentato il mondo delle passerelle, ma che alla fine se ne era allontanata perché in cambio pretendevano troppo.

Per il posto libero alla reception si erano presentate molte candidate, alcune particolarmente qualificate, ma don Rafael, che già all'epoca era il capo del personale, scelse lei. Tuttavia bisogna ammettere che nonostante il suo modo di presentarsi, la scelta dell'abbigliamento e la sua forma in generale ha sempre eseguito il proprio lavoro relativamente bene.

Che tra Marta e don Rafael ci fosse del tenero è un sospetto che nutrivamo tutti, ma da lì a dimostrarlo c'era un abisso. È stato un argomento, quello dell'infedeltà, che all'inizio non mi interessava per niente, ma che – mio malgrado – ha finito per intrecciarsi con i miei stessi passi, fino al punto di obbligarmi a salire su questo treno che ora mi porta via dalla mia vita.

Rafa – così lo chiamavamo prima che diventasse il nostro capo del personale – si sposò con la figlia di uno dei direttori dell'azienda: il responsabile della zona di Levante.

Rafa è stato in classe – senza aver mai aperto un libro – con molti di noi negli anni che resistette alle superiori. Dedicava la maggior parte del tempo a fare colpo sulle compagne, in sella alla moto appena truccata, offrendo sigarette o semplicemente mettendo in mostra la muscolatura. Un'altra attività era disturbare tutti noi che prendevamo più sul serio quest'impegno dello studio; altrimenti sniffava colla con i suoi amici, rubacchiava di tanto in tanto in qualche negozio, in qualche automobile... insomma guardava passare la vita dall'altro lato.

Rafa fu il primo in molte cose: fu il primo ad andare con una ragazza, anche se – come scoprimmo più tardi – la tipa era stata ancora più precoce di lui. Fu il primo a fumare – sigarette, sigari, canne... –, il primo a sniffare e anche il primo a cui fecero una lavanda gastrica. Rafa fu il primo a farsi tatuare, e anche il disegno fu una roba speciale: un simbolo orientale che in nero e azzurro scoloriti gli decorava, anzi, più precisamente, gli ricopriva la spalla destra.

«E quello che significa?» gli chiedemmo un giorno all'uscita della scuola, quando ancora tutto arrossato ce lo mostrò orgoglioso.

«Non lo so» rispose. E in effetti non gliene importava niente; principalmente perché c'erano lì due ragazze che non smettevano di ripetere: «Ehi, che figo! Ma ti ha fatto molto male?»

In seguito uno dei nostri compagni scoprì che quei simboli volevano dire qualcosa tipo «vecchio maiale». Le risate durarono anni e ricominciavano da capo ogni volta che in spiaggia o in piscina vedevamo quel tatuaggio assurdo su una persona quasi altrettanto sconclusionata.

Rafa non è mai stato un'aquila, ma più per colpa di tutte le sostanze che si è calato in gioventù che per natura. In cambio, però, ha saputo mantenersi un fisico eccezionale, un corpo che non ha mai smesso di allenare giorno per giorno. La natura l'ha premiato con lineamenti spigolosi e due occhi azzurri che, insieme ai capelli scuri, gli sono valsi il privilegio di essere oggetto di migliaia e migliaia di sguardi femminili e, perché negarlo, di feroci invidie maschili. È di quelle persone che, se non hanno uno specchio vicino, non sanno dove guardare. Era – ed è – un bel tipo e lo sa. «Oggigiorno basta questo» dichiarava fin troppo spesso. Negli anni della gioventù si dedicò a vivere la vita, a provare corpi da usare e dimenticare. Poche ragazze gli sono durate più di una settimana: o si stufava lui, oppure loro, dopo i fuochi d'artificio nel letto, si rendevano conto che in testa quel fiammifero non aveva quasi fosforo.

Rafa fu, per molto tempo, un uomo senza arte né parte; con un corpo che lasciava a bocca aperta, ma che a parte quello non aveva praticamente altro. Passarono gli anni e tutti scoprimmo a poco a poco il nostro posto – o se non altro *un* posto –; concludemmo gli studi, formammo una famiglia e trovammo un lavoro più o meno stabile. Rafa, al contrario, sembrava perso: faceva a volte il cameriere, a volte l'operaio – l'operaio gli piaceva un sacco, soprattutto in estate, perché gli consentiva di mostrare i bicipiti – e a volte il fattorino. Di tanto in tanto faceva perfino il *boy* in certi locali. E così avrebbe potuto continuare per tutta la vita... ma un giorno la fortuna gli sorrise, anzi per dirla tutta si piegò in due dalle risate.

Successe in una delle discoteche che tanto frequentava. Lì conobbe una ragazza bionda, alta, bella... che gli chiese un favore. Un favore che non era per lei: uscire con una sua amica, più bassina, meno bionda e meno bella in un appuntamento al buio. E, previo pagamento anticipato, Rafa accettò.

Fu una cena strana, in uno dei ristoranti più lussuosi della città, tra un ragazzo quasi analfabeta, muscoloso e con il viso d'angelo... e una donna colta, bruttina, grassoccia e di famiglia molto, molto benestante. Una cena dove scoppiò la scintilla che entrambi agognavano. Lui aveva bisogno di una stabilità che ancora non aveva trovato; gli occorreva denaro che potesse piovergli dal cielo, un'auto di quelle che non si vedono tanto facilmente per strada, una casa di proprietà, viaggiare per il mondo... Lei non cercava denaro, né macchine, né viaggi: voleva solo avere qualcuno accanto, immaginarsi un futuro senza solitudine, avere ciò che le sue amiche più carine, più simpatiche e con meno soldi avevano già trovato. Sognava di innamorarsi, di sentirsi invidiata, di scorgere uno sguardo di ammirazione sugli occhi di tutte loro, e per questo le occorreva uno dei ragazzi più belli in circolazione. Sapeva che il denaro poteva procurarle tutto e perciò ne approfittò. Pensò – e quello fu il suo errore – che l'amore sarebbe arrivato con il tempo. Si sfruttarono reciprocamente, si erano necessari e quindi si usarono. Ma ci fu una differenza, un'unica differenza che trasformò radicalmente le cose: lei si innamorò e, in un certo angolo del cuore, sperò di essere corrisposta. Lui no.

A partire da quella cena, divennero una coppia. Lui si immaginò il proprio futuro: risolto. Lei iniziò a innamorarsi e man mano che passarono i giorni e le settimane... gradatamente cedette. Cedette e cedette così tanto che alla fine il vantaggio fu unilaterale. E quell'amore – mai corrisposto – la accecò totalmente, tanto da farle dimenticare come si erano conosciuti.

Don Rafael – ora il titolo era legittimo – si sposò alla grande. Non perse l'occasione per ostentare la sua nuova vita e invitò alle nozze chiunque avesse avuto un'anche minima relazione con lui: la sua famiglia al completo, i colleghi dei lavori precedenti, i compagni di scuola... Quando ricevetti l'invito rimasi di sasso, soprattutto leggendo il cognome della sposa. Seppi all'istante che non sarebbe passato molto tempo prima di vedermelo apparire in azienda.

E così fu. Pochi mesi più tardi, rientrati da una luna di miele di quaranta giorni, dopo aver inaugurato un appartamento di 250 metri quadrati, e qualche corsa in autostrada con la nuova Jaguar verde, venne il giorno in cui Rafa, l'ignorantone, lo zotico, il bullo del quartiere, quello dal tatuaggio porcino, si presentò in ufficio come nuovo capo del personale.

In tutti questi grovigli del destino, ci fu un nodo soltanto: suo suocero lo obbligò a firmare una sorta di contratto prematrimoniale. Un piccolo sassolino in una scarpa lucida, comoda ed elegante. Un dettaglio che lo vincolava a mantenere le apparenze, a dipendere economicamente da altri e, soprattutto, a restare innamorato, o quantomeno sposato.

Avrebbe potuto andarci chiunque. Siamo, anzi eravamo, anzi sono – ancora non mi rendo conto che ormai faccio parte della loro storia – più di trenta in quell'ufficio, senza contare le schiere dei direttori, dei venditori, dei revisori, dei revisori dei revisori e degli altri burattini agganciati ai fili che muove il denaro.

Ho vissuto in una multinazionale dell'informatica, dedicata esclusivamente a sviluppare programmi su misura per grandi aziende. Dieci anni nel corso dei quali sono cresciuto in un luogo anomalo. Dalla mia nascita, infanzia e giovinezza lì dentro, non ho fatto che programmare e ricevere ordini. Infine, in piena maturità, sono stato promosso a programmatore capo: più di così non salirò.

Sono stato, per quasi quattro anni, il coordinatore di un gruppo di programmatori, una famiglia formata da cinque persone, quasi cinque fratelli: Javi, Sara, Ricardo, Godo e io.

Lì – quanta distanza implica adesso dire lì – in quella multinazionale, approdò la maggior parte degli studenti del nostro corso: una facoltà appena inaugurata si accordava perfettamente con una succursale appena aperta. Noi, che per anni fummo compagni di università, ci ritrovammo, col tempo, a essere colleghi di lavoro. Ma l'intensità dei nostri rapporti – sempre proporzionata al tempo libero – non fu più la stessa. L'amicizia si indebolì e passò dallo schioccare delle mani alla stretta formale, dal «ci vediamo domani» al «ceniamo insieme un giorno di questi».

Ho vissuto lì. Ci ho vissuto in tutti questi anni, dalle 8.30 alle 13.30 e dalle 15.00 alle 19.30. Nove ore e mezzo abbondanti di lavoro. Un'ora e mezzo abbondante per mangiare. Un'ora e mezzo insufficiente per tornare a casa. Un'ora e mezzo che non pagavano, novanta minuti sterili, vuoti, persi, in fin dei conti.

Una routine in più dentro la nostra vita, o una vita in più all'interno della nostra routine. Ci furono giorni in cui non sapevo, o non volevo, o realmente non riuscivo a cogliere la differenza. Giorni in cui mi sentivo incapace di distinguere tra casa e famiglia, tra vita ed esistenza, tra amore e amicizia, e quest'ultimo fu senza dubbio l'errore più doloroso. Ci fu un momento in cui futuro e passato non mostrarono più alcuna differenza: domani era uguale a ieri, ieri sarà uguale a domani.

Quel lunedì si svegliò malissimo. Fu un lunedì da dimenticare ma forse è proprio per questo che non sono capace di farlo, neppure ora che scappo. Conclusa quella telefonata, quando non trovai la penna e ne dovetti chiedere una in prestito a Sara, dopo aver riappeso il telefono, commisi un errore: persi le ultime modifiche di uno dei progetti a cui stavo lavorando da settimane. Una perdita – grazie alle copie di sicurezza – solo parziale, ma che implicava che verificassi l'ultima parte rimasta immutata, recuperassi i file coinvolti, e li aggiornassi. Impiegai più di due ore per rimettermi in pari e finii alle sette di sera, ora del tramonto, stanco morto.

Un suono acuto e familiare mi riscosse. Con un movimento ormai automatico, allungai la mano per prendere il telefono, ma non arrivai mai a sentire l'altra voce. Quando tra la mano e il telefono restavano meno di tre centimetri, mi bloccai. Suonò di nuovo, ancora e ancora, e al quarto squillo alzai e con identica apatia ributtai giù la cornetta. Fu una dura battaglia. A destra, forte di un peso decennale, della certezza della ricompensa, solida come un'incudine: la routine; a sinistra, quasi dimenticata, semicancellata da quella stessa routine, risorta dalle proprie ceneri: la pazzia.

Rimasi per qualche istante con i gomiti sulla scrivania, il viso affondato nelle mani, il corpo a difendermi dall'agitazione che mi circondava.

Rumori diffusi.

Conversazioni lontane, come estranee.

La stanza era in penombra; chiusi gli occhi.

Pensai: *E se mi improvvisassi detective nei minuti che mi restano? E se provassi a scoprire il motivo per cui, ogni volta che guardo nel portapenne che ho sulla scrivania, non ci trovo mai la mia penna gel?*

Aprii gli occhi.

Li aprii davvero.

Scollegai il telefono.

Mi alzai lentamente. La scusa sarebbe stata un semplice caffè.

Approfittai di ogni passo per scrutare su ogni scrivania, dentro ogni portapenne, in ogni mano, in ogni vita. Non badavo in quel tragitto né alle chiacchiere, né alle domande, né ai saluti: cercavo solo una penna, la mia. Arrivai alla macchinetta del caffè senza alcun risultato. Avevo individuato solo tre penne possibili: nere, nuove, piene di gel, ma non c'erano prove.

Infilai i quaranta centesimi.

Pensai, al ritorno, di imboscarmene una qualsiasi delle tre: bastava un movimento fugace del braccio e... via in tasca. Ma non potei.

Guardai l'orologio: 19.15.

Mi sedetti di nuovo, sulla mia poltroncina, sconfitto, senza penna e con un caffè di cui non avevo voglia. Vidi passare una Estrella luminosa in una galassia di pianeti erranti, con un giacchino tempestato di lustrini che la mattina non aveva. La osservai muoversi, scannerizzai la sua scrivania e mi concentrai sul suo portapenne. Le mie speranze svanirono.

Guardai l'orologio: 19.24.

Si avvicinava la fine del pomeriggio, come ogni giorno. Non ero riuscito a ritrovare la penna che mi ero portato da casa. Dopo averne perse tante, mi vergognavo a chiederne ancora all'azienda. Me le compravo per conto mio in quei sabati di centro commerciale, pasti in famiglia e pulizie generali della casa.

L'ultimo, giurai a me stesso. Guardai l'orologio: 19.27.

Movimenti di sedie, borse che si chiudono, persone che si alzano, rumore di passi diretti alla timbratrice più lontana. Mi restavano quel giorno, dopo aver perso i dati, ancora due moduli da rifare. Non volli, per una volta, trattenermi più a lungo. Decisi di essere umano, anziché solo un essere. Se mi affrettavo, sarei riuscito a vedere Carlitos prima che si addormentasse.

19.35. Timbrai ed ebbi la sensazione netta che il palazzo mi avesse derubato di cinque minuti di vita.

19.40. «Ciao, a domani» in ascensore, luci arancione che lampeggiano quasi all'unisono, rumori quasi identici di portiere che si aprono e insieme altri rumori quasi identici di portiere che si chiudono. Stanco, sconfitto, a testa china, aprii lo sportello ed entrai: freddo, un freddo buio.

Misi in moto e restai così per qualche secondo, consumando benzina per generare calore. Un calore artificiale, meccanico, un calore freddo; molto diverso dal calore delle braccia di Rebe, dei baci di Carlitos, del piumone di notte, del sole nei pomeriggi estivi.

Tredici ore fuori casa. Tredici ore senza vederli.

Quaranta minuti di traffico per arrivare nel mio quartiere.

Venti minuti in più a cercare parcheggio. Due macchine e un solo box: per lei, che arriva a casa prima, sola. Per lei, la mia lei, la sua lei, la nostra lei; la mia lei che ora non è più mia ed è per questo che me ne vado.

Procedevo – e me lo ricordo perché succedeva tutti i giorni – a forza di grida, colpi di clacson e rassegnazione, su un viale a tre corsie. La radio rendeva il viaggio più piacevole; il buio più amaro. Tra i rossi davanti e i bianchi dietro tentavo, ogni sera, di imboccare la mia uscita senza essere investito. Attraversavo le strade e gli incroci fino al mio isolato e lì iniziava la ricerca. Giri e giri. Vie che conoscevo a memoria, angoli che potevano essere vuoti, macchine che occupavano due posti e posti occupati da due macchine. Tante volte ho pensato di mollarla sul marciapiede o sulle strisce pedonali. Tanto chi mai ci sarebbe passato, a quell'ora? Di solito non lo facevo. La mia coscienza e il mio portafoglio non me lo permettevano; soprattutto il secondo.

Un motore che si avviava, fari che si risvegliavano, un uomo a passo lento con le chiavi in mano o la semplice accensione degli intermittenti erano un segnale di speranza. Frenata brusca e via a rotta di collo verso il futuro posto libero. Acceleravo perfino, in quelle occasioni, senza guardare, dimentico di pedoni, semafori e cartelli verso un buco che, per pura anticipazione visiva, consideravo già mio.

Non so a che ora arrivai quel lunedì. Entrai, lo ricordo perché lo facevo ogni giorno, nel nostro atrio rivestito di marmo beige. Le luci domotizzate si accendevano automaticamente, tutto molto comodo, molto accogliente. Strisciai delicatamente il dito, come sempre, sul pulsante argentato dell'ascensore. Premetti il numero cinque e, mentre salivo, chiusi gli occhi perché le dita potessero indovinare i numeri in braille.

Uscii sul pianerottolo gelido, anch'esso beige, e dopo tre lentissimi passi arrivai a casa.

Ricordo di essermi dimenticato quel giorno, come tanti altri, le chiavi in macchina. Suonai il campanello.

Rebe, rassicurata da dietro al paletto, mi aprì la porta.

«Ciao, amore» recitò come d'abitudine, con un tono inespressivo, mentre mi dava il bacio di prassi, un bacio di quelli in cui a malapena ci si sfiorano le labbra, di quelli vuoti, che si danno senza pensare o pensando a qualunque altra cosa.

Erano ormai lontani i tempi in cui contavamo i minuti per incontrarci nervosi al parco e divorarci a suon di baci; i tempi in cui potevamo restare ore con le bocche agganciate, tra saliva e alito che odorava di gomma alla menta. Tempi in cui ci sussurravamo tenerezze all'orecchio; in cui ci spingevamo l'un l'altra sul sedile posteriore dell'auto, in cui ci mangiavamo le labbra a morsi, mentre la lingua perlustrava ogni angolo di una bocca altrui, senza stancarci né separarci. Ultimamente – e questo ultimamente abbraccia molto tempo – un bacio forzato era sufficiente per mettere a tacere i «non mi ami più?», e giustificare due vite sotto lo stesso tetto.

«Vado in cucina da Carlitos» annunciava una voce rassegnata che, senza neanche accorgersi che il suo bacio mi sapeva di poco, spariva nel corridoio.

Lasciai quel lunedì – come ogni volta – la giacca sull'appendiabiti, la cartella sul mobile dell'ingresso e la speranza alla porta. Mi avvicinai alla cucina con il bisogno impellente di ricevere la mia ricompensa. Seduto sul suo seggiolone, c'era il mio bimbo che tentava di arrivare in fondo a un piatto di purè.

«Ciao Carlitos, un bacino?» gli chiedevo ogni volta.

Mi domando dove stia la differenza tra quei due baci: il suo e quello di Rebe. Mi domando a che età i baci di Carlitos cesseranno di essere d'amore per trasformarsi anch'essi in baci di compromesso, baci d'abitudine, come quelli di lei. In che momento si romperà il delicato filo che unisce due generazioni? Come farò a capire che i baci di Carlitos si sono trasformati da baci d'amore in baci di routine?

«*Zììì*» mi rispose quella sera alzandosi in piedi sul seggiolone. Non si preoccupò minimamente che il cucchiaio fosse pieno, né gli importò di mollarlo e che tutto si spargesse per terra. Non ci badò perché per lui, in quel momento, era molto più importante darmi un bacio.

«Ormai ha quasi finito di cenare» disse Rebe mentre raccoglieva, rassegnata, con un tovagliolo, il purè spiaccicato sul pavimento. «Dai Carlitos, ancora un cucchiaino e poi a letto!»

«*'ncora ciucciaino...*» ripeté lui.

Carlitos si rimise a sedere con il sorriso sulle labbra, mangiò due ulteriori cucchiaiate di purè e a malincuore, ma senza darlo a vedere, lo portai a dormire.

Gli rincalzai il letto, gli diedi un altro bacio, lo abbracciai, giocherellai con i suoi capelli, gli diedi un buffetto sul naso, gli strinsi le mani e, in dieci minuti scarsi, si addormentò.

Dieci minuti... e in cambio ero stato mezz'ora a cercare una penna gel nera; dieci minuti... e in cambio ne avevo persi venti per trovare un parcheggio.

E anche così, ne valeva la pena.

Rebe è la responsabile di un negozio di abbigliamento in franchising all'interno di un centro commerciale. Il suo orario inizia alle 9.30 e finisce alle 20.00, dal lunedì al venerdì; lavora anche il sabato mattina. Le sue pause sono più flessibili e per mangiare dispone di due ore. Due ore in cui ne approfitta per prendersi qualcosa di leggero e andare in palestra; tutto all'interno del centro commerciale.

La maggior parte della vita la trascorre in un edificio di cinque piani e tre interrati, con decine di negozi. Il suo mondo si riduce, al pari del mio, a un pugno di metri quadrati. La sua famiglia a un gruppo di colleghi che passano più tempo con lei di me e Carlitos messi insieme.

Quando esce dal lavoro di solito è lei che va a riprendere Carlitos, a casa dei miei genitori o dei suoi. E una volta a casa gli fa il bagno, gli mette il pigiama e gli dà la cena. Tutto da sola, tutto nella più rigorosa intimità, in attesa del mio rientro, che nelle ultime settimane avveniva sempre più tardi.

E malgrado gli impegni, malgrado i vincoli di un orario che ci incatena, riesce a ritagliarsi il tempo per ritrovare i resti di quel suo attivismo ribelle che mi colpì fin dall'inizio. Ora è tutto così lontano: la spiaggia su cui si sdraiò con quel suo bikini nero, i giochi nell'acqua, le serate del «non ci lasceremo mai», il tempo libero... E, malgrado l'entusiasmo che ci legò si sia ormai consumato, lei continua a prendersi cura di sé e ha ancora una figura magnifica, grazie a quelle che adesso chiamano attività *indoor*: chiudere tra quattro pareti ciò che ormai non si può più fare all'aperto per mancanza di tempo o per eccesso di rischio.

Io, al contrario, sono cambiato tantissimo: sono anni che ho dimenticato lo sport, anni che non faccio più niente di nuovo, anni da quando ho perso quell'energia che mi spingeva a scavalcare le montagne insieme a Toni; la stessa che mi fece sentire simile a Rebe.

Siamo andati perdendo tutto ciò che ci aveva attirato. Il nostro rapporto si è andato spegnendo. Abbiamo finito per tollerarci, per abituarci alla presenza dell'altro, a vederci deambulare in uno spazio comune.

C'è stato un momento in cui le nostre strade hanno cominciato a separarsi e si sono allontanate fino a perdersi di vista. Probabilmente ho avvertito quell'allontanamento le volte che Rebe guardava di sottecchi, senza malizia ma con ammirazione – e a volte di sicuro anche con desiderio –, un qualche adone che non aveva la pancia, come me, alla Hitchcock.

Sollevo adesso lo sguardo verso i paesaggi che scorrono davanti a me, all'esterno di un vagone smarrito, all'interno di una relazione che non esiste più.

Cerco di distrarmi con qualunque cosa, una cosa qualsiasi che allontani la tristezza, ma sono incagliato nei ricordi, in lei, in lui, in loro... e ormai non mi azzardo più nemmeno a pronunciarlo: in noi.

Ricomincio a ricordare.

Quel lunedì Rebe si addormentò subito: lei è sempre stata abilissima in fatto di sonno. Io ho sempre impiegato di più, anche se ultimamente la sera ero così stanco che il vantaggio che aveva su di me si stava assottigliando.

Il giorno dopo, il martedì, avrei dato il via al progetto. Avevo pensato a tutto – credetti allora – e adesso so che non era così. Il giorno dopo, all'ora di pranzo, avrei trovato una qualche scusa per andare in cartoleria a prendermi una nuova penna gel, ma questa volta me la sarei comprata verde. Sì, verde.

Quello è stato l'inizio di tutto: una penna verde, a inchiostro gel.

Chi altri avrebbe avuto una penna gel verde in tutto l'ufficio?

«Buona notte, Rebe» le sussurrai all'orecchio, malgrado sapessi che non mi sentiva. «Ti amo» bisbigliai.

Rimasi a fissare il soffitto, pensando che poteva essere tutto diverso, che la vita poteva davvero essere vita...

Adesso penso a lei, e penso a Carlitos, e penso a un progetto che non avrei mai dovuto pensare; penso che domani sarò lontanissimo.

Martedì 19 marzo 2002

Sei del mattino di un martedì clonato.

Suonò, come ogni mattina, la sveglia.

Tirai fuori la mano destra, rifugiata sotto il lenzuolo, per cercare, a tentoni, il bottone che la zittiva.

Sei e cinque minuti, ricominciò a suonare. Maledissi la funzione *snooze*.

Sei e dieci minuti, suonò per l'ultima volta.

Con il sonno che ancora mi stirava la pelle, mi alzai desiderando con forza di poter restare ancora dieci minuti lì sotto, rannicchiato, a guardare come il nostro respiro aveva appannato la luce rosa che filtrava dal vetro della finestra.

Appoggiai i piedi scalzi sul pavimento gelato. Inarcai le dita, e così, sulle punte, quasi sulle unghie, mi infilai in bagno.

Con un occhio chiuso e l'altro quasi, mi affacciai sulla tazza e mi sorpresi che l'affare potesse essere così duro; evidentemente era soltanto accumulo di orina. Dopo oltre un minuto di benessere da svuotamento, premetti il pulsante del mezzo scarico e mi spostai davanti allo specchio.

Aprii il rubinetto e l'acqua scorse per un paio di minuti e finalmente diventò calda. Ormai non ero più capace di lavarmi con l'acqua fredda, e neppure tiepida. Misi le mani a coppa sotto il getto bollente e, una volta piene, mi bagnai il viso due volte. Ancora con le mani sulle guance, rimasi a fissare con stupore lo sconosciuto che avevo di fronte.

«Come sei invecchiato!» dissi a quel ciccione spettinato che non la piantava di osservarmi. «Quand'è che sei rimasto incinto?» insistetti, mentre quello, spiazzato dall'interrogatorio, si sbottonava la parte di sopra del pigiama, mostrandomi una pancia flaccida che si appoggiò sul lavandino; era una pancia piena di pieghe, come un pallone gonfiato a metà.

Sollevò la testa e ci guardammo.

«Quando hai i capelli lunghi, che fai?» gli chiesi, senza poter distogliere gli occhi dal suo stomaco.

«Me li taglio» mi rispose mormorando a testa bassa, senza più guardarmi in faccia.

«E quando ti crescono le unghie, che fai?» infierii con accanimento.

«Me le taglio» ripeté, con gli occhi bassi.

«E allora? Perché questa l'hai lasciata crescere a dismisura?»

Calò un silenzio che ci lasciò senza parole. Io lo guardavo fisso negli occhi, senza battere le ciglia. Lui, affranto, si velava nel riflesso che ci identificava.

«Neppure a me piaci, schifosa palla di grasso!» lo insultai con una durezza che mi sorprese.

Il silenzio imperava.

Nell'appannamento che ci separava, scorsi un rossore sulle sue guance: avevo passato il segno. Quel perdente ne aveva già subite abbastanza, riconobbi mentre prendevo la salvietta per asciugarmi gli occhi.

Mi allontanai dalla luce del bagno senza posare lo sguardo in nessun posto preciso.

Rebe era ancora nascosta sotto le lenzuola. Spuntavano solo due grandi occhi chiusi, sprofondati nel sonno. Quanti anni insieme, e quanto poco ci eravamo visti. In quei momenti mi sarebbe piaciuto stringerla contro di me, baciarle la pelle, dirle che l'amavo, dirle che accanto a lei ero felice. Che mi mancava molto, ogni giorno di più, perché ogni giorno la vedevo meno. Dirle che passavo molto più tempo davanti al computer che con lei, che trascorrevo più ore a toccare una tastiera che ad accarezzare il suo corpo e che, quando arrivava la sera, non avevo più voglia di prolungare la giornata, non per lei ma per me.

Mi sarebbe piaciuto, anche, poterle dire che non occorreva che si alzasse, che ci saremmo presi un giorno libero per andarcene in montagna, a passeggiare, a guardare come si alzava il sole, fuoco arancione sulla spiaggia, come facevamo quando il nostro unico impegno era studiare. E a sentire l'odore di salmastro, di sabbia bagnata, di sole nuovo; quell'odore che si diffonde quando i primi raggi si specchiano sull'acqua. Quel giorno avrei voluto baciarle il corpo coperto dal lenzuolo, le guance tatuate con le grinze del cuscino, il suo nasino che fremeva a ogni passaggio dell'aria, le labbra semiaperte, baciarla tutta. Ma non lo feci.

«Rebe!» la chiamai con delicatezza intanto che con la mano le scrollavo la spalla, «è ora di alzarsi, forza!»

«No, lasciami stare ancora un pochino...» farfugliò, nascondendo la testa sotto il piumone, come se all'improvviso Carlitos si fosse impossessato del suo corpo.

«Rebe, andiamo!» ritornai alla carica con un'altra scrollata, questa volta vagamente più brusca.

«Sì, sì, ora mi alzo» mi rispose irritata e facendo il gesto di scoprirsi, ma appena mi voltai, subito si ricoprì.

Alla fine afferrai il piumone dalla parte dei piedi e con uno strattone la scoprii completamente. E lì rimase il mio amore, raggomitolato, in posizione fetale, del tutto indifeso.

«Uffa, dai!» e dette un colpo al materasso per sfogare la rabbia. Una rabbia che, insieme al malumore del mattino, le rimase fin quando non mi guardò in faccia.

Lì, in quel momento di sguardi ravvicinati, scoprimmo entrambi cose che non si vorrebbero scoprire mai. Lei seppe, anche se non disse nulla, che io avevo pianto. E io seppi, anche se non dissi nulla, che la nostra vita si stava dissolvendo: distanti appena un centimetro, non fummo capaci di baciarci.

«Abbiamo già perso cinque minuti» recriminai.

Ora che la notte mi si è gettata addosso in solitudine, ora che non vorrei ma che non riesco a smettere di ricordare, mi rendo conto che quello non è mai stato perdere tempo, piuttosto investirlo in noi due, nella nostra vita, nel sentire che ancora ci accorgevamo l'uno dell'altra. So che quello sguardo, se non fosse andata come è andata, se non avessimo taciuto come tacemmo, avrebbe potuto infonderci qualche speranza. E, tuttavia, eccomi che scappo, da loro.

Rebe, dopo aver passato più di quindici minuti in bagno, di solito andava in cucina per preparare un caffè. Un pacchetto di biscotti e una scatola di cereali normalmente completavano l'apparecchiatura. Mentre facevamo colazione, ci passavamo l'un l'altro Carlitos per finire di prepararlo.

Quel giorno mi vestii, e non è facile da dimenticare per quel che accadde dopo, con pantaloni neri, camicia bianca, cravatta inutile e giacca in tinta. Mi caricai Carlitos in braccio e gli infilai il suo minuscolo cappottino.

E penso adesso – da un treno senza fermate, perché così l'ho scelto, per paura di scendere alla prima stazione e tornare indietro – che tipo di società consente che un padre veda suo figlio solo venticinque minuti la mattina e altrettanti la sera. Che tipo di società consente che un bimbo di due anni si debba alzare alle sette per trasferirsi, ogni giorno, in un'altra casa.

Mi caricai Carlitos – affondato in vari strati di vestiti – e salutai Rebe con un altro di quei baci di ordinanza, di quelli che ci davamo tanto per dare, sì, senza pensarci, come se ci stringessimo la mano. Il primo.

Scappai verso le scale.

In strada, il freddo mi colpì in faccia senza pietà. Con la mente vuota, con la vita vuota, percorsi metri e metri in linea retta. Arrivai alla fine del marciapiede e rimasi stupidamente a guardare in nessun punto in particolare. Con quei chili di fretta addosso, non riuscii a ricordare dove avevo parcheggiato la macchina la sera prima. Immobile, con Carlitos in braccio – se non altro lui si era riaddormentato – ripassai mentalmente i movimenti compiuti. Parcheggiavo sempre nella stessa zona, per le stesse strade, di notte e da solo. Lui cominciava a pesare e io a innervosirmi. Decisi di muovermi a caso. Da pari a dispari, da angolo a angolo, sorvolando con lo sguardo tutti i veicoli posteggiati.

Erano già passati cinque minuti e il braccio destro iniziava a cedere. La disperazione cresceva, i miei movimenti si facevano sempre più bruschi e Carlitos lo notò e cominciò a piangere. Lì, in mezzo alla strada, fui sul punto di mollare: sedermi in un portone con il mio bimbo in braccio e mettermi a implorare, a supplicare un cambiamento.

Con la serenità che mi venne dalla rassegnazione, mi rimisi a pensare. Mi concentrai e finalmente un piccolo dettaglio mi illuminò: la sera prima, quando avevo parcheggiato, avevo lasciato la macchina così vicina a un attraversamento pedonale da aver temuto di potermi beccare una multa. Pensai alle strisce, all'angolo, alla strada... e mi ricordai che l'auto era, appena, a un isolato da casa.

Aprii la portiera posteriore e misi Carlitos sul seggiolino. Fui tentato di non farlo, di lasciarlo appoggiato sul sedile di dietro, abbandonato al suo destino, fui sul punto di... Misi in moto e mi diressi verso la casa dei miei genitori.

Il traffico di tutti noi che siamo in ritardo era insopportabile. Mi fermai in seconda fila. Impiegai un sacco – la fretta dà sempre una mano al ritardo – a sganciare la maledetta cintura del seggiolino.

E con Carlitos in braccio suonai il campanello.

«Chi è?» mi rispose una madre abituata che, almeno, le portassimo il nipotino fino in casa.

«Scendi tu che oggi non ce la faccio» urlai.

Urlai a una donna che tutte le mattine si alzava presto in modo che noi potessimo sopravvivere con l'altra nostra vita. A una persona che – in gran parte – sta facendo crescere nostro figlio; che non fa altro che occuparsi di ciò di cui noi non riusciamo a farci carico; che non si è mai lasciata sfuggire un lamento; che non mi ha mai rivolto un rimprovero. E sì, le urlai, e anche se non sarà mai in grado di rinfacciarmelo, so che ci rimase male.

Nervoso, attesi impaziente che si aprisse il portone.

«Come mai hai fatto così tardi?»

«Ora no, ora no!» continuai a urlare. «Oggi non arrivo in ufficio nemmeno morto!» seguitai a sbraitare impertinente, mentre le passavo Carlitos.

«Ma...»

«Mamma, ne parliamo poi!» le diedi un bacio sulla guancia, che per lei ebbe il sapore della gloria e per me del tempo perso. «Te lo racconto un'altra volta.»

Mentre mi infilavo in macchina, gridai un «ciao».

Mi allontanai guardandoli nello specchietto e la vidi prendere la mano di Carlitos, alzargliela ed entrambi mi risposero «ciao». Mi commossi, lo ammetto. Dovetti distogliere lo sguardo: non riuscivo a continuare a guardare quelle due figure che, malgrado il freddo della mattina presto, mi salutavano con entusiasmo.

8.20. Il garage dell'azienda era a una decina di minuti, ma in un edificio separato. Saltai due semafori con il verde già sfumato; scansai due signore che avevano cominciato ad attraversare sulle strisce; suonai il clacson varie volte a un idiota che si era fermato in mezzo alla strada e lui mi mostrò il dito medio dal finestrino. Fui tentato di ammaccargli la macchina, poi ci avrebbe pensato l'assicurazione. Alla fine scesi la rampa del garage, cercai la mia piazzola e posteggiai invadendo parte dello spazio del mio collega. *Peggio per lui*, pensai.

Credo che ci siano stati dei momenti in cui per poco non mi sono trasformato in una bestia. Adesso mi pento di tante cose... cose che, fino a pochi giorni fa, neppure mi sfioravano la coscienza.

Uscii dal garage, feci quasi duecento metri di corsa, entrai nel palazzo dell'azienda, corsi di nuovo verso l'ascensore e, mentre premevo il bottone, guardai l'orologio: le otto e mezzo.

8.35. Timbrai, e il fiatone mi raggiunse in corridoio. La vergogna, invece, mi aspettava già al piano di sopra.

Mi tranquillizzò scoprire che Javi non era ancora arrivato. Sara sì.

Ancora lontani, ci scambiammo uno sguardo strano. Pensai che fosse per il mio inusuale ritardo. Ma avvicinandomi a lei, al mio cubicolo, mi accorsi che la ragione non era quella.

Mi sentivo umido fuori e zuppo dentro. Mi osservai riflesso nello sguardo di Sara. La mia camicia bianca mi tradiva: due grandi chiazze di sudore spuntavano da sotto le ascelle, rivelando il pelo del petto di qui e di là dalla cravatta. Mi abbottonai, pieno di vergogna, fin dove possibile la giacca.

«Che ti è successo?» mi chiese una Sara incapace di allontanare gli occhi dalla mia camicia che all'altezza della pancia mostrava anche il buco del mio ombelico peloso. Tentava, senza fortuna, di dissimulare un'espressione disgustata che non le avevo mai visto.

«Dopo ti racconto...»

Mi accasciai sulla sedia nera, ergonomica, a cinque zampe e con rotelle.

Con giacca, cravatta e camicia, appoggiai la testa sulla scrivania.

E lì chiusi gli occhi per concedermi trenta secondi di solitudine, di pensieri senza senso, all'interno di una vita che ormai non ne aveva più.

Bianco sporco di nero, tremando in fondo a un pozzo, incrocio solido di suoni, abbraccio di un porcospino, morso di un vetro, ciglio che si suicida per scivolare nel suo stesso occhio, sapore di gesso, freddo di un rifiuto, calore di una sudata...

Luce.

Dopo quella pausa degli occhi, mi risvegliai di nuovo nella realtà. Una realtà densa di rumori: il ticchettio delle tastiere, la pompa della macchina del caffè, le conversazioni distanti e incomprensibili, il ronzio della vergogna della mia camicia fradicia...

Mi tirai su, sporsi la testa e, sollevato, vidi che nessuno mi guardava.

Aprii il primo cassetto della scrivania e presi un piccolo deodorante che tenevo per i momenti d'emergenza. Discretamente me lo infilai nella tasca della giacca e lentamente, passando in mezzo a quei rumori, mi diressi ai servizi, quelli più lontani, nella zona della contabilità. Attraversai il corridoio passando davanti a Marta, che mi analizzò con lo sguardo e non nascose neppure la smorfia di ribrezzo. Mi ferì, mi ferì più che se fosse venuta da un'altra persona, più che se fosse venuta da Estrella, o dalla signora delle pulizie, o da qualunque altra ragazza meno carina, meno giovane e meno attraente.

Vergognandomi, proseguii verso i bagni. Passai davanti alla zona della contabilità, non c'era quasi nessuno. Erano tutti a prendere il caffè. Infine arrivai alla porta.

Mi guardai indietro, sbirciai all'interno degli uffici e a parte una luce – l'ufficio di don Rafael – le altre erano spente. Aprii la porta lentamente e la richiusi con un colpo leggero, timoroso che potessero sentirmi. Cinque lavabi allineati, un grande specchio lungo almeno dieci metri e quattro compartimenti con porta, per le necessità più intime.

Non c'era nessuno. Non sentii alcun rumore, né dentro né fuori. Con la vergogna mescolata al sudore, nervosissimo, mi tolsi la camicia e rapidamente la misi sotto l'asciugatore per le mani. Pregai, tremando, che non entrasse nessuno proprio in quel momento.

Mentre l'aria calda dava battaglia al sudore della camicia, mentre con la carta assorbente cercavo di asciugare le parti più bagnate, ero attento a cogliere qualunque rumore, qualunque movimento sospetto, qualunque apertura della porta che avrebbe esposto in un istante un tipo grasso e mezzo nudo, con la pancia pelosa e la camicia bianca sotto l'asciugatore delle mani.

Dopo alcuni minuti decisi che avevo finito.

Adesso non si sentiva più la macchina del caffè e a malapena c'era ancora qualche chiacchiericcio lontano. Ciascuno era tornato alla propria scrivania e questo aumentava le probabilità di un incontro sgradevole nel bagno.

In quel silenzio perfetto che mi accompagnava mentre mi rimettevo la camicia, sentii dei passi in avvicinamento e insieme a loro una voce. Una voce familiare, la voce di don Rafael, che raccontava qualcosa a qualcuno. Immaginai, dal modo di parlare e di interrompersi per ascoltare, che si muovesse con il cellulare all'orecchio. Era ogni volta più vicino: stava venendo qui.

Con la camicia non del tutto abbottonata, afferrai la giacca e mi infilai in uno dei compartimenti, il più distante dalla porta. Chiusi la serratura proprio nel momento in cui don Rafael entrò.

Mi rintanai lì, muto, tremando in silenzio, nel mio rifugio interiore, con il torace ancora semiscoperto e le dita intrecciate. In uno spazio in cui quasi non entravo, mi sedetti sul coperchio del water sperando che don Rafael non si accorgesse di me, non mi sentisse e neppure immaginasse che c'era qualcuno.

Aprì la porta del cubicolo alla mia sinistra continuando a parlare al telefono. Non si rese conto che io ero lì, nascosto, appollaiato accanto a lui.

Dopo un «ci sentiamo», Rafa chiuse il telefono e dal rumore seppi che si era seduto.

E lì, il don Rafael delle risorse umane, quello del matrimonio del secolo, della Jaguar verde, degli abiti di sartoria, dei modi impeccabili e dei cibi raffinati nei migliori ristoranti, il don Rafael con lo yacht a Ibiza e lo chalet in montagna, quello della bella vita e dei gemelli d'oro, delle scarpe da cinquecento euro e l'orologio da tremila, il don Rafael esperto di scalate sociali... si sedette accanto a me, come qualsiasi altro lavoratore, qualsiasi altra persona. Mi resi conto, quel giorno, che su una tazza non esistono distinzioni di classi.

Senza fretta né vergogna, don Rafael cominciò a emettere sonorità dall'ano, intanto che io facevo di tutto per non fare rumore e a stento respiravo, in attesa che avesse finito.

Dopo varie flatulenze con grande potenza iniziale e tenuta calante, arrivò il rumore di un impatto con l'acqua, indicativo del fatto che l'aria aveva acquistato corposità, trasformandosi in un solido quasi liquido. Inoltre accompagnava ciascuna di dette emanazioni con un «uf» o un «ah che piacere!»

L'ambiente si fece irrespirabile, il fetore si propagava per tutta la stanza. Un ultimo «ufffff!» sostenuto e cominciai a sentire lo srotolamento della carta igienica. Udii anche il lento risalire dei pantaloni e il rapido *ras* della cerniera lampo.

Finalmente Rafa – ometteremo viste le circostanze il don – tirò la catena e aprì la porta, ignaro che al suo fianco ci fosse un tipo ciccione con la pancia al vento e la giacca in mano cha stava per cadere da un momento all'altro.

Aveva appena finito di abbottonarsi i pantaloni, quando gli risquillò il telefono.

«Sì, dimmi... non preoccuparti, dimmi, dimmi...» E così ascoltai come si apriva la porta dei bagni e si allontanava un don Rafael che, per distrazione o forse per abitudine, si era dimenticato di lavarsi le mani.

Non mi sarebbe piaciuto, in quel momento, essere uno dei suoi clienti, di quelli che arrivano e lo salutano con una vigorosa stretta di mano.

Aprii la porta e respirai, tentando di fare il pieno di aria non viziata. La mia camicia era quasi asciutta. Tirai fuori il deodorante dalla giacca e mi spruzzai tutto il petto.

Uscii.

Attraversai il corridoio fino alla mia zona il più velocemente possibile e osservai, attraverso la porta a vetri, don Rafael che continuava a parlare al telefono. Non si era reso conto che, mentre lui si liberava, io ero lì accanto, imprigionato.

Passai di nuovo davanti a Marta, che in quel momento si controllava le unghie. Non mi degnai neppure di guardarla in faccia e credo che lei fece lo stesso. Quando arrivai nel mio settore, tutto procedeva come sempre, ognuno nel proprio cubicolo, chino sulle proprie cose. Per una volta mi rallegrai di vederli tutti lì, come criceti alla ruota. Sul muro, l'orologio indicava che erano le 8.45. Javi non era ancora arrivato. Dieci minuti? Ero lì dentro solo da dieci minuti e già mi sembrava un'eternità.

Mi sedetti con la speranza che nessuno venisse a disturbarmi.

Davanti al computer, iniziai a pensare a tante cose contemporaneamente... Mi astrassi dal lavoro, mi astrassi da tutto, cercai già allora di esiliarmi da una vita che non sentivo mia.

Lasciai che il tempo mi scorresse accanto.

«Che ti è successo stamattina?» mi sorprese Sara.

«Nulla... è che da quando mi sono alzato mi è andato tutto storto.» E voltandomi verso il computer con le mani sulla tastiera, e allontanandomi deliberatamente dal suo sguardo, le feci capire che non mi andava di parlarne, né volevo che il suo naso, eventualmente, si avvicinasse troppo alla mia camicia.

Le nove meno cinque e Javi non era ancora arrivato. Dentro di me si scontravano due sentimenti: da un lato la preoccupazione; dall'altro il gusto di un rimprovero.

Javi, puntualmente, arrivava in ritardo. Lo avevano ripreso già più volte ma con ogni richiamo l'azienda otteneva solo che nei giorni seguenti arrivasse persino in anticipo, ma passata una settimana tornava al suo ritardo abituale.

Javi lavorava, e molto, e forse era per quello che era ancora con noi. Quel martedì, dopo venticinque minuti, Javi non si era ancora fatto vedere. Invece Estrella c'era eccome, rilassata e tranquilla alla sua scrivania, puntuale come l'orologio d'oro che aveva al polso; era lì con una borsa nuova – questa volta blu scura – e la permanente permanentemente perfetta; le labbra dipinte di un rosso laccato e la sua consueta intenzione di non fare assolutamente niente.

8.59. Arrivò Javi. E arrivò assolutamente tranquillo.

Pensai alla differenza con il mio ingresso trionfale di

poco prima, e mi sorprese la delicatezza dei suoi movimenti, quando si tolse la giacca per appoggiarla sulla spalliera della sedia. Si sedette accanto a me, alla mia destra, e si mise a lavorare come se quei ventinove minuti non fossero passati.

Le prime due ore di quel nuovo giorno le dedicai a finire di rimediare al disastro del giorno prima. Alla fine nessuno si era accorto di nulla, e così anch'io non gli detti più molta importanza.

Le dieci e mezzo: l'ora – che ironia, perché non sono mai stati sessanta minuti – della pausa.

Normalmente scendevamo tutti insieme, anche se sempre doveva restare qualcuno di guardia. Quel martedì, con la scusa di dover fare una commissione, scesi prima di loro.

La strada, come ogni giorno, era affollata: gente che correva di qua e di là, che parlava al telefono, che aspettava che un semaforo diventasse verde; persone che si urtavano l'una con l'altra ma distanti anni luce tra loro. Una moltitudine diffidente. Un clacson, un «vaffanculo, guarda dove vai!», i rumori di un qualche cantiere, le moto senza marmitta, le sirene della polizia... il fracasso della vita. Avanzai tra le persone – di nessuna di loro mi importava niente, avrei potuto prenderle a spintoni e sbatterle per terra per togliermele dai piedi... – verso la cartolibreria. Dopo aver scavalcato due signore anziane che a malapena stavano ritte, entrai nel luogo dove si trovava la penna verde che mi avrebbe cambiato la vita; non immaginavo quanto.

Mi diressi subito alla sezione cartoleria, oltrepassando tutti gli scaffali pieni di libri, non senza prima buttarvi un occhio, rimpiangendo quegli anni in cui provavo gusto a leggere le ultime novità, quando nella vita avevo ancora tempo da dedicare alla lettura.

Passai per le zone delle cartelline, raccoglitori, stilografiche da più di cento euro dalla dubbia utilità; tagliacarte d'argento e penne di marca; carta da regalo, carta velina con cui fare i proiettili per le cerbottane – che ricordi –, carta lucida e cartine per foderare i libri, che forse ormai nessuno usa più. Superai anche il settore delle Rotring, sentendole lagnarsi contro l'Autocad; quello dei Tipp-Ex e delle gomme pane; degli astucci e delle custodie di compassi, tanto di moda ai miei tempi come regali per la comunione. C'è ancora qualcuno che oggi possiede un compasso? Infine arrivai nel reparto strumenti da scrittura accessibili, quelli *acchiapparicconi* e *ingannacitrulli* me li ero finalmente lasciati alle spalle.

Al contrario di ciò che temetti in un primo momento, non mi ci volle nulla per trovare ciò che cercavo. Eccole lì, in un barattolo di plastica gigante. Dozzine di penne gel verdi. Ne presi una, solo una, la prima che mi si calamitò alla mano. La strinsi tra le dita e Dio santo – qualsiasi – mi tremava il braccio come quando sollevai Carlitos per la prima volta.

Mi avvicinai alla cassa reggendo la penna con dita che non smettevano di sudare. Attesi impaziente che una signora di una certa età pagasse fino all'ultimo centesimo una rivista; ebbi la tentazione di scansarla.

Mi calmai. La signora finì e fu il mio turno.

Un euro e mezzo, né più né meno: ecco quanto mi costò il mio cambiamento esistenziale.

Un euro e mezzo fu il prezzo.

Guardai sorpreso l'orologio: mi restavano solo sei minuti. Spinsi con forza la porta della cartoleria e una volta in strada accelerai il passo. Quasi di corsa, con la penna in mano, arrivai in azienda. Salutai il portinaio, chiamai l'ascensore, entrai, nascosi la penna nella tasca posteriore e uscii al mio piano.

Un saluto generale e di nuovo mi abbandonai sulla sedia. Lì aspettai il momento propizio per tirare fuori la penna gel verde e inserirla nel portapenne.

Passò il tempo.

Mi spazientii.

Non feci niente – di niente – nell'attesa.

Passò il tempo.

Solo.

Approfittai dell'allontanamento di Sara e Javi: una in bagno, l'altro al caffè. Seppi che era il momento. Mi tirai su a metà, chino in avanti, per alzare il sedere e con la punta delle dita estrarre la penna dalla tasca.

Verde, sulla scrivania; verde, a venti centimetri dagli occhi; di gel, a un secondo dalle mani: mia. Utilizzai le chiavi della macchina per farle un segno: un piccolo graffio, quasi impercettibile, ma inconfondibile.

Mi inabissai a tal punto nella mia piccola strategia da non accorgermi che, dietro di me, qualcuno ammirava la mia opera.

Sentii un risolino trattenuto.

Mi voltai di soprassalto, lasciando cadere le chiavi sul tavolo.

«Vedo che sei andato a comprarti una penna nuova» disse con un sorriso. «Quante ne hai perse questo mese?»

«Zitta!» le intimai deciso. «Stai zitta! Vuoi che lo sappiano tutti?»

«Ma dai! Te la sei comprata verde! Fammi vedere» e con un rapido movimento me la strappò di mano.

Iniziò a scarabocchiare, disegnò ghirigori senza senso, scrisse il suo nome varie volte: in verticale, in orizzontale, di traverso sul foglio. Infine, con una firma, siglò quello spreco di gel.

«Sì, così se qualcuno me la prende, questa volta la ritrovo subito» mi giustificai.

«Ottima idea, Mr Holmes» continuò a prendermi in giro.

Il mio sguardo assassino non ottenne l'effetto che speravo, il mio «stai zitta» neppure e neanche la mia spiegazione. Perciò successe l'inevitabile.

«Guarda, Javi, guarda cosa si è comprato» disse Sara con la penna ancora in mano.

Javi no, pensai.

Javi no, e Javi, con in mano il suo caffè ancora fumante, si avvicinò alla mia scrivania.

«Una penna nuova, eh? Che roba, verde! Fammi vedere come scrive.» E mollando il caffè sul tavolo la tolse a Sara. Tracciò degli svolazzi sul foglio, anche lui scrisse il suo nome e alla fine firmò, tre volte: Javi, JAVI, Javi.

Quella mattina le ore passeggiarono senza fretta sopra una vita stanca: la mia. Nel frattempo la mia nuova penna verde, di gel, restava al suo posto, nel portapenne, al riparo da mani aliene: nessuno me la prendeva, nessuno me la rubava.

Quella soddisfazione che ritenevo realmente impagabile a poco a poco perse intensità, fino a trasformarsi in semplice rassegnazione. Dopo averla tenuta d'occhio in modo insano per più di due ore, arrivò il momento in cui non sapevo più che cosa mi aspettavo: se il fatto che non sparisse, oppure esattamente il contrario.

Solo la fame di mezzogiorno fu capace di farmi allontanare da lei.

Pranzavamo generalmente in un piccolo bar a tre isolati dall'ufficio – andare e tornare da casa non era, in termini temporali, una soluzione fattibile –, l'unico della zona che non era ancora una catena in franchising. Menu a dieci euro, iva inclusa, fatti con ricette casalinghe: insalata alla valenciana, un buon piatto di lenticchie, una minestra calda o uno stufato di verdure come primo; pollo con patate, pesce o un bel filetto per secondo. Il giovedì: paella. E il tutto accompagnato da pane di panetteria, dell'unica che ha ancora il forno in tutto il quartiere. E per dolce specialità della casa come solo donna Rosa, proprietaria e cuoca del locale, sa preparare.

Ci sedevamo di solito sempre allo stesso tavolo, accanto alla finestra. Quel giorno, mentre tutti parlavano delle loro vicende, io pensavo alla mia penna, che avevo lasciato su, sola e incustodita, alla mercé di chiunque volesse sgraffignarsela.

Quel martedì – anche se invece magari è stato qualche altra volta, è così facile mischiare i ricordi quando si è lontani – donna Rosa ci sorprese con un dolce del tempo che fu, il «pigiama»: ananas, pesche sciroppate e una pallina di gelato di vaniglia appoggiati su una base di crème caramel.

«Alla faccia del dolce!» esclamò Sara. «È una bomba di calorie!»

«Non dica sciocchezze, che lei è più magra di uno spaghetto.»

Tutti e cinque cominciammo a mangiare, sentendo a ogni cucchiaiata un pezzo della nostra infanzia. Regnò, per qualche minuto, un piacevolissimo silenzio, con un sapore di gioventù che è assai raro ritrovare. Infine i ricordi personali e intimi lasciarono posto a quelli collettivi, ai nostri.

«Vi ricordate della cena aziendale dell'anno scorso?» chiese ancora a bocca piena Javi, mentre raschiava l'ultima cucchiaiata di gelato. «Quella di Natale...»

«Certo che me la ricordo» gli rispose Ricardo, «quando arrivai a casa dovetti prepararmi un panino al salame.»

Scoppiammo tutti a ridere. Cinque menti ricordarono all'unisono quella cena con cui l'azienda intese impressionarci, e altroché se ce la fece! Le proteste piovvero come frecce sul comitato organizzatore.

«La nouvelle cuisine» continuava Ricardo. «Vaffa' 'n bagno!»
Ridevamo ancora come bambini.
«Sì, la nouvelle cuisine» ripeté Javi. «Piatti enormi e porzioni per uccellini. Perfino Sara rimase con la fame. Dimmi se non è vero!»
E Sara che inseguiva ostinatamente l'ultimo boccone di crème caramel – sempre il più difficile da catturare – dovette riconoscere che aveva ragione.
«*Messié*... Ecco a voi la *specialité de la casé*» scherzava Godo, che aveva già finito il suo dolce e ora ci mostrava il suo piatto vuoto con un'oliva attraversata da uno stuzzicadenti.
Ci fu una nuova risata generale.
«*Messié*... Il dessert speciale della casa: crema di gelato sciolto con spruzzatina di polpa di ananas sciroppato» insistette, esibendo ora un piatto con una cucchiaiata di gelato squagliato accanto a un pezzetto di ananas.
Ridemmo ancora.
«Forse si credono che siamo tutti scemi» fece Sara. «E il peggio è che ti riempiono appena un quarto del piatto, ma il prezzo è almeno il triplo.»
«Non dare via il piatto, Sara, che con quel che hai lasciato si possono fare almeno cinque porzioni di *nouvelle cuisine*, ora vi faccio vedere...» e Godo le sottrasse il piatto.
Prese uno spicchio di pesca, ne tagliò cinque pezzetti quadrati e il resto lo lasciò da parte. Prese anche un avanzo di crème caramel e ce lo mise sopra. Infine ci sparse del sale.
«Dadolata di pesca bagnata di budino al sospiro di sale!» e alzandosi trionfante dalla sedia restituì il piatto a Sara.

Tutti applaudimmo.

Per un bel pezzo non riuscimmo a smettere di ridere. Fu uno dei migliori – e ultimi – momenti che passammo insieme. Mi mancheranno molto, tutti.

Quella conversazione mi sembra già troppo lontana. Loro distantissimi, distanti le ombre di ciò che avrebbe potuto essere, lontane come se da mesi non avessi fatto altro che allontanarmi.

Mi ricordo anche l'ultima volta che Rebe e io, sull'argine della routine, siamo riusciti a prenotarci un tavolo, in uno di quei luoghi in cui – se si ha fortuna – si riesce ancora e ritrovare un abbraccio, uno sfiorare di mani, un incrociarsi di sguardi. Un tavolo di quelli che un tempo si trovavano con estrema facilità e che ultimamente prenotiamo solo per le date da ricordare.

Adesso so che quando compaiono le date da ricordare spariscono tutte le altre; che, quando la scusa per cenare insieme è una data da celebrare, tutto ormai è già stato perduto.

Quella data da ricordare era il suo ultimo compleanno.

Tento di chiudere gli occhi senza serrare del tutto le palpebre. È una cosa che mi capita ogni volta che sto per piangere. Mi guardo intorno, non c'è nessuno nel vagone. Lascio che spuntino le prime lacrime. Piango perché ho appena capito che non sono stato in grado di accorgermi in tempo di niente; che sono stato un perfetto idiota. Piango perché quel giorno discutemmo per chi dovesse chiamare per la prenotazione, quando in altri tempi non desideravo altro che sorprenderla con cenette romantiche. Piango perché nel tragitto verso il ristorante litigammo: mi arrabbiai con lei perché ritardò dieci minuti, mentre cercava di farsi bella com'era quando non discutevamo così tanto. Piango perché, durante la cena, ci scambiammo appena qualche parola, forse perché non avevamo niente da dirci, o forse perché avevamo paura di dire qualcosa che innescasse una nuova discussione. Piango perché le sembrò troppo caro e me lo rinfacciò; perché si macchiò il vestito e io la rimproverai; perché ci fecero attendere troppo prima di servirci e questo fece scendere troppi silenzi tra noi due. Silenzi chc in passato avremmo sfruttato per volerci bene. Piango perché durante il ritorno rimanemmo zitti; perché quella notte andammo a letto uno accanto all'altra ma non insieme; perché fino alla mattina dopo non fummo capaci di dirci una parola. Piango perché mi accorgo che ci siamo perduti da molto, molto tempo.

Quel martedì di penna nuova arrivai a casa come arrivavo sempre: distrutto.

Erano quasi le nove di un giorno, l'ennesimo, perso. E ancora una volta lì, nello spazio beige che mi conosceva a memoria, ritrovai la Sensazione. Una sensazione che ancora non sono riuscito ad abbandonare. La sensazione di una sconfitta perpetua. Di inadeguatezza. Sì: è questa la parola, inadeguatezza.

Analizzai in quel rientro che durò a lungo, con la mano appoggiata sulla maniglia, le allegrie del giorno che finiva: senza dubbio quella principale era essere riuscito a parcheggiare quasi sotto casa, alla prima. Mete concrete, banali, quotidiane; c'è stato un momento in cui mi bastava così poco...

Fu, come d'abitudine, una cena silenziosa. Solo la televisione ormai era in grado di rompere quello spiacevole silenzio che si instaura tra due sconosciuti. Appena un «mi passi l'acqua?» o «hai tu il pane?» fungevano da contatto. Soltanto qualche monosillabo alleggeriva il disagio di due estranei che forse ormai si conoscevano troppo, magari fino alla noia e che, senza motivo apparente, non si consideravano più come prima.

E quel motivo che non riuscimmo a individuare, che ci era impossibile collocare in un calendario, divenne il nostro peggior castigo. Non c'era più, come talvolta c'era stata, una ragione, un fraintendimento, ma neppure questo giustificava il nostro non sentirci. Avevamo smarrito, in qualche posto, in qualche momento, le nostre basi comuni; ci eravamo persi entrambi, nel fondo, nel fango di una relazione ugualmente perduta.

Quella sera, come ogni sera, un «a domani» ci salutò.

Mentre Rebe scappava verso il letto, i piatti e io restammo abbandonati in cucina. Il giorno dopo sarebbe stata Adela a rimettere tutto in ordine. Ormai non condividevamo neppure più le faccende di casa. Quanto era lontana quella voglia iniziale di vivere insieme, di avere una casa tutta per noi: del «tu stirerai e io laverò per terra», del «tu porterai fuori la spazzatura e io caricherò la lavatrice». I sogni su «di che colore faremo il salotto?», su «quanti fornelli avremo in cucina?» La voglia di inaugurare tutto.

Anni fa abbiamo dovuto prendere una persona che facesse ciò che noi non riuscivamo più a fare. Ce ne mancava il tempo. E ci mancava il tempo perché dovevamo lavorare troppo. E dovevamo lavorare troppo perché, oggigiorno, per qualunque cosa occorrono soldi. Soldi per mantenere un bimbo che a malapena vediamo; soldi per pagare una persona che ci pulisce una casa dove a malapena passiamo qualche ora; soldi per vivere una vita che non ci godiamo più. Tutto così circolare, così ridicolo.

Mercoledì 20 marzo 2002

8.49

Javi arrivò tardi anche quel giorno.

Si sedette alla scrivania, alla mia destra, e, senza che aprissimo la bocca, ci fu tra noi uno scambio di parole.

«Come va con l'appartamento, Javi?» gli chiese Godo per rompere il silenzio creato da quel nostro incrociarsi di sguardi.

«Ah!» rispose. «Alla fine non ve l'ho detto? Firmo il contratto la settimana prossima, finalmente.»

«Era ora!» esclamarono all'unisono Godo e Sara.

Javi ci raccontò quella mattina che avevano ottenuto il mutuo per un appartamento di sessanta metri quadrati, situato nella zona nord della città, e che costava solo 230.000 euro. Un ottimo affare, tutto di primissima qualità: riscaldamento centralizzato con pannelli in tutte le stanze, anche se avevano solo una stanza e mezzo; bagni con rifiniture eccellenti e rubinetteria di lusso, anche se insieme i due bagni non superavano i sette metri quadrati; armadi a muro nella camera da letto – dove a malapena c'era spazio per il letto – e un'eccezionale cantina di quindici metri quadrati – praticamente un quarto dell'appartamento. Il tutto era completato da un box dove a stento entrava un'automobile. Ma era stato un colpaccio, tutto sommato, ripeteva Javi, con arie da gradasso.

«E in più c'è uno splendido giardino condominiale, con piscina, due campi da tennis e due da *paddle*» continuava a vantarsi Javi, il cui ego si ingigantiva a ogni parola.

«Ottimo» rispondemmo tutti, più per dire qualcosa che realmente per rallegrarci che il nostro amico Javi si fosse ipotecato la vita, tutta la vita.

In quel momento si avvicinò Estrella, che non aveva nulla da fare, come accadeva sempre. E con l'orecchio teso, senza scrupoli di sorta, come le pettegole professioniste, andò dritta al sodo e chiese quel che nessuno di noi si era azzardato a domandare.

«Ma, ragazzo mio, quanto pagherai al mese di mutuo?» esclamò allegramente, facendo voltare Javi di soprassalto.

«Be'...» balbettò mentre affogava nel suo stesso ego. «Be', ogni mese dovremo tirar fuori circa mille euro di mutuo, più le spese per l'acqua, il telefono, la luce... ma va be', con qualche sacrificio» diceva ora un Javi con molta meno allegria in corpo. «Però mi dovrebbe restare ancora qualcosa per vivere... spero.»

«Per sopravvivere» non riuscii a trattenermi.

Quasi tutti ridemmo.

«Di cosa ridete?» chiese Godo che si avvicinava con un caffè in mano.

Non lo chiamiamo Godo perché è un tipo grassoccio e bonaccione, sempre pronto a divertirsi; no, questo lo racconta lui solo per scherzare. Il motivo è che Godofredo è un nome troppo *fredo*, come spiega ancora lui con il suo connaturato senso dell'umorismo. Godo è capace di giocare con le parole come altri giocano con le dita. Possiede una delle menti più creative che conosca, e si trova indubbiamente nel luogo sbagliato. Godo potrebbe essere uno scrittore, uno scultore, un cantante: insomma un qualche genere di artista e invece ha sprecato la propria vita tra stringhe e stringhe di codici.

Quante persone si trovano nel posto sbagliato, con talenti che non sfruttano, circondati da persone sciocche che non sono in grado di riconoscere le loro capacità. E lui era lì, pensavo, mentre in tele è pieno di «creativi» che continuano ad ammannirci il «le cambio il suo fustino per due dei miei...»

Davanti a Estrella, in un altro gruppo di lavoro, c'era Felipe: l'insopportabile, il calciatore, il re dei noiosi. Una di quelle persone che non c'è modo di scrollarsi di dosso, che ti parlano e nell'istante in cui aprono bocca già non ne puoi più, con i loro tecnicismi, una retorica devastante e una noia micidiale. Parla sempre di calcio, il maledetto calcio. Io odio il calcio. Be' no, non è vero, non ha senso odiarlo, non mi piace, tutto qui; ma come non mi piace la scherma, né la vela, né il polo...

I suoi discorsi erano sempre gli stessi: «Credici: quel gol è sfumato proprio all'ultimo minuto!», «Quell'arbitro non vedeva più in là del suo naso!», «Il fuori gioco se l'è inventato di sana pianta!», «Stiamo passando un brutto momento», «Ieri abbiamo giocato la miglior partita dell'anno!», «Abbiamo vinto un'infilata di dieci partite consecutive!»

Come *abbiamo vinto*?; Come *siamo*?; Come *abbiamo fatto*? Un giorno mi saltò la mosca al naso, una di quelle giornate dalla luna storta, quando prendi tutto alla rovescia. Mi uscì senza pensarci, in una forma impertinente, maleducata; però non mi fermai: ormai tanto valeva andare fino in fondo... «Per caso tu ricevi uno stipendio dalla *tua* squadra? Come sarebbe *abbiamo vinto*? Tu non hai vinto una merda secca. Che cazzo hai fatto tu per vincere? Hai giocato? Ti sei allenato tutti i giorni? Ti sei messo in tasca un milione a partita? No, tu hai soltanto buttato via i pochi soldi che guadagni per comprarti un giornale sportivo che allunga le notizie per una settimana e quando non esistono se le inventa, un giornale sportivo che parla solo di calcio. Hai buttato i soldi in un biglietto per andare allo stadio, una sciarpa da sventolare e una maglietta che la vendono a ottanta euro ma costa cinque. Quelli che hanno vinto davvero sono solo loro, ignorante che non sei altro.» E allora sì che mi chetai.

Felipe e io ci guardammo in cagnesco ancora per qualche secondo. In quel momento ci odiavamo, lui ancora più di me. Nessuno parlò, nessuno neanche si mosse. Mi ritirai io, per primo.

Ammetto che certi giorni diventai perfino violento. Superai il limite, ora lo riconosco, ma quel giorno non riuscii a vederlo, era una giornata no. Passò più di una settimana prima che Felipe mi rivolgesse di nuovo la parola.

Quando lo fece, mi parlò di calcio.

Triste mercoledì.

Triste è l'aggettivo di quel giorno di fine marzo. Non fu un mercoledì speciale, né un mercoledì allegro, né grande, né piccolo e neppure indimenticabile. Fu triste. Finì con la penna ancora nello stesso posto: il portapenne della mia scrivania.

Timbrai e dalla macchinetta la cercai con lo sguardo. «A domani» le sussurrai da lontano.

Triste, scesi un'altra volta in strada.

Triste, entrai nel garage per mettermi al volante della mia auto.

Triste, arrivai a casa, senza speranze né desiderio di averne.

Triste, entrai in casa.

Triste, li baciai, mi feci una doccia e neppure l'acqua riuscì a lavare via tutta quella tristezza.

Mi infilai nel letto e non dissi niente a nessuno; aspettai, semplicemente, che si accorgessero che mancavo.

«Ti è successo qualcosa?» mi sorprese Rebe.

Era lì, accanto a me, seduta sul bordo del letto, con la mano sulla mia guancia. Con quell'affetto che ormai appare solo davanti alla malattia, o forse alla tristezza.

«No, è che oggi sono stanchissimo. In più mi fa un po' male la testa, preferisco non cenare» le dissi mentendo. «Hai già messo a letto Carlitos?»

«Sì, non preoccuparti, ora mangio qualcosa poi vengo a dormire anch'io.» Mi dette un bacio sulla fronte che non mi aspettavo. Un bacio che mi ricordò che le volevo ancora bene e che avevo bisogno di lei, ma solo come si ha bisogno di qualcuno nei momenti di sconforto. Come si ha bisogno dei genitori da un letto di ospedale, della moglie quando ti hanno appena licenziato, di un amico quando vuoi ottenere qualcosa. Fu questo, non altro, il mio bisogno.

Non riuscii a smettere di guardarla mentre spariva verso la cucina.

Spense la luce e chiuse la porta della camera per non disturbarmi con i rumori della sua esistenza.

Non ci mise molto a tornare. Entrò in silenzio, credendomi addormentato. Accese la tenue luce del comodino e, dandomi la schiena, davanti allo specchio iniziò a spogliarsi. Da quando era rientrata non aveva ancora avuto il tempo di cambiarsi. Fingendo di avere gli occhi chiusi, la osservai da dietro le ciglia. Si tolse lentamente, bottone dopo bottone, la camicetta lasciando scoperto un elegante reggiseno nero che le alzava il petto ancora sodo. Poi aprì la cerniera laterale della gonna, e la fece cadere a terra. Con due minuscoli saltelli, poco più di due passi, se ne liberò e la spinse da parte. Mi beai, dalla mia orizzontalità, del suo didietro: una schiena leggermente arcuata che nella parte inferiore si fondeva in due natiche rotonde, ancora alte e magnifiche. Un corpo con tre interruzioni di indumenti osservati dal lato posteriore: la chiusura di un reggiseno nero, il minuscolo triangolo del tanga, anch'esso nero, e la parte di dietro di un paio di scarpe scure e col tacco.

Si diresse in bagno.

Notai, e me ne stupii, una piccola erezione. Mi vergognai e non ne capii il motivo: forse era la mancanza di abitudine, o forse lo spiare di nascosto.

Rimasi fermo sotto al lenzuolo mentre ascoltavo tutti i suoni della sua vita: lo scorrere dell'acqua nel lavabo, lo strofinare dello spazzolino sui denti, il chiudersi dell'armadietto del bagno...

Quando di nuovo tornò il silenzio, uscì dal bagno.

Venne verso di me senza reggiseno, con i due seni al vento che dondolavano leggermente; aveva ancora le scarpe col tacco che le sollevavano tutta la figura, come a me si rialzava la mia. Erano mesi che non sentivo più niente del genere.

Rebe, con i suoi trentacinque anni, continuava – continua – a essere incantevole. I suoi tre giorni alla settimana di palestra, l'alimentazione controllata e le cure quotidiane le consentono di avere ancora un corpo magnifico.

Ero ancora immobile sotto le lenzuola. Si tolse le scarpe, si infilò il pigiama, si sedette sul letto, controllò la sveglia e si sdraiò vicino a me, guardando dall'altra parte. Non ci furono altri baci.

Non ci separava più di mezzo metro, e invece la sentivo lontanissima... Nutrii per qualche minuto la speranza di sfiorarle il corpo, che si voltasse per avvicinare la sua bocca alla mia, per accostare la mia ai suoi seni, per unirci... Ma non successe. Mantenni l'erezione per qualche tempo ancora... ma la realtà la fece esaurire.

Come poteva passare tanto tempo senza farlo? Avrà un qualche sostituto che la fa sentire meglio? Quando è finita l'attrazione? Perché non prendevo io l'iniziativa? E se mi diceva di no? E se si inventava qualche scusa? Fu in quei giorni che l'idea di una terza persona si trasformò in un'ossessione. Qualunque ritardo, telefonata al cellulare, parvenza di sorriso da parte sua mi fecero precipitare negli abissi dell'infedeltà, di Rebe.

«La amo?» mi chiesi.

Sì.

E, anche adesso, continuo ad amarla.

Giovedì 21 marzo 2002

Giovedì, sei del mattino. Mi svegliai prima della sveglia.

Avevo ancora l'erezione come l'avevo lasciata la sera prima, anche se, certamente, era per una ragione del tutto diversa. Rebe dormiva ancora, coperta fino alla testa.

Lentamente, con l'attenuante del sonno, feci scivolare la mano sui suoi pantaloni. Le disfeci, dolcemente ma nervoso, il nodo del cordino che glieli legava in vita. Introdussi la mano tra i pantaloni e la pelle, e con la punta delle dita le accarezzai quella magnifica rotondità della natica. Passai dalle carezze delle dita al premere di tutta la mano, e poi a stringerla, con forza, con ansia, con eccitazione, affondandole leggermente anche le unghie nella carne.

Mi avvicinai a lei, ancora con le mani attaccate al suo bel culo, finché il pene sfiorò le sue natiche. Cominciai a strusciarlo. All'inizio furono movimenti tenui, che crebbero in intensità man mano che il mio membro si irrigidiva. L'abbracciai, con forza, per potermi muovere su e giù con più vigore. E così, pancia contro schiena, ebbi un'erezione totale.

Rebe, sveglia a metà, prese a muoversi con me. Senza

voltarsi, stese il braccio per attaccarsi con forza al mio pene. Lo tirò fuori dal pigiama e cominciò a muoverlo con energia. Non seppi in quel momento – e in realtà non lo so neanche adesso – se quello stringersi della mano sul mio cazzo fu frutto del desiderio o del bisogno.

Mi sfilai i pantaloni facendo forza con i piedi, a pedate, a tentoni, nervoso come un adolescente, e misi a nudo la parte inferiore del mio corpo trascurato.

Malgrado tutti questi movimenti scomposti, Rebe era rimasta agganciata a me, con la mano. Senza lasciarlo, come se il semplice fatto di stringerlo tra le dita fosse sufficiente a farlo restare così, si voltò.

Viso a viso, distanti pochi centimetri, pochi secondi, ci guardammo senza luce e ci riconoscemmo. Aprì la bocca, umida, bagnata, e mi si avvicinò all'orecchio, sentii le parole che nuotavano nel respiro.

«Che ti succede, amore?»

Amore, che ricordi; amore: ciò che sentimmo entrambi; amore, ciò che abbiamo perso. Amore, ora. Amore, tra l'affetto e il desiderio. Amore, lo disse al buio e a bassa voce e con la bocca umida.

Ma non era amore, lo seppi e non mi importò. Non era amore, quello, solo sesso. E neppure sesso, solo bisogno.

«Quanto ti amo» le sussurrai, mentre lei avvicinava le sue labbra alle mie.

Ci baciammo.

Dal mio orecchio alla bocca, la sua lingua mi lasciò una scia di saliva sulla guancia; dalla bocca al collo e a partire da lì... la testa di Rebe scomparve sotto le lenzuola.

Sentii il suo alito al centro del corpo. Sentii la sua saliva calda, l'abbracciarsi di una lingua che scivolava su ogni centimetro della mia appendice quasi dimenticata; lasciai che fosse la sua bocca ad animare il mio corpo, le sue mani a mantenerlo vivo lì dentro.

Dopo qualche minuto, la scostai dolcemente per scoprirle le gambe. Ci liberammo entrambi dalle lenzuola. Mi sedetti sul letto e ci guardammo. Mi offrì il suo sesso aperto, umido come la sua bocca. Mi appoggiai su di lei. E nell'istante esatto in cui ci unimmo, quando tornammo a essere una cosa sola e le sue labbra mi strinsero, suonò la sveglia.

«Spegnila, spegnila!» mi sussurrò urlando.

Ci separammo e con una manata spensi l'ordigno maledetto.

Tornammo, di nuovo, a unirci.

Ci muovemmo come due persone che si sono appena conosciute, come due sconosciuti. Ci unimmo come due innamorati. Come una sola creatura. Ci stringemmo l'uno all'altra. Ci dimenticammo del mondo. «Dobbiamo alzarci?» mi bisbigliò all'orecchio mentre ballavamo nel buio.

«No» mentii. Un no per poter continuare così, sopra di lei, a muovermi, a muoverci, legandoci come un regalo in mezzo alla solitudine.

Restammo uniti, e fu l'ultima volta che successe, in un'isola di felicità. Un'isola che durò appena cinque minuti. Come prima, come se ci fossimo dimenticati come si faceva, dimenticati che si poteva fare. Abusammo in quei cinque minuti dell'espressione «ti amo», la utilizzammo troppo, arrivando quasi a svalutarla. «Ti amo, ti amo, ti amo...» Ci fu un momento in cui arrivammo a usarla a ogni spinta.

E sulla terra di quell'isola – perché fu solo questo, una parentesi nella nostra vita – arrivò l'attimo, e arrivò prestissimo, in cui toccammo l'acqua.

Ci bagnammo e subito ricordammo che ci stavamo dimenticando di tutto il resto; un resto che non riuscì, neppure quella mattina, a dimenticarsi di noi: si aprì la porta e si chiuse tutto ciò che c'era stato.

Naufragammo.

Sulla soglia, tra un «mamma» e un «mi sono svegliato», apparve Carlitos, con il suo piccolo pupazzo di peluche in mano. Apparimmo noi due – davanti ai suoi occhi – nudi, uniti, nervosi e bagnati. Ci separammo bruscamente, senza immaginare che quella separazione era l'ultima, quella finale. Senza premeditazione, senza pensarci, ci dividemmo di nuovo in due. Restarono lì cinque minuti di unione, gli ultimi.

Mentre Carlitos si avvicinava e Rebe tentava di recuperare i suoi vestiti, io mi allontanai verso il bagno tentando di nascondere – senza logica – la mia erezione.

Entrai in bagno sapendo che mi lasciavo dietro, sul letto, la routine che si faceva beffe di me; che si impadroniva di Rebe in una forma fin troppo intensa. Mi preparai l'asciugamano e il bagnoschiuma, aprii il rubinetto della doccia finché l'acqua uscì rovente e lì, con il vapore a farmi da schermo protettivo, finii con la mano quel che il ritmo delle nostre giornate aveva interrotto.

Sotto l'acqua bollente, immerso nel vapore, mi smarrii. Volai per un istante verso il nirvana e poi ripiombai di schianto nella realtà. Un attimo di piacere sotto la doccia, che si lasciò dietro troppi strascichi: colpa, tradimento, inganno, stupidità, solitudine...

Credo che lì, sotto le gocce calde della doccia, con la mano che reggeva un pene ormai flaccido, mi sia sentito per la prima volta straniero a casa mia, nella mia stessa vita. Non avevo più nessuna illusione, nessuna speranza nel domani; ultimamente pensavo molto più spesso a ieri.

Iniziai lì a mettere a punto un progetto che ci avrebbe

cambiato la vita. Non pensai in quel momento di dire niente a Rebe: sarebbe stata una sorpresa. Una sorpresa che implicava moltissime cose: cambiare casa, città, lavoro, e in sostanza vita.

In sintesi si trattava proprio di questo: cominciare a vivere.

Dopo il coito frustrato, dopo l'idea di progettare un piano, dopo aver perso l'isola, eccomi di nuovo lì, a mostrare il dito medio alla macchinetta timbratrice.

La penna verde era ancora sulla scrivania, infilata nel portapenne, accanto alle sue amiche.

Al caffè si susseguivano risate e commenti sull'ultimo programma trasmesso in tivù, e intanto nella mia testa i pensieri si diluivano nel nulla.

Quel giovedì passò come passavano tutti i giorni: senza il mio intervento.

Chissà se per l'incidente della mattina, o forse per semplice curiosità, seduto sulla mia poltroncina iniziai a immaginarmi la vita sessuale dei miei colleghi. Probabilmente era solo per placare il mio malessere, oppure era un tentativo di autoingannarmi convincendomi che non ero l'unico, non ero il peggiore di tutti, non so. Suppongo che arrivi una certa età in cui questa faccenda del sesso si dimentica, che diventa solo un tramite, un obbligo in più tra gli impegni domestici. E senza la minima voglia di lavorare, tanto per cambiare, spostai lo sguardo su ciascuno di loro, da sinistra a destra.

Estrella. Guardai e non la vidi. Era di nuovo assente.

Non volli neppure tentare di immaginarla. Malgrado come si bardava, come si era rifatta, non ci provai neppure. Non ce la feci.

Felipe, il calciatore. Cinquantacinque anni, più o meno. Non lo vidi capace di cambiare una bella partita per una notte con sua moglie. Mi immaginai un Felipe che andava a letto con la radio sul comodino, mentre sua moglie tentava di dormire. Entrambi in un'età, in uno stadio della relazione in cui la parola sesso evoca solo vicende del passato.

Godo. Immaginai che fosse più il tipo da piacere solitario. Non si era mai sentito che avesse una fidanzata, e neppure delle amiche. È ingegnoso, sì, è un chiacchierone simpatico e si potrebbe andare avanti con tutta una lista di aggettivi positivi. Ma nell'elenco non potranno mai entrare parole come bello, elegante, disinvolto o attraente. Me lo immaginai, e so che non avevo alcun diritto di farlo, accompagnandosi di tanto in tanto con un altro genere di ragazze, amiche di altro tipo. Lo giudicai quando in realtà a malapena lo conoscevo e senza sapere praticamente nulla della sua vita fuori da lì.

Avanti il prossimo.

Javi, parecchio più giovane di me, senza figli e con una casa da inaugurare. La sua fidanzata l'avevo vista una volta sola. Me li immaginai sul sedile posteriore della macchina, che si spogliavano con urgenza, con violenza, facendosi quasi male. Me li immaginai in casa dei genitori, di lui o di lei, impazienti di rimanere soli per buttarsi nudi, eccitati, sul divano, sul letto, anche per terra o nella doccia. Me li immaginai perfino nelle poltrone del cinema, in ultima fila; o in una serata al mare, sulla spiaggia, nell'acqua; in un giardino nascosto. Mi immaginai tutte le situazioni che un tempo avevo vissuto con Rebe. Me li immaginai così e, con cattiveria, gli augurai che il trascorrere del tempo lo rendesse come me, come noi, che utilizzavamo il letto per dormire e svegliarci.

Guardai a destra: Juanjo. Lo vidi con preservativi di marca, senza una fidanzata fissa ma con migliaia di donne pronte a divertirsi, con fine settimana liberi, di quella libertà che offre il denaro. Senza nessuno accanto, senza amore, senza quella sicurezza che ti dà una persona, ma a cui si può facilmente ovviare – e di fatto lui lo faceva – con una certa abbondanza di soldi.

Mi voltai e guardai con disinvoltura Sara. Quel giorno portava una gonna scura che le arrivava al ginocchio, calze nere e scarpe con il mezzo tacco. La camicetta bianca non totalmente abbottonata lasciava intravedere due seni ancora sodi. Sara ha i trent'anni meglio conservati che abbia mai visto, anche se la tristezza che la circonda funziona da scudo nel momento che la si conosce. Ha due occhiaie – piccole ma, malgrado il trucco, evidenti – che raccontano un dolore lontano, ma non ancora superato. È un anno più giovane di Rebe e anche lei va più volte in palestra. Nonostante mi avesse raccontato i suoi segreti più profondi, non mi aveva mai parlato di fidanzati, compagni o piccoli flirt. Be', quasi mai: una volta ha tentato di farlo e io non ho saputo capirla; ora lo so, ma allora non me ne accorsi. Me la immaginai, quella mattina – e arrossii da solo al pensiero –, a casa sua, nel suo letto, che si trastullava con le mani, in solitudine. Qualche volta le avevo buttato lì, a mo' di battuta, che era tempo che si cercasse qualcuno, che si trovasse un nuovo compagno di vita. Ma mi aveva sempre risposto che non era il momento.

Ricardo. Non indugiai troppo. Ha una moglie, ma me li vedo impantofolati, che fanno passare il tempo, come chi aspetta che il vento soffi, senza sentirlo.

Finita la rassegna dei vicini, il mio sguardo si allontanò verso l'altra zona dell'ufficio, attraverso il vetro fumé, per approdare direttamente a Marta. La vidi seduta, con i lunghi capelli neri; me la figurai con le labbra perfettamente rosse, le unghie impeccabili, a selezionare pretendenti: accettava i migliori e rifiutava i mediocri. Me la immaginai anche insieme a Rafa, senza prove, senza niente di niente. Me li immaginai tutti e due nell'ufficio e il pensiero mi portò a lui.

Rafa. Con una moglie che teneva solo per conservare uno status; con i capelli lucidi di gel, la sua altezza esagerata, il corpo atletico, il suo bel portafoglio e i suoi profondi occhi blu. Me lo immaginai sopra Marta. Quello fu il mio tracollo.

Il mio sguardo era ancora perso tra i colleghi dell'ufficio, quando il telefono squillò un'altra volta. Tornai alla realtà.

Il resto della giornata scivolò tra le ore. La penna era ancora al suo posto. Non c'era spazio per l'emozione in un mondo in cui le penne non si muovevano più, in cui il mio lavoro non mi portava mai nulla di nuovo, condannandomi a fare sempre le stesse cose, a non crescere né come impiegato, né come persona.

Mi guardai la pancia per scorgere in lei, come in una palla di cristallo, il mio futuro. Sarei rimasto inchiodato lì finché la pensione non avesse suonato il campanello. Seduto sulla stessa sedia, con lo stesso portapenne, a preoccuparmi di cose così inutili come una penna gel verde.

L'idea del progetto ritornò. Quei pensieri che, di tanto in tanto, ci si affacciano in testa e ci fanno sperare che tutto possa cambiare. Quel giorno, dopo l'incidente della doccia, fu la seconda volta che mi balenò in mente: era l'idea che si può cambiare vita se a un certo momento si prende una decisione. A volte, basta solo che accada qualcosa: che sia in positivo o in negativo è un dettaglio secondario.

Pensai di nuovo alla penna.

Avrei potuto prenderla e, deliberatamente, lasciarla su un'altra scrivania, così, senza tante storie. Ma preferivo invece che tutto seguisse il suo corso naturale, anche se quel corso mi aveva già annoiato parecchio. Avrei potuto prenderla, mettermela in tasca e dirigermi con lei verso la macchinetta del caffè o la fotocopiatrice, e dimenticarmela lì, abbandonandola al proprio destino...

Pensai.

Me la immaginai che volava... quando all'improvviso sentii delle urla che venivano da una porta semiaperta.

«È l'ultima volta che glielo ripeto» gridò don Rafael.

E quel grido, sbocciato all'interno del suo ufficio, si propagò – come solo fanno le brutte notizie – attraverso la porta, semiaperta di proposito, per tutta la stanza.

«È sempre la stessa cosa, sempre uguale!» continuava a urlare. «Quante volte l'abbiamo avvisata? Quante? Quante? Quante?»

Di nuovo, come accadeva sempre quando don Rafael si inalberava, ci ritrovammo a essere spettatori privilegiati di uno spettacolo di ombre cinesi. La prima era la sua: attiva, in movimento da un lato all'altro, gesticolando in modo compulsivo, autoritaria, superiore, aggressiva.

La seconda: immobile, muta, remissiva, seduta, fragile, vulnerabile.

«Non ci sarà una prossima volta. Mi ha capito signor Gómez? Non ci sarà un altro avvertimento!»

Senza suppliche né domande, senza il turno di replica, si concluse la sessione. Niente applausi né bis. Tuttavia ci fu indubbiamente una grande aspettativa all'uscita.

Uscì a capo chino, sconfitto, come un buffone dal sorriso storto, il signor Gómez. Uscì e se ne andò direttamente in bagno, dove rimase oltre dieci minuti. Nessuno andò a cercarlo, nessuno osò alzarsi dalla sedia.

Uscì, sentendosi vincitore, don Rafael. Uscì e se ne andò direttamente all'ascensore. Per quel giorno non rientrò.

Forse Rafa proprio quel giorno covava un'irritazione precedente, forse Javi gli servì da sfogo; forse c'erano già state troppe opportunità, troppi ritardi. Ma qual è il troppo? Entrambi potevano stabilirlo, entrambi potevano dire basta, ma solo Rafa lo fece.

Arrivarono le 19.30, come sempre arrivavano, attese con impazienza.

Timbrai, come timbravo sempre.

Presi la macchina.

E come sempre, dopo oltre venti minuti, riuscii a parcheggiare.

Il bacio di tutti i giorni a lei, il bacio di tutti i giorni a

Carlitos già a letto, la cena con quel che c'era; mezz'ora di televisione prima di andare a dormire, il letto per addormentarsi e per svegliarsi il giorno dopo.

Giorno dopo giorno, l'esistenza si era trasformata in un puro tramite, costellato di piccole allegrie, ogni volta più piccole, ogni volta meno allegre.

Avvertii quella notte, e a partire da allora anche tutte le successive, la necessità di scappare. Immaginai una fuga insieme, una fuga a tre, concordata, decisa di comune accordo. Un'evasione verso il futuro, dimenticando in un istante tutto il passato, recidendo con un colpo secco le radici che ci univano a una vita morta da tempo. Mi figurai così tante volte la stessa immagine che dimenticai le varianti; mi scordai che potevano esserci cambiamenti collaterali.

Arrivai a progettare anche i minimi dettagli: i luoghi, i tempi, il percorso e la compagnia. Avrei dovuto dirglielo allora; avrei dovuto rischiare. Non lo feci, e ora, nonostante i «non ci fu tempo», «non ho trovato il momento» e «non l'avrebbe capito», so che non ebbi il coraggio. Lo rimandai, giorno dopo giorno, lo rinviai come tante altre cose. Come rimandai i fiori che non le regalai, le carezze che non le diedi, i «ti amo» che non le dissi.

«Come reagirà Rebe?» è sempre stato il dilemma; in realtà è stata la scusa. «Come reagirà Rebe?» Mi inventai così tante risposte da non preoccuparmi mai di scoprire la sua.

Ma quale sarebbe stata?

«Sì, andiamo.» Un *sì* sarebbe stato un riconoscimento. Quel sì avrebbe significato un'ammissione. Ammettere che ci stavamo perdendo, che ormai come coppia non funzionavamo più. Quel *sì* sarebbe stato difficilissimo, ma avrebbe anche costituito la soluzione.

«No, impossibile.» Un *no* sarebbe stato semplicemente un *no.* Un *no* precostituito, stupido, un *no* che non mi sarebbe andato bene. Un *no* viziato dalla paura, dall'incertezza per il mio programma. E quel *no*, così inutile, falso, ordinario, avrebbe avuto una conseguenza diretta: la rinuncia, da parte mia, al progetto.

Tra quelle due risposte mi dibattevo notte dopo notte, quando agognavo solo di poter decidere, di riuscire a dirglielo.

Avrei potuto ricorrere a ulteriori alternative, trovare altre risposte semplicemente ponendo domande diverse. C'è una grande differenza tra un «accompagnami!» e un «mi accompagni?»

Venerdì 22 marzo 2002

A, pavimento; davanti, bagno; sotto, doccia; dentro, specchio; con, stanchezza; contro, routine; di, bacio; da, saluti; durante, mattina; in, porta; tra, beige; eccetto, Carlitos; verso, lavoro; fino, mezzogiorno; insieme, colleghi; meno, Rebe; per, pranzo; con, abitudine; pro, vita; tranne, amore; incluso, notti; secondo, sensazioni; senza, famiglia; tanta, tristezza; sopra, me; infine, vita...

Così, con un ordine già prestabilito, come una qualunque lista, iniziavano le mie giornate, tutte, sapendo che dopo la B immancabilmente veniva la C.

Suonò la sveglia. Mi svegliai.

Timbrai e, quando lo feci, ero già stanco.

Attesi, lavorando, l'ora di pranzo.

Scendemmo al ristorante della solita catena, giù all'angolo. Prendemmo i nostri vassoi e ci sedemmo a un tavolino che sembrava un banco della scuola.

Adesso mi tornano in mente certi ricordi così esili, così trasparenti, così vuoti... Ci penso e intanto guardo lo scorrere dei pali, dei campi, delle case inghiottite da un orizzonte che mi calamita lo sguardo. Ripenso a quel pranzo e mi accorgo che ormai esistono pochissimi luoghi reali. Luoghi che non siano catene in franchising. Hanno fatto sparire la panetteria della signora Teresa, trasformata in un emporio cinese. È scomparso, ormai da anni, anche il chiosco della Mustiam che vendeva sia giornali che patatine, che sigarette. E si sono portati via anche gli alimentari, gli orologiai, i calzolai...

Arriverà il giorno in cui tutto sarà in franchising: l'aria, il paesaggio, le sensazioni, i sentimenti... tutto, fino all'ultimo dettaglio. Tutto già scelto e confezionato su misura, per una vita giusta e rapida. Tutto incluso: entrare, fare la coda, ordinare all'interno di un elenco precostituito, pagare in anticipo, prendere il vassoio, mangiare e leggere i cartelli con su scritto: «NON SI FA SERVIZIO AL TAVOLO» e «SI PREGA DI LASCIARE I TAVOLI SGOMBRI, GRAZIE».

Quel venerdì scesi a mangiare da solo; non aspettai nessuno, non avevo alcuna voglia di parlare.

Un panino, una birra e un caffè che buttai giù in un sorso solo fu il mio pranzo. Uscii da lì, nello stesso modo: in un sorso solo.

Camminai, feci il giro dell'isolato. Mi vidi di nuovo immerso in un alveare di gente, in un formicaio umano... tutto così insensato. Camminai, passeggiai senza meta attraversando varie strade, senza una direzione.

Mi bloccai in mezzo al marciapiede, vedendo passare la gente, sentendomi sfiorare da altre vite. Mi incantai a guardare una bimba che, afferrata alla mano di un signore che immaginai fosse il nonno, si accorse di me e mi guardò di rimando. Due sguardi lontani per età, vicini per distanza. Ci scrutammo per qualche secondo. Mi sfilarono accanto e non riuscii ad allontanare gli occhi. Li vidi scomparire tra la folla.

Rimasi immobile, fissandoli senza vederli. Mi figurai quella bambina, seduta sulle mie ginocchia, entrambi su una poltrona, su una coperta da vecchio, su un corpo di vecchio, che mi poneva una domanda: la domanda che i nipotini rivolgono sempre ai nonni. Quella che io feci ai miei ma che non avrei mai voluto sentirmi chiedere da quella piccola dallo sguardo primaverile. Invece eccola qui: «Nonno, e tu cosa hai fatto da giovane?» Come uno schiaffo in pieno viso, dovetti ascoltarla e...

E...

Mi guardai intorno: gente in ogni direzione, figure confuse, teste colorate, sguardi fugaci, sorrisi verticali, mille mani in un mare di corpi... in un attimo mi sentii affogare.

Accelerai il passo in cerca d'aria. Il parco, il mio obiettivo del giorno, un grande spazio aperto, un luogo sperduto. Percorsi alcune strade, con determinazione, e lo scorsi in fondo a una via: solo un altro incrocio, solo pochi metri.

Ma il semaforo scattò sul rosso.

Iniziai a sudare. La gente si accalcava intorno a me; li odiai, li odiai tutti, senza motivo, senza una causa; avrei voluto farli sparire, allontanarli in massa.

E...

Verde. Corsi. Corsi. Attraversai come il vento il viale per raggiungere il parco, con la mia nipotina ancora seduta in grembo, che aspettava una risposta.

Cercai, tra gli alberi, una panchina, un luogo dove poter riposare per un momento da tutto ciò che mi assediava.

Respirai. Mi mancava ancora l'aria.

Trovai la panchina, mi sedetti e... scelsi di non rispondere.

Sapevo cosa dire, ma la mia bocca non era in grado di pronunciare la parola.

Una sola, sei lettere, era quella che la bambina seduta sulle mie ginocchia, malgrado non pesasse, voleva sentire.

«Niente» risposi infine... e la bimba scomparve.

Ma anche dopo, nonostante fossi riuscito a liberarmi di quel fantasma, continuai a parlare, a parlare a voce bassa.

«Ho lavorato più di trent'anni nello stesso posto, seduto sulla stessa poltroncina, alla stessa scrivania, come un pupazzo. Ho passato più tempo lì che in qualunque altro luogo, più tempo lì che con tua nonna, che con tuo padre, che con chiunque. Lì mi sono costruito il mio mondo, come in un acquario, come in una gabbia, come...

«...»

Mi zittii, e quel silenzio fece sì che apparisse di nuovo. Ora si era messa a giocare con i piccioni, seduta sulla rena, dando loro da mangiare. Mi voltava le spalle. Alzò la testa, mi guardò e ancora una volta fui spaventato da quelle sue labbra che mi posero un'altra domanda, più dolorosa che mai.

«E perché?»

Perché? Perché? Perché? Quel perché mi si inchiodò in testa.

Perché? Aspettava una risposta.

Perché? Quelle sei lettere, quel giorno, divennero un martirio.

Perché? Sapevo che non sarei potuto andarmene senza risponderle, sapevo che, se non lo facevo, l'avrei ritrovata da qualche altra parte, in ascensore, in ufficio, o magari sulla mia sedia, con in mano la mia penna verde.

«Non lo so» risposi piangendo. «Non lo so. È stato tutto così veloce, così fugace, per te, per tuo padre, per lei, per me; non lo so...»

Con le lacrime che mi rigavano le guance mi avvicinai a lei, e subito la persi. Cercai, inginocchiato, con la rena tra le dita, o con le dita nella rena, come quando ero piccolo, la risposta.

Rimasi in attesa, sotto lo sguardo stupito di impiegati che scuotevano la testa; le occhiate di biasimo dei vagabondi e quelle ansiose delle madri che richiamavano i propri figli e si allontanavano da un pazzo in camicia bianca, cravatta grigia e giacca sporca che si comportava in modo strano. Un pazzo che cercava nella rena le tracce della propria coscienza: femmina, bambina, dagli occhi verdi e dalle domande inopportune. Trafitto da tutti quegli sguardi, mi ritrovai fuori luogo, senza posto, espulso da tutto.

Rimasi da solo, tutti si erano allontanati. Solo, con un pugno di sabbia tra le dita che mi sfuggiva, come la vita. Mentre la sabbia cadeva, la vidi di nuovo, a intermittenza: appariva e scompariva, in lontananza; un attimo accanto a me, poi su un albero, bionda, o con due codini; poi più grande, con un bikini nero, sdraiata sulla rena delle altalene, e infine correndo, arrampicandosi sugli alberi... «Guardami, Rebe», guarda cosa sono diventato; «guardami, Rebe», guarda come ti ho perso; «guardami, Rebe...» ma ormai Rebe non voleva più guardarmi, dall'albero si attaccò a un piccione e con lui, senza di me, volò. Volò e sparì tra le nubi.

Rientrai tardi, quel venerdì, in ufficio. E non la vidi mai più... anche se tornai tante volte...

Arrivai tardi e così distrutto che bastarono gli occhi a rispondere alle domande. Guardai dappertutto, ma non vidi più quella bambina che mi era sfuggita nel parco.

Felipe si intestardì in una discussione con Godo riguardo alla partita del mercoledì precedente; Sara parlava al telefono con un cliente. Javi era andato a procurarsi un altro caffè. Ricardo lavorava mordicchiando una penna e gli altri... facevano le cose di sempre.

Premetti i tre tasti magici che sbloccavano il mio computer e digitai la password.

C'era una e-mail urgente: «Le ultime modifiche non funzionano, chiamami». La lessi: la breve spiegazione sul tipo di malfunzionamento che si manifestava quando si inserivano dei dati mi indicò finanche il codice dell'errore. Presi una penna per annotarmelo su un pezzo di carta. E quando ricontrollai ciò che avevo scritto, quando lo rilessi, mi accorsi che avevo preso una penna blu trasparente e non la mia di gel verde. Fu in quel momento che, dopo tre giorni, dopo averci fantasticato non si sa quanto, dopo averla trasformata nello scopo che mi spingeva ad andare in ufficio tutti i giorni, mi accorsi che la penna verde non era più sulla scrivania, non era nel portapenne e non ce l'avevo in mano.

Mi guardai intorno con la speranza di non vederla: non c'era. Lei, la bimba del parco: se l'era presa lei. La vita ricominciava ad aver quel senso che ciascuno vi cerca. Stava iniziando un'avventura che si era fatta attendere fin troppo a lungo, una ragione nuova per continuare a riscaldare ogni giorno il posto che mi era stato assegnato. Rimasi per qualche istante a fissare il foglio, dimentico del parco, di Rebe, imbambolato davanti a un portapenne mezzo vuoto.

«Ti è successo qualcosa?» mi sorprese Sara, toccandomi la spalla con un dito.

«...»

«Stai bene?» insistette.

Mi voltai lentamente verso i suoi occhi.

Ci guardammo.

«Mi è sparita la penna, quella verde.»

Sara rise; rise di un gusto raro a vedersi in lei; rise di cuore. Fu una risata larga, di quelle che scoprono tutti i denti.

«Non ti preoccupare... ce l'ho io» mi disse senza riuscire a smettere.

Non feci nulla, non sorrisi, solo una piccola smorfia di riconoscenza. Le parole mi uscirono forzate.

«Ah, meno male... Passamela ché devo scrivere una cosa» le chiesi controvoglia.

Attesi, avvolto nella mia stessa delusione, che Sara me la rimettesse sulla scrivania. Ma, con mia grande sorpresa, non lo fece. La vidi, nervosa, che spostava carte, guardava nei cassetti, cercava nella borsa...

«Mi spiace... ora non so dove l'ho appoggiata» mi disse, intanto che si toccava tutte le tasche. «L'ho presa nemmeno dieci minuti fa! Aspetta, forse l'ho lasciata sul tavolo di Marta, ora ritorno...»

Si allontanò.

Stavo per dirle che non era necessario, che non importava, che appunto stavo aspettando di perderla. Ma come potevo fare a spiegarle una cosa simile? Attesi con impazienza, sperai che l'avesse persa.

Dopo cinque minuti Sara ritornò senza penna.

«Mi dispiace, Marta non c'è. Probabilmente le sarà servita per qualcosa. Lunedì glielo chiedo...» mi disse.

«Non fa nulla...»

Pensai, mentre tornavo a casa, al mio futuro prossimo: quarantotto ore già previste. Non mi serviva guardarmi le linee della mano per scoprire che non ci sarebbero state sorprese.

Sabato. Alle nove Rebe andava al centro commerciale, a lavorare. Carlitos e io restavamo a casa a fare le stesse cose di sempre: doccia, vestiti, colazione, ma questa volta con meno fretta degli altri giorni.

Le dieci e già era tardi per sfruttare la mattinata del sabato: prendere la macchina per andare al supermercato – Carlitos nel suo seggiolino e io nel mio –, cercare un posto per parcheggiare, trovarlo, barrare le voci di una lista compilata da tutti e due ma separatamente (perfino questo avevamo cessato di fare insieme), aspettare in coda, caricare in macchina la spesa della settimana, discutere con chi vuole tenersi l'euro del mio carrello, gli ingorghi in strada fino ad arrivare a casa, infilare tutto in ascensore, mettere ogni cosa a posto, separare i panni sporchi, fare la lavatrice, preparare il pranzo a Carlitos... le due del pomeriggio.

Quando Rebe rientrava – stanca – io davo da mangiare – stanco – a un Carlitos che aveva fame già da un po'.

Rebe avrebbe aperto la porta per trovarci suo figlio con le braccia spalancate in attesa di un abbraccio, suo marito in cucina che finiva di apparecchiare, pronto a ricevere un bacio che si sarebbe fermato alla guancia e la routine seduta a tavola come quell'invitato che non si schioda più.

Il pisolino di Carlitos ci avrebbe sorpresi sul divano, stravaccati, in attesa di un pomeriggio carico di obblighi che avrebbero scalzato via qualsiasi possibilità di cenare fuori, vederci un film o divertirci in macchina con quei giochi che ci obbligavano a reclinare i sedili, quando avevamo meno anni e molti più sogni.

Domenica. Carlitos non era ancora capace di distinguere i giorni di festa; noi, sempre meno. Si sarebbe svegliato presto e noi con lui. Doccia, vestiti, colazione erano il preludio di una mattina al parco, di una domenica a pranzo dai nonni, dove i «vediamo quando arriva la sorellina» ci obbligavano a guardarci con un sorriso forzato. Domenica: pomeriggio di disegni per lui e di divano per noi. Domenica: minaccia di lunedì.

Non mi sbagliai in nulla. Andò così.

Lunedì 25 marzo 2002

Arrivai in ufficio con dieci minuti d'anticipo e Javi era già lì.

Mi avvicinai alla scrivania senza riuscire a trattenere un sorriso, vedendo che la penna ancora non c'era.

Mi tolsi la giacca, mi sedetti, accesi il computer e attesi i rumori che si trascinavano l'inizio di un'altra giornata.

Sara si era dimenticata la faccenda della penna, ma non le dissi niente; decisi di attendere i *dopo*: dopo la pausa, dopo una serie di telefonate, dopo mangiato... e dopo quasi otto ore di ricerche infruttuose, iniziai a spazientirmi. Non riuscii a dirle niente per la paura di ritrovarla, per il timore di tornare il giorno dopo e rivederla lì, sulla mia scrivania. In realtà l'unica cosa che volevo sapere era se per caso era vicina, se qualcuno era stato capace di stroncare la mia avventura sul nascere portandosela a casa, lasciandola prigioniera in un cassetto chiuso a chiave, umiliandola sul fondo di un qualche cestino dell'immondizia.

Come due amanti che si lasciano e lottano ogni giorno per ritrovarsi, passai in rassegna ogni superficie con la speranza di vederla spuntare in qualche angolo, consapevole che – malgrado le mie dichiarazioni – non ero capace di dimenticarla. Cercai, come chi cerca dappertutto e con ostinazione gli occhi dell'amato, una traccia qualunque della sua presenza.

Mezz'ora prima di uscire mi imbattei – come un innamorato che si imbatte in un sorriso che lo tramortisce – in una pista che mi consentiva di proseguire la caccia.

Mi ero diretto nella zona dove lasciavamo, alla fine di ogni giornata, le nostre richieste e le relazioni, quando un foglietto giallo con una scritta verde spillato a un documento attirò la mia attenzione.

IMPORTANTE:
Il lavoro non è ancora concluso.
NON *inviare la fattura ancora per un po'.*
Aspettare almeno venerdì.

Verde. Il mio verde, non c'erano dubbi. Con la meticolosità di un anziano e un'euforia da novellino strappai il biglietto, lasciando lì, attaccato alla graffetta, un frammento di carta senza verde, piccolo ma importante, col tempo.

Lo accarezzai tra le dita e me lo avvicinai al naso che in quel momento credetti in grado di distinguere tra inchiostro fresco o vecchio.

Annusai, chiusi gli occhi e lo strinsi tra le mani. Osservai una grafia che dal tratto – ovale, leggibile e delicato – sentii femminile. Il suo *è* con l'accento grave e il *po'* con l'apostrofo mi consentirono di scartare, quanto meno, una persona.

Lo lessi di nuovo e dopo, gelosamente, me lo nascosi in tasca.

Mi guardai alle spalle, come chi sa di fare qualcosa che

non dovrebbe, per esaminare dettagliatamente quel documento a un angolo del quale si era ancorata la mia speranza.

Sentii i tacchi di Marta che si avvicinavano. Lasciai il foglio, mi toccai la tasca e ritornai alla scrivania.

Il mio rientro quella sera fu diverso. Mi portai a casa una felicità senza spiegazioni – perché mai ne fornii – che non fece che aggiungere carte a un castello già instabile da tempo. Non seppi capire che un'allegria senza ragioni, dopo molto tempo di assenza, potesse farle sorgere pensieri che non avrebbe dovuto pensare: ovvero che c'era qualcuno a rendermi di nuovo felice.

Sbagliai a non raccontare nulla, a non parlarle mai di un progetto che era anche suo. Sbagliai a fare tutto di nascosto.

Quel lunedì approfittai del suo sonno per analizzare un foglietto stropicciato, piccolo e fosforescente. Lo studiai e scoprii segni a cui non avevo fatto caso. Cercai dettagli in ciascuna lettera, certo che mi avrebbero ricondotto al ladro: una ragazza, dedussi per la seconda volta.

Osservai ogni parola, ormai le sapevo a mente. Memorizzai l'insieme, la grafia, il tratto, l'odore e il suono... Ammetto che arrivai a innamorarmi di quel foglietto che, tenuto in mano, mi faceva scordare la mia vita.

La mia vita...

Voltai la testa e la vidi. Però non l'avevo voltata per guardarla e questa fu una differenza importante.

Dormiva senza partecipare al mio entusiasmo.

Dormiva sola, in una notte in cui a malapena ci eravamo scambiati una parola.

Lei non sapeva niente del mio biglietto giallo, ma io? Sapevo qualcosa della sua vita di quel giorno? Non conoscevo né le sue allegrie, né i suoi fastidi; e nemmeno intuii i suoi dubbi vedendomi rincasare quella sera con un profumo di euforia che non era suo. Non sapevo se durante le ore di lontananza si era mai ricordata di me. E io, mi ero ricordato di lei?

Dividevamo casa, ma vivevamo separati; dormivamo uno accanto all'altra, ma ci svegliavamo sempre lontani. Cosa ci teneva ancora sotto lo stesso tetto?

Lasciai il biglietto sul comodino e, scalzo e senza fare rumore, mi intrufolai nella camera di Carlitos. La porta era accostata, bastò che la spingessi. Dormiva sotto le sue lenzuola con i personaggi dei cartoni animati, su un fianco, con la sua piccola mano sotto la piccola guancia, con i piccoli occhi rilassati, estranei a tutto.

Mi sedetti delicatamente accanto a lui, ma se ne accorse comunque e allungò l'altro braccio per cercare un contatto. Gli offrii una mano vecchia, a cui si afferrò con decisione. Continuò a dormire, ignaro che vicino a lui si fosse seduto uno sconosciuto che a malapena intravedeva da sveglio e le cui assenze si prolungavano più degli affetti.

«Ti voglio bene, ti voglio bene, ti voglio bene...» gli ripetei sottovoce tante volte.

Carlitos era arrivato senza avvisare. Noi – in realtà più Rebe – pensavamo di aspettare ancora prima di aumentare una famiglia che aveva già una misura perfetta. Si era insinuato in una svista – sicuramente una dimenticanza – e aveva cominciato a crescere tra noi trasformandosi nella persona che nel giro di pochi mesi si sarebbe imposta al centro dell'attenzione: al centro della mia esistenza, della sua, delle nostre...

La nascita di Carlitos portò con sé nuove speranze, il desiderio di condividere una nuova vita, l'amore per colui che era parte di ciascuno di noi; ma contemporaneamente – e questa era la ragione principale per voler rimandare l'evento almeno di qualche anno ancora – ci portò via il poco tempo che avevamo per amarci tra noi.

Il nostro amore, il nostro impegno, i nostri pensieri si focalizzarono su di lui e lui si accaparrò il nostro tempo, le nostre carezze, i nostri baci. Iniziammo a trasformarci in due sconosciuti; cominciammo a recriminarci a vicenda una serie di sciocchezze, cose che fino a quel momento non avevano rivestito la minima importanza. Scomparvero gli interessi personali e quelli comuni, fine delle passeggiate in solitario nel parco, i pomeriggi sulla spiaggia, le serate di cena e cinema...

Quando Carlitos compì un anno, iniziò la nostra prima grande crisi. Rebe crollò; non riusciva a vedere nessuno spiraglio che le consentisse di sognare un'altra vita. Aveva troppi programmi per il futuro, troppe idee, troppi progetti ancora da cominciare.

Forse è difficile capirlo dall'esterno, magari sembra un atteggiamento esclusivamente egoista, ma ci sono persone, come Rebe, che hanno bisogno di libertà per cominciare qualcosa, creare, sentire di crescere...

Rebe non seppe trovare una via d'uscita e rinunciò; non fu capace di lottare, di cercare alternative. E succede che una volta entrati nella spirale, quando ormai siamo dentro, non sappiamo più scappare e quel che è peggio è che neppure ci pensiamo più. Vide solo un tunnel, sempre più scuro; sempre più stretto, senza fine, senza via di scampo.

Temetti, quella notte, e lo stesso ognuno dei giorni che

seguirono, che l'amore che avevamo provato si fosse esaurito evaporandosi.

Sciolsi con delicatezza il nodo delle nostre mani. Ritirò il braccio e lo infilò di nuovo sotto il lenzuolo. Lo coprii, gli regalai un lungo bacio sulla guancia e un altro, e poi un altro ancora, sulla fronte. Si accoccolò stringendo leggermente le labbra, senza coscienza degli scontri che avvenivano intorno a lui.

Mi allontanai, con l'intuizione di un addio imminente. Dovevo accelerare un progetto che non avevo ancora iniziato, proprio per i timori che mi coglievano a ogni tentativo. Dovevo trovare un luogo dove organizzarlo... la cantina, pensai. Lei non scendeva mai da sola, le faceva paura. Lì, tra i resti della nostra vita precedente, sarebbe stato facile nascondere tutto.

Martedì 26 marzo 2002

Sveglia, bacio, doccia, colazione, lasciare Carlitos...

Javi arrivò alle otto e mezzo, puntuale come mai.

Mi avvicinai alla macchinetta del caffè facendo il giro di tutto il piano, per guardare su ogni scrivania: niente, neanche l'ombra della mia penna verde.

Tornai al mio posto.

Lavorai.

Facemmo la pausa.

Tornai a lavorare.

Scendemmo a pranzo.

Salimmo a lavorare.

Approfittavo di qualunque occasione per tentare di riconoscere quella calligrafia che mi portavo in tasca. Spiai più di dieci modi di scrivere, senza risultato. Alcuni li scartai all'istante, altri mi obbligarono a gironzolare intorno a qualche tavolino. Il giorno dopo sarei andato nel settore della contabilità. Là ci sarebbero state più possibilità – più donne –, pensai.

Timbrai e, senza la mia penna gel verde, rientrai come ogni sera a casa.

Bacio e bacio a Carlitos.
Cena senza quasi parole.
Tele dal divano.
Sonno e letto.
Buona notte e bacio.

Mercoledì 27 marzo 2002

Sveglia, è tardi!, non ricordo se ci fu il bacio. Doccia, colazione, lasciare Carlitos...

Javi arrivò alle 8.35.

Mi avvicinai alla macchinetta del caffè facendo di nuovo il giro lungo per buttare l'occhio con disinvoltura su tutti i tavoli: niente, nessuna traccia della mia penna verde.

Tornai al mio posto.

Lavorai.

Facemmo la pausa.

Tornai a lavorare.

Scendemmo a pranzo.

Salimmo a lavorare.

Qualunque pretesto era buono per tentare di identificare la grafia del biglietto. Ancora niente. Entrai varie volte nella zona della contabilità e fatturazione sempre con una scusa pronta, non si sa mai.

Approfittai delle pause caffè, del pranzo, di tutti i momenti liberi per scrutare le grafie altrui che, anche se le assomigliavano, non erano mai esattamente uguali a quella che cercavo. Neanche quel giorno ottenni risultati.

Pensai di nuovo a Marta, fu lei l'ultima, secondo Sara, ad averla in mano. Ma... quell'apostrofo perfetto dietro *po'*... strano da parte sua, strano...

Timbrai e, senza la mia penna gel verde, rientrai come ogni sera a casa.

Giovedì 28 marzo 2002

Sveglia, doccia, colazione, lasciare Carlitos...

Javi arrivò alle 8.41.

Mi avvicinai alla macchinetta del caffè facendo il giro del piano, per passare in rassegna ogni postazione, fingendo la massima naturalezza: niente, neanche la minima traccia.

Tornai al mio posto.

Marta fu l'obiettivo di quel giorno.

Fu più difficile di quel che mi ero immaginato. Avvicinarmi alla sua scrivania senza un pretesto non era fattibile – io e lei non parlavamo quasi mai – ma avevo assoluto bisogno di vedere qualcosa che avesse scritto a mano. Pensavo e intanto la osservavo a distanza. Come faccio?

Come faccio?, continuai a domandarmi tutto il pomeriggio. Come affrontare quegli occhi? Quello sguardo che si posava su di me sempre con aria di superiorità?

Alla fine, feci ciò che facevo sempre: aspettai. Aspettai le sette e mezzo e, quando ormai non c'era più nessuno, mi avvicinai alla sua postazione. Ebbi fortuna e trovai un biglietto attaccato al video del computer. No, con la massima sicurezza, nonostante avesse una calligrafia molto graziosa, non era lei. Iniziai ad arrendermi.

Timbrai e, senza la mia penna gel verde, rientrai come ogni sera a casa.

Bacio e bacio a Carlitos.

Venerdì 29 marzo 2002

Quel giorno, poco prima delle dieci, subito prima di uscire per la pausa, appena prima che iniziassimo a replicare gli *ieri*, squillò il telefono di Sara. Fu una chiamata breve, un sollevare il ricevitore e un assentire che trasformarono la sua espressione da un mezzo sorriso a una smorfia di tristezza. Si alzò e, in silenzio, si diresse verso l'ufficio di don Rafael.

La seguii con lo sguardo finché entrò, chiudendosi la porta alle spalle. Un attimo dopo uscì Marta, lasciandola semiaperta. Appena qualche centimetro da cui però fluivano senza ostacoli l'autorità, il potere e l'umiliazione.

Un filo di voce seria, ma ancora calma, fu il preludio dello scandalo. Rumori che, in breve, crebbero di volume trasformandosi in grida. Grida che scappavano da una porta lasciata deliberatamente accostata. Le parole gli uscivano a pezzi, come sempre quando si arrabbiava. Lo vedemmo – perché non ero l'unico a guardare – gesticolare esaltato, alzarsi per poi rimettersi subito a sedere, camminare per l'ufficio minacciando con le braccia, generando terrore con la bocca, provocando un moto di paura con ogni colpo che si abbatteva sulla scrivania.

Rimase l'ombra di Sara, seduta su una poltroncina scomoda, in attesa della sentenza, muta. Passarono minuti di parole troppo urlate, di inutili passi avanti e indietro, di gesti puerili, finché don Rafael ritenne conclusa una conversazione che era in realtà stata un monologo. Vedemmo uscire una Sara dal viso sfigurato, il portamento distrutto e l'anima confusa che, senza dire una parola, si avviò direttamente a quegli stessi servizi dove io un giorno mi ero asciugato la camicia.

Anche don Rafael uscì dal suo ufficio e chiuse quella porta che non avrebbe dovuto restare aperta; senza guardare nessuno, senza salutare, scomparve nel corridoio che portava all'ascensore.

Silenzio, è questo che ricordo di quel momento. Un silenzio infranto unicamente dal rumore dei tasti, dal suono dei telefoni e il bisbigliare dei curiosi.

Sara impiegò un po' a tornare.

Lo fece in silenzio, con negli occhi meno trucco e più tristezza. Si sedette accanto a me, muta, evitando il mio sguardo, e io evitando il suo: imbarazzati per la vergogna.

Sara, nemica di nessuno, cordiale, amabile, che parlava sottovoce per non disturbare, che di tanto in tanto suscitava sorrisi da illuminarti il volto. Sara, puntuale, efficiente, calma... era fuori di testa, don Rafael?

Con il passare dei minuti, ripresero i rumori quotidiani abituali, che alleggerirono non poco il disagio di Sara.

Fu al momento del pranzo, nella complicità tra colleghi, nella sicurezza della fiducia reciproca, che ci raccontò tutto; che mi sentii sprofondare nell'abisso della vergogna.

Regnò all'inizio un silenzio scomodo, artificiale, carico

di aspettative; un silenzio che nessuno si azzardava a rompere per primo. Sara non parlava. Per tutto il pranzo ci scambiammo commenti su argomenti riempitivi, transitori, sipari di una spiegazione che si faceva attendere.

Fu quando arrivarono i caffè che sentii sul suo volto, come successe in quella sera a due in cui mi narrò la sua storia, la necessità di parlare; dovetti aiutarla.

«Sara, stai meglio?» Parlai a nome di tutti.

Inchiodò gli occhi sulla tazza e le lacrime ci caddero dentro. Aprì la borsa e prese un pacchetto di fazzolettini.

Nessuno parlava. Dovetti aiutarla un'altra volta.

«Sara, calmati, non preoccuparti» le dissi prendendole una mano che ancora tremava. Avvertii una sensazione di insicurezza, identica a quella che avevo provato la sera prima, quando avevo accarezzato la mano di Carlitos.

Dopo vari tentativi, in cui la bocca le si apriva solo per pronunciare delle parole che non riuscivano a uscire, alla fine si calmò a sufficienza da poterci spiegare. Parlò e lo fece tutto in una volta, senza pause, senza punti... come se i pensieri trattenuti per ore nella sua testa non vedessero l'ora di uscire. Parlò e ciascuna frase mi aprì una ferita nella coscienza. Codardo è in assoluto l'unico termine che può riassumere quanto accadde quel giorno: codardo, io.

Sara parlò e nessuno fu capace di interromperla.

«Gliel'ho indicato chiaramente, ce l'ho spillato, sono sicura, così sicura come se ce l'avessi davanti agli occhi...» sbraitava una Sara agitatissima. «L'ho lasciato nella vaschetta all'ultimo momento... è come se ce l'avessi davanti agli occhi, giuro!

«L'ho scritto e ho aggiunto IMPORTANTE, in maiuscolo, sul post-it. Dovevano solo aspettare fino a oggi, quattro giorni, prima di emettere la fattura, solo questo.

«Marta dice che non l'ha visto, che quando ha portato

i documenti alla contabilità non c'era nessun post-it, né staccato, né per terra, né sul tavolo. Che non c'era proprio nulla. Chiaro: è la mia parola contro la sua...»

Respirò, solo per prendere fiato, ma mi sembrò un respiro eterno.

«Io, che cerco sempre di fare il meglio per l'azienda, che rispetto rigorosamente gli orari» e qui Javi chinò leggermente la testa, «io che mi preoccupo di qualunque richiesta... e oltretutto doveva capitarmi proprio con il cliente più importante... il più importante di tutti. Però l'ho indicato chiaramente, è come se ce l'avessi davanti agli occhi...»

Mi guardai intorno e mi accorsi che nessuno aveva capito che cos'era successo.

«Parli di Constusisa?» domandò Godo cercando di seguire il discorso, o quantomeno di non farla smettere di parlare; tentava di trovare un nesso tra quella sfilza di frasi, di parole incatenate l'una all'altra.

Constusisa era una delle società più importanti della zona, un'impresa edile che operava in oltre dieci paesi, con sedi a Madrid, Barcellona e Valencia. Una società che fattura milioni e della quale siamo – be', adesso sono – praticamente l'unico fornitore di software. Una società che paga molto bene, ma esige priorità assoluta e un trattamento in guanti bianchi.

«Sì, Constusisa, Constusisa... Un buon venti percento di quel che fatturiamo in quest'azienda viene da Constusisa, voi lo sapevate?» chiese Sara mentre con un fazzoletto si asciugava gli occhi. «Io no. Me l'ha detto oggi don Rafael, anzi: me l'ha urlato.

«Il direttore del ramo più importante di Constusisa ha ricevuto una fattura di oltre quindicimila euro per un lavoro che non sarà funzionante prima di lunedì. Dovevano solo aspettare a spedirla fino a oggi, in modo che la ricevessero la settimana prossima. Solo questo. Ma è ovvio che io dovevo passarlo in amministrazione prima che finisse la settimana. Le commissioni, le maledette commissioni...

«Tuttavia il lavoro non è ancora finito. E quelli si sono visti arrivare una fattura di quindicimila euro per un lavoro che non è ancora concluso. Si vede che il tizio ha sollevato un polverone impressionante con don Rafael, l'ha perfino minacciato di non lavorare più con noi. Dice che non siamo gente seria... Immaginatevi come l'ha presa...»

«Dai, non sarà così grave, lo sai che Rafa esagera sempre» diceva un Javi che ormai alle sfuriate ci aveva fatto il callo.

«Com'è possibile che Marta non l'abbia visto? Se ce l'ho attaccato sopra... non me lo spiego, non me lo spiego.»

«Magari si è staccato e la donna delle pulizie...» diceva Godo, giocando il jolly a cui tutti, qualche volta, abbiamo fatto ricorso per giustificare l'inspiegabile: la donna delle pulizie.

«Impossibile» quasi urlò Sara. «Ce l'avevo spillato, era spillato... Gliel'ho detto a don Rafael, gli ho detto che vada a guardare e vedrà che ci sono i segni della spillatrice. Mi viene solo da pensare che qualcuno l'abbia staccato di proposito, ma non riesco a capire il perché.» Rifletté. «Don Rafael mi ha detto che se non rinnovano il contratto, quel cliente non sarà l'unica cosa che perderemo: cadrà anche qualche testa. Ha detto così, parola.»

Piccolo, invisibile, mimetizzato... Avrei potuto essere coraggioso, avrei potuto – lì, davanti a tutti – ammettere le mie colpe. Avrei potuto il giorno dopo andare a parlare con Rafa e spiegargli l'accaduto; spiegargli che si era trattato di un gran malinteso. Avrei potuto fare tante cose... ma non feci nulla.

Mentre Sara si sfogava, il famigerato post-it era ancora chiuso nella tasca della mia giacca.

Dopo il rimorso, dopo il senso di colpa, dopo il dispiacere, venne la paura. Venne il «mi avrà visto qualcuno?» E a partire da quel momento divenne l'unica cosa che mi interessò di tutta la conversazione: «mi avranno visto?»

Sara mi prese per il braccio.

Il cuore mi salì in gola. Mi spaventai come non mi accadeva più da tempo e feci un piccolo sobbalzo sulla sedia. Mi guardò stupita. Una leggera pressione, un piccolo interrogatorio e in quel momento avrei confessato tutto: mi sarei sfogato davanti a tutti, come aveva appena fatto lei, ma per fortuna non fu così.

«Ti ricordi quando la settimana scorsa ti ho preso la penna verde, quella nuova che ti eri comprato? Quella che non ho più cercato, ora che ci penso...» mi disse guardandomi negli occhi. «Be', è stato per scrivere il post-it. Non trovavo nessuna penna a portata di mano e mi è venuto di prendere la tua, quella verde.» Annuii. «Dopo sono andata alla contabilità, immagino che la penna sia rimasta da quelle parti. Ci sono andata apposta per portare quel maledetto documento. E per di più ho perso la penna... scusami.»

Scusami. Fu un colpo sentirglielo dire.

Scusami, perché aveva perso una penna che non vedevo l'ora di perdere.

Scusami, e io accettai le sue scuse, codardo.

Perché non avevo pensato a confrontare la grafia di Sara?

Troppo ovvio, troppo facile, così vicino, alla mia sinistra.

Sara finì il caffè pensierosa.
Attenzione, fu la nuova parola d'ordine.
«Mi avrà visto qualcuno?»
Fui io il primo, quel giorno, a timbrare l'uscita.
«Mi avrà visto qualcuno?»
Mi palpai la tasca. Era ancora lì.
Arrivai dopo le nove di sera e una Rebe stanca mi dette un altro bacio di ordinanza.
Cenammo noi due soli, ma in solitudine.
«Mi avrà visto qualcuno?»
Ci coricammo nello stesso modo, Rebe e io.
Mentre lei dormiva, mentre io cercavo di farlo, non riuscii a smettere di riascoltare quella frase. La stessa che ora, per altre circostanze, continuo ad ascoltare nell'esilio.
«Mi avrà visto qualcuno?»

Sabato 30 marzo 2002

Rebe uscì alle nove.

Erano, normalmente, i sabati, mattine di spesa e di coda, ma quel sabato fu anche di centro commerciale. Fu la mattina d'inizio di un progetto che stava già tardando troppo; di cambiamenti, in sintesi.

Arrivammo, malgrado le altre vite, relativamente presto: le dieci e mezzo, e la macchina era già parcheggiata accanto ad altre cento.

Iniziammo a percorrere le arterie del consumo – come due cellule smarrite in un flusso di prezzi, merci e offerte – in cerca di negozi specializzati in fughe, rivoluzioni e cambiamenti. Consultai la mappa del magazzino e dal nome ne individuai solo uno, e comunque non capii dov'era. Decidemmo – io – di esplorare.

Alla fine ne trovai quattro. Entrammo in tutti.

Nell'ultimo comprai, accompagnato dalle lodi del commesso, quasi tutto l'occorrente per, in segreto, preparare una nuova vita.

Il tempo passò rapido.

Arrivammo a casa alle 13.45, a malapena in tempo.

Entrai in garage e, per fortuna, l'auto di Rebe ancora non c'era. Mi diressi in cantina, e ricavai uno spazio dietro le bici dalle ruote sgonfie, per posare tutto quello che avevo comprato. Lì, in segreto, lasciai le basi della nostra fuga.

Uscimmo dal garage e dopo quindici minuti di giravolte, in uno spazio minuscolo, parcheggiai la macchina.

Aiutai Carlitos a scendere e ci dirigemmo verso casa.

Salii, entrai e Rebe era già arrivata.

«Dove eravate?» ci domandò stupita.

Non mi aspettavo di trovarla lì, non ero pronto a inventarmi una scusa su due piedi. Persi la migliore occasione per spiegarle la verità, per confessarle che volevo scappare, con lei. Me ne mancò il coraggio.

«Al centro commerciale, è che mi serve un trapano nuovo... quello che abbiamo si inceppa troppo spesso...» mentii con la prima idea che mi balenò in testa.

«Ah!» rispose incredula. «E l'hai trovato?»

«Sì, ma era troppo caro. Cercherò da qualche altra parte.»

«Ah.» Prese in braccio Carlitos e dandogli un bacio andò in camera, e fece una doccia, e si cambiò e ritornò in cucina.

E di pomeriggio si dovette andare al supermercato e tra il traffico, le code e scaricare la spesa si fece sera.

Cenammo, prima lui, dopo noi.

Guardammo la tele, lei nel suo angolo di divano, io nel mio.

Dormimmo fino alla domenica.

Domenica di parco, di pranzo con i suoi genitori, di cena in casa, di attesa, sdraiati su un letto che ormai non era più testimone di nulla, del lunedì.

Non ci furono sorprese, né un bacio in più, né un bacio in meno.

Lunedì 1 aprile 2002

Sara arrivò presto, io prima. Ci salutammo e io l'analizzai in quel saluto, in ogni gesto, in ogni parola, in ogni sguardo. Sembrava si fosse già ripresa dal venerdì, io no. Mi sembrò – anche se so che fu soltanto una sensazione dei miei occhi – distante da tutti, ma soprattutto da me. Sentii, a partire da quel momento, che il dubbio mi assediava a ogni angolo; avevo l'impressione che lei sapesse qualcosa che mi sfuggiva.

Malgrado tutto, malgrado Sara, decisi di rimettermi a giocare: la caccia a una penna la cui perdita non mi portava altro che problemi.

Aspettai le sette e mezzo per restare da solo, per ritrovare nella curiosità il mio oppio di quelle giornate.

Aspettai.

Aspettai, e le sette e mezzo si presentarono con molto ritardo, dopo un'attesa eterna. Vidi, trovando una scusa, come tutti se ne andavano – o ritornavano – alle loro case. Avvertii, in quei momenti, un brivido nel corpo più tipico dell'innamorato che di un uomo in attesa di restare da solo in ufficio.

Dieci minuti dopo l'ora dell'uscita, erano rimaste solo due persone sul piano: una ragazza della contabilità e io. Lei lavorava, io fingevo di farlo mentre guardavo impaziente l'orologio che sottraeva minuti alle nove, ora in cui il vigilante effettuava l'ultima ronda, chiudeva tutte le porte e inseriva gli allarmi.

Vidi i movimenti dell'uscita. Si alzò, prese la giacca e dirigendosi all'ascensore mi rivolse un breve saluto con la mano, finalmente!

Non feci quasi in tempo ad alzarmi dalla sedia e già stavo rovistando in giro; tanta attesa e non mi ero neppure preparato un itinerario! Iniziai a guardarmi intorno a casaccio: passai in rassegna i tavoli, buttai l'occhio sui cestini della cartastraccia... finché non mi posi un obiettivo definito: l'area della contabilità.

Mi guardai insicuro alle spalle, mentre ruotavo il pomello della porta a vetri che la ragazza aveva lasciato chiusa.

Mi addentrai nel paradiso dei curiosi: ancora tante scrivanie da scoprire, cassetti mai violati... Iniziai con timidezza a guardare sui tavoli, senza toccare niente, e finii seduto su una poltroncina, pronto a dissezionare i segreti di una vita altrui: una qualsiasi.

Mi sedetti, di spalle alla porta, per dare avvio alla mia ricerca.

Prima scrivania. Una superficie praticamente vuota mi offriva poche speranze. Il mouse, la tastiera, la foto di una ragazza con quello che immaginai fosse il fidanzato, da come si sfioravano le bocche, e un portapenne identico al mio, con due penne: una blu e l'altra nera. Nient'altro. Un tavolo pulito, fin troppo sgombro per qualcuno che si supponeva fosse lì per lavorare. Provai a tirare il cassetto e si aprì subito, senza il minimo sforzo. Ci trovai solo, a parte una confezione di gomme da masticare, una scatola di caramelle di quelle senza zucchero e un calendarietto tascabile... la delusione. Spinsi la mano fino in fondo e all'improvviso toccai qualcosa: un pacchetto piccolo, di plastica, soffice... erano solo fazzoletti di carta.

Guardai il resto dei cassetti: una rivista di moda, alcuni CD, fogli e... basta. Con rassegnazione, rimisi tutto a posto, o quasi.

Mi spostai alla scrivania accanto senza guardare indietro, verso la porta. Un tavolo molto simile al precedente: senza interesse.

Feci per aprire i cassetti, ma con sorpresa li trovai chiusi a chiave.

Stavo per lasciare quella postazione per passare alla successiva quando sentii l'ascensore: qualcuno saliva.

Mi risvegliai. Fu quella la sensazione: risvegliarmi dall'interno della vergogna.

Mi ritrovai privo di scuse, carente di spiegazioni. Divenni consapevole, in quel momento, di ciò che stavo facendo, del mio frugare dentro le vite degli altri, e di esserci arrivato senza un reale motivo. Mi resi conto repentinamente di essere nel luogo sbagliato: non c'era la macchina, né la strada, né gli ingorghi, niente di tutto ciò che a quell'ora avrei dovuto vedermi davanti.

Si aprì l'ascensore. Uscirono dei passi.

Mi mossi rapidamente, ma senza spostarmi di lì; in realtà stavo scappando via senza allontanarmi di un solo centimetro. Si muovevano le gambe, le mani, le dita: il corpo intero tremava di terrore.

Reagii nell'unico modo che mi fu possibile: nascondendomi sotto l'ultimo luogo perquisito. E così, accucciato sotto una scrivania che non era mia, accumulai un tremore gelido nel calore della vergogna, il tremore di sapermi totalmente in errore.

I passi si avvicinavano.

Valutai varie possibilità, chino in quella tana: un impiegato che era tornato per recuperare qualcosa, uno dei capi che rientrava per concludere un lavoro urgente, o magari il vigilante della sicurezza che faceva il suo solito giro.

Il suono di ogni nuovo passo era più vicino del precedente, ormai mi era quasi addosso. Abbassai la testa e mi rannicchiai ancora di più, con la pancia serrata contro le ginocchia.

Silenzio.

I passi mi avevano raggiunto.

Il silenzio fu soppiantato dal mugolio di una canzone canticchiata da una voce di donna, dal fruscio di un vestito, dallo scricchiolare di un paio di gambe: le mie, che non reggevano più il mio peso. Mi facevano male le cosce, le ginocchia, la pancia... Iniziai a fare piccoli movimenti per riuscire a sedermi sul pavimento, finché le ginocchia cedettero e con loro il resto del corpo. Caddi per terra, trascinandomi dietro la sedia a cui mi ero aggrappato, che si rovesciò con me.

«Ahh!» un urlo ripristinò il silenzio.

«Signora Luisa! Signora Luisa! Sono io!» gridai per farle abbassare una scopa che mirava dritta alla mia testa.

Tremavamo entrambi, di paura.

Ci guardammo e impiegammo un po' per riconoscerci.

«Mamma mia, che spavento mi ha fatto prendere!» disse con la voce che ancora balbettava per il sussulto, mentre mi si avvicinava con l'intenzione impossibile di tirarmi su. «Ma che ci fa, nascosto lì sotto?» chiese, intanto che mi aiutava a rimettere in piedi la sedia che avevo ribaltato.

«Niente, è che stamani ho perso una penna e credevo di averla lasciata qui... Stavo guardando sotto la sedia per vedere se magari era caduta...» mentii meglio che potei. «Mi dispiace averla spaventata.»

«No, niente. Non si preoccupi. Io comincio dall'altra parte, se mi dice com'è questa penna, magari tra tutti e due la ritroviamo.»

Mi arrivò, così, un aiuto inatteso.

«Ecco, vede, è una penna come questa.» Le mostrai una penna gel nera. «Però è verde. È quella che uso sempre» mentii, «e l'ho persa proprio stamattina» rincarai la dose. «Se la trova, mi farebbe un grande favore.»

«Non c'è problema. L'aiuto io a cercarla. Se è in qualche cestino, di certo la vedo.»

Scorsi una speranza, nei suoi occhi, una speranza riflessa in una donna, immaginai, di più di sessant'anni. Più tardi, seppi invece che ne aveva appena cinquantaquattro. La speranza di riuscire, per un giorno, a cambiare qualcosa nel suo lavoro. Ricominciò a canticchiare la stessa canzone che l'accompagnava fin dall'ascensore.

Rimasi ancora una decina di minuti, perché non si sa mai, e alla fine salutai Luisa.

«Non si preoccupi: se la trovo gliela lascio sul suo tavolo» mi disse con un sorriso.

«Grazie mille, a domani.»

«A domani...» e continuò con quella canzone che non conoscevo.

Feci tardi, quella sera, parecchio.

Arrivai a casa che Carlitos già dormiva. Rebe non volle neppure salutarmi. Cercai di darle qualche spiegazione, mentendo come ormai facevo d'abitudine: troppo lavoro, non sai quanto sono esigenti, e un lungo eccetera costellato di bugie. Malgrado la sua rabbia, o anzi proprio per quella, mi sentii rincuorato. Mi fece piacere il pensiero che si preoccupasse ancora per me, che ancora le mancassi; mi piacque scoprire in quella rabbia i resti di un amore che non immaginavo più.

Mi sedetti sul divano accanto a lei. Mi avvicinai, nonostante il suo rifiuto. Mi accoccolai al suo fianco, in attesa di qualcosa, di una reazione. Ci fu, ma non fu quella che mi aspettavo.

«Ho dovuto fare tutto io! Cambiarlo, fargli la doccia, preparargli la cena, metterlo a letto...» mi urlò, guardandomi con rabbia negli occhi.

Mi raddrizzai e mi allontanai dal suo fianco.

Non ebbi nulla da rispondere a quella verità tanto oggettiva. Non era preoccupata per me, non era arrabbiata per non avermi visto prima, né perché le ero mancato o per quell'amore che non mi aveva potuto dimostrare... no. La sua arrabbiatura nasceva da un eccesso di lavoro, dall'aiuto che non aveva ricevuto. Né affetto, né consolazione, né amore... solo aiuto pratico.

Ci separammo, non ricordo chi fu il primo.

Ci distanziammo sui margini di un divano a due posti, separati da appena venti centimetri ma così lontani l'uno dall'altra che non fui capace di voltare la testa, di guardare la Rebe di cui mi ero innamorato tanti anni prima.

La televisione ci salvò quel giorno, come tanti altri, dallo sgradevole silenzio che si era accomodato in mezzo a noi. Ci ammannì quella sera, come tante altre, il lato oscuro dell'essere umano: varie persone in cerchio tentavano di spellarsi a parole, grida e insulti.

«Oggi abbiamo ospite la giornalista...» Applausi.

Apparve sul palco con un vestito color melanzana e un paio di tacchi da infarto. Si diresse verso una poltrona bianca. Me la immaginai, vestita così, che camminava per Bassora o correva per Kabul. Me la immaginai anche con una cinepresa in mano, che controllava se a Guantánamo la minestra si serve troppo calda o nei centri di detenzione russi troppo fredda. Me la immaginai così, quando sentii la parola giornalista.

All'improvviso, un urlo che emerse da una discussione tra un altro invitato e la giornalista richiamò la mia attenzione. L'argomento era, quanto meno, curioso:

«Ti sei dimenticato le mutande a casa di lei, la volta che suo marito è rientrato dal viaggio? Sì o no?»

«Be'. La verità è che...»

«Sì o no? La domanda è molto semplice. È vero che quella sera ti sei scordato le mutande nel suo letto?»

«Le ho lasciate lì, sì, ma il fatto è che...» E gli applausi di un pubblico pilotato interruppero il racconto.

«Sì? Be', con questo hai già detto tutto» concluse la conduttrice.

Il programma continuò tra nuove domande e altre discussioni accompagnate da grida, insulti e minacce.

Rebe si alzò e, senza dirmi niente, se ne andò a letto.

Spensi la tele.

Rimasi qualche minuto in silenzio.

Sempre più silenzio.

Dov'è il limite tra la tranquillità e la noia?

Martedì 2 aprile 2002

Rimasi di nuovo in ufficio, e iniziò a diventare un'abitudine, fino a tardi, per – ancora una volta – frugare un po' di più dentro le vite altrui. Adesso credo che questa penna non sia stata altro che una scusa per riempire con qualcosa una vita troppo vuota.

Mi restavano ancora, dal giorno prima, due postazioni della sezione contabilità da setacciare.

Niente di interessante: una ragazza teneva nascosto del tabacco e l'altra aveva una passione esagerata per le caramelle. Non ottenni molto di più da quelle due incursioni.

Ero sul punto di andarmene dall'ufficio, quando i miei passi incrociarono un'altra volta quelli di Luisa: lei arrivava sul posto di lavoro e io non ero ancora andato via dal mio. Le offrii un caffè, che accettò contenta. Le vidi il sorriso che le illuminava il volto, gli occhi, il naso, perfino le orecchie credo che si siano rallegrate. Sorrise la scopa, sorrise il camice, le sue scarpe bianche e i suoi anelli dorati, che non erano d'oro. Sorrise e non fu per il caffè, ma solo perché qualcuno si era accorto che esisteva.

Ci trattenemmo parecchi minuti – più di quelli che io

avrei dovuto, meno di quanti lei sperasse – parlando di vari argomenti, studiandoci a vicenda. All'interno di quei discorsi – che iniziarono come frasi di cortesia, ma finirono col diventare interessanti – scoprii una donna incantevole, innocente e sorprendentemente colta, malgrado le sue possibilità, il suo passato, il suo presente e, soprattutto, il suo futuro.

Mi raccontò, quella sera che ormai era notte, quella notte che alla fine feci tardi, che quando era una studentessa arrivò a prendersi un diploma; traguardo realmente straordinario se si pensa che per le donne studiare non era affatto scontato, per quell'epoca.

Seguirono chiacchiere piacevoli e curiose, di cui mi beai come da anni non mi accadeva più per niente. Apprezzai una cosa così elementare come un banale scambio di parole, frasi e opinioni tra due persone. E lo apprezzai semplicemente perché trovai il tempo di farlo: tutto qui.

«Ma alla fine, aver studiato tanto non mi è servito a nulla. Perché mi sono sposata e mi sono dedicata – così come era nelle mie intenzioni – ad avere figli: sei, tre femmine e tre maschi, perfetta parità, senta un po'.»

Perfetta parità, non avrei mai immaginato di sentire quelle due parole dalla sua bocca.

«Ora sono tutti cresciuti» e disse cresciuti perché non ebbe il coraggio di dire adulti.

Rimanemmo in piedi, accanto alla macchinetta del caffè, per molto tempo. Continuò a raccontarmi a grandi linee la propria vita e anche quella dei figli. Di tutti, solo due, le due ragazze più grandi, si erano emancipate; disse emancipate e mi sorprese ancora. Gli altri, tra i venticinque e i trentacinque anni, continuavano a vivere con lei, con mamma.

Mi propose, ci proponemmo e offrii io – perché insistetti e lei accettò – un secondo caffè. Mi soffermai sul suo viso, mentre glielo porgevo.

Uno sguardo che mi trasportò alla sua infanzia. La vidi giovane, magra, con i capelli neri e i libri sotto il braccio, seduta in prima fila mentre i bulletti dell'ultima ce la mettevano tutta per disturbare. La vidi sola, l'unica, un'aliena in un mondo di uomini, con la gonna scozzese, la camicetta bianca, il viso attento. Vidi anche gli altri, quelli dietro, con più possibilità e meno cervello, con più futuro e meno neuroni, protetti da un machismo escludente.

«Ehi, ma... sei non le sembravano tanti?» le chiesi, dopo averle dato il nuovo caffè.

«Be' sì. Se mi avesse visto a vent'anni, che figurino che ero, e ora...» E mi mostrò se stessa, facendo pure una giravolta perché potessi vedere meglio un corpo dai fianchi larghi, un culo immenso e il petto cadente. «Ora somiglio a una vacca da latte.» Sorrideva nell'ombra della tristezza.

Tornai a immaginarla a vent'anni, con tutta la vita davanti, con un'intelligenza non sfruttata, con un sapere che già sapeva che non le sarebbe servito a nulla, con un futuro, ma senza speranze di cambiarlo. Senza capire che avrebbe dovuto nascere trent'anni dopo, quando la differenza tra i sessi non era più tanto marcata; quando quella testa, quell'intelligenza, le avrebbero permesso di andare avanti in un altro modo.

La guardai e provai pena; la guardai e se ne accorse. Ci guardammo come raramente mi ero guardato con qualcuno. Ci guardammo così tanto che in quel momento ci conoscemmo, e riuscimmo a vederci da dentro.

Ci portammo i bicchierini alla bocca.

«Mio marito» continuò «ha lavorato tutta la vita, ma ora che è in pensione, con quel che prende e il mio stipendio, ci si fa appena; e i bambini...» Quest'ultima parola era stata di troppo; lo capimmo entrambi.

Si produsse un silenzio spiacevole, risultato di due menti che si erano allontanate nei propri pensieri: lei verso la sua famiglia, io verso la mia.

Fu un istante, solo un momento perché lei aveva bisogno di continuare a parlare. Era l'unica cosa che ormai le restava, l'unica che non era già stata programmata, in quella giornata.

«Sa che non sono mai uscita dalla Spagna?» mi chiese in un tentativo di non dare ancora per conclusa la conversazione. «Sa che non sono mai salita su un aereo?» disse, mentre beveva il caffè con due labbra che l'età aveva raggrinzito senza pietà. «Mai, e la verità è che non so come ci si può sentire, seduti lassù.» Alzò lo sguardo verso il soffitto.

«Be', a questo si può rimediare facilmente: un giorno vi prendete tutti e due un aereo per Parigi e vi fate un fine settimana romantico» le proposi, mentre lei rideva di un risolino forzato, insipido, sconfitto.

«Sì, glielo dica lei a mio marito! Guardi, la verità è che io, alla mia età, l'unica cosa che vorrei è riposarmi.»

Riposarsi. Voleva solo riposarsi. Senza pensarci, mi tornò in mente la Rebe dei diciotto anni, che non conosceva le parole pausa, tranquillità o riposo.

La guardai di nuovo, ma ormai era scomparsa, come scompare la rugiada quando spunta il sole. L'immagine di quella ragazza con i libri, la gonna a quadri e la camicetta bianca se n'era andata. Mi riscossi per ritrovarmi di fronte una signora di cinquanta e rotti anni, dalla corporatura alla Botero, con il camice blu e gli zoccoli bianchi, il viso rugoso e le speranze perdute. Tutte le cose di prima rimasero irrimediabilmente indietro.

Vidi riflessa in lei la mia sconfitta. Odiai la figura di quella donna, perché era troppo simile ai miei ultimi giorni. Mi vidi in un futuro che parlavo, come parlava lei, di quello che avrei potuto essere e non ero stato. Mi vidi davanti a qualcuno che mi lagnavo della mia sfortuna, delle mie speranze, del fatto che il mondo – e non io – aveva sepolto il mio avvenire, ma senza la scusa di essere nato nell'epoca sbagliata.

«Eh!» mi spaventò.

«Scusi, mi ero messo a pensare... ma... non ha mai ripreso gli studi?» chiesi per cavarmi d'impaccio. «Non ha mai pensato in qualche momento di cambiare la situazione?»

«Be', qualche anno fa ero quasi decisa a iscrivermi a uno di quei corsi di computer, più che altro per curiosità, non si creda. Ma poi, proprio in quel periodo, mio marito si ammalò, e ho dovuto occuparmi a tempo pieno della casa e della famiglia. Sono stati anni duri, ma in qualche modo ce l'abbiamo fatta. Ora faccio le pulizie dalle otto del mattino fino alle nove di sera, e non ho più tempo per nulla.»

Luisa continuò a parlare ancora a lungo, ma mentre fingevo di ascoltarla, mi misi a ripercorrere la mia vita, e gli anni che avevo davanti. E confrontai. I confronti mi vengono sempre bene, sono gratis e a volte danno soddisfazione; mi sono sempre serviti per controllare a che punto tra i due estremi mi trovo.

Dopo qualche minuto in cui lei parlava e io annuivo senza più ascoltare, guardai l'orologio.

«Be', si sta facendo tardi» disse.

Mi ringraziò per i caffè e se ne andò.

Tornai alla scrivania, a pensare. Mi spaventava l'idea di

tornare a casa. Mi spaventava il ritrovare le solite cose. Vedermi a cinquant'anni e rotti. Vedere Rebe con ai piedi un paio di zoccoli bianchi.

Si fecero le nove e io ero ancora in ufficio. Seduto alla scrivania, fingendo di lavorare e restando invece senza fare niente.

La sua voce mi sorprese di nuovo.

«Ora viene la guardia a chiudere, io me ne vado a casa... ormai è ora» mi disse mentre riponeva in un armadietto i vari strumenti delle pulizie.

«Non si preoccupi, ora vado anch'io, per oggi ormai ho fatto abbastanza» risposi rassegnato, intanto che spegnevo il computer.

«Lei è un gran lavoratore!» mi gridò da lontano.

Aspettai che ritornasse.

«Bene, allora andiamo?»

«Un attimo, butto questi foglietti che mi sono rimasti in tasca.» E con un gesto stanco infilò la mano nella tasca profonda che aveva sul camice, afferrò un pugno di cartacce e le buttò in un sacchetto della spazzatura. Stava per fare il nodo quando la fermai con un urlo.

«Aspetti un momento!» La povera donna si bloccò, meravigliata.

C'era un biglietto scritto con inchiostro verde. Una grafia grande, irregolare, piuttosto brutta; una scrittura che non avevo mai visto. Lo presi per leggerlo meglio.

Dott. Jaume Calabuig
Av. Ciprés, 46, 5° C

Me lo infilai in tasca, sotto lo sguardo sbalordito della signora Luisa. Era un passo avanti: qualcuno aveva ricominciato a usare la mia penna verde. Nuove speranze.

Chiesi a Luisa se si ricordava dove aveva trovato quel foglietto, ma non seppe darmi una traccia utile. Forse veniva da uno degli uffici della contabilità. Le spiegai la faccenda dell'inchiostro verde, della mia penna, della mia ricerca.

Scendemmo insieme nell'ascensore, salutammo l'agente della vigilanza e uscimmo in strada. Ci separammo.

Mentre mi allontanavo, mi voltai e la vidi dirigersi alla fermata dell'autobus. Una fermata vuota, dove c'era solo lei: una donna che terminava la sua giornata alle nove, con un marito in pensione che non era capace di venire a prenderla. Una donna che sarebbe rientrata a casa per preparare la cena e continuare a pulire.

Pensai, vedendola lì seduta su una panca di metallo, di darle un passaggio, se non proprio a casa, almeno più vicino. Avrei fatto ancora più tardi, la reazione di Rebe poteva essere terribile. Non mi aveva chiamato al cellulare, né io avevo chiamato lei.

Mi allontanai lasciando la signora Luisa seduta, con le mani sopra la borsa, che guardava in direzione di un autobus che non arrivava. Raggiunsi l'angolo e lì, di nascosto, attesi qualche minuto controllandola, proteggendola. Sola, su un sedile ghiacciato, con le gambe unite ma non accavallate, la gonna marrone lunga al ginocchio, la borsetta tra le mani appoggiata sulla pancia.

Malgrado il freddo continuai a restare lì fermo, in quell'angolo poco lontano, a guardarla, finché finalmente, alle nove e dieci, un autobus vuoto arrivò a portarla via.

Si alzò lentamente, con la mano in aria.

Salì e attesi che l'autobus ripartisse.

Ripartì, e attesi di vedere la fermata vuota.

Mi immaginai il suo viaggio verso casa, in totale solitudine, come sarebbe stato il mio.

Arrivai alla porta alle dieci.

Misi la chiave nella serratura senza fare il minimo rumore.

Mi fermai.

Ebbi un dubbio. Non ero più sicuro di voler entrare in casa.

Dopo quasi quattordici ore fuori, dopo aver avuto con la signora Luisa una conversazione più lunga di qualunque scambio di parole avvenuto tra Rebe e me, dopo aver apprezzato la sua compagnia, dimentico di avere anch'io una famiglia... con la chiave infilata mi bloccai.

Mi bloccai perché sapevo quel che non avrei trovato dentro. Non avrei trovato un bacio, né un abbraccio, nessun «quanto mi sei mancato!» Solo l'indifferenza. Non ci eravamo chiamati, e neppure ci eravamo ricordati l'uno dell'altra per quattordici ore.

Sapevo, anche senza vederlo, cosa c'era al di là di quella porta.

Mi sedetti sul pianerottolo, davanti alla porta, fuori da casa mia.

Rimasi quella sera più di quindici minuti con la luce spenta, le mani giunte, seduto sul marmo del pianerottolo della mia vita.

Infine sentii un rumore: qualcuno scendeva. Mi alzai, vergognandomi, e aprii la porta.

Tutto era buio, come se alla fine mi avessero abbandonato. Ma le chiavi erano sul tavolo e una delle borse di Rebe appesa accanto alla sua giacca nera, quella che la mandò in visibilio e che si comprò da sola. Mi chiese, mi supplicò, di accompagnarla ma io mi rifiutai. Non volli prestarmi allo shopping. Sono anni che ormai non condividiamo più neppure queste minuzie.

Entrai, col mio bagaglio di dubbi, in punta di piedi.

Camminai in silenzio, sul bordo della sua esistenza. Mi avvicinai alla sua camera da letto, che era anche la nostra. Rebe dormiva, o faceva finta, non volli scoprirlo. Mi avvicinai un po' di più alla sua pelle, quanto bastava per notare che i suoi occhi avevano pianto, come i miei, di nascosto.

Non fui capace di svegliarla. Non fui capace di darle un bacio e chiederle scusa per essere rientrato tardi senza avvisare, per essermi dimenticato che esisteva.

Uscii.

Anche Carlitos dormiva. Gli diedi un bacio.

Uscii e andai a sdraiarmi sul divano.

Pensai da lì alle stesse cose a cui pensavo ultimamente. Rebe era in camera senza sapere che quella sera avevo aspettato a lungo prima di aprire la porta. Che ogni sera mi costava di più girare la chiave ed entrare in casa. Che in quella casa giorno dopo giorno faceva più freddo.

Io restavo sul divano, senza sapere se ci fosse qualcun altro nella sua vita, senza capire tutti i suoi silenzi. Sospettai di nuovo, temetti che qualche intruso si fosse appropriato di certe parti del suo cuore. A partire da quel momento, iniziai a cercare i segnali del tradimento in ogni suo gesto.

Mi addormentai, in attesa di un risveglio ugualmente freddo e carico di rimproveri.

Mercoledì 3 aprile 2002

L'alba fu gelida, su un divano ghiacciato.

Andai in camera nostra: Rebe dormiva ancora.

Con il lenzuolo fino al naso, le spuntavano solo due occhi chiusi e tranquilli. Quell'immagine mi ricordò i primi giorni che dormivamo insieme in quell'appartamento. Quando mi convertivo nel signore del suo risveglio, le stringevo la punta del naso tra i denti e la tenevo così per qualche minuto. Lei protestava e protestava, ma quanto più cercava di scappare, più si faceva male sotto il mio morso. Dopo aver giocato un po', aprivo la bocca per richiuderla sulla sua e restavamo così per l'eternità a inseguirci le lingue, lottando sotto le lenzuola, guardandoci in viso e dicendoci, senza parole, che ci amavamo.

Erano altri risvegli, altri modi di amarci in cui ogni contatto si trasformava in una carezza. Il tempo, anche allora, ci pressava con la fretta, ma riuscivamo a schivarla con mille espedienti: facevamo la doccia insieme; mentre uno si pettinava – lei – l'altro preparava la colazione; mentre una andava verso la doccia, l'altro le guardava il culo; mentre uno se ne andava dalla porta, l'altra lo afferrava per le labbra. Giorni in cui ci immaginavamo ancora un futuro insieme.

Ma venne un momento, indistinguibile nel tempo, in cui tutto questo si interruppe. Non finì all'improvviso, non ci fu un istante che, come la morte, mette fine a tutto ciò che è stato prima; fu semplicemente indolenza, graduale e crescente.

Mi allontanai senza alcuna intenzione di avvicinarle la bocca al naso.

Feci la doccia, solo.

Quando uscii, Rebe si era già svegliata. Si era già alzata. Non c'era già più. Era già in cucina. Già dimentica di tutto.

Né un saluto, neppure un cenno di rimprovero.

Mi sedetti accanto al suo caffellatte. Mi respinse, dirigendo lo sguardo al piccolo televisore che abbiamo in cucina. Tanto per averne uno in più.

«Sei arrabbiata?» le chiesi.

Non rispose. Insistetti.

«Rebe?»

Non rispose. Insistetti ancora.

«No, non ho niente» mi mentì mentre buttava giù il caffè con un sorso solo, era troppo caldo... ma non lo disse.

Si alzò e fuggì verso la stanza di Carlitos.

Non c'era modo di continuare, feci finta di niente e uscii.

L'abbandonai lì, accanto a una tristezza che l'accompagnava da settimane, mesi... Una tristezza che un giorno si installò dentro di lei e vi rimase. Non seppi mai da dove veniva, e neppure se arrivò sola o se la portai io.

Quanti ricordi...

Il treno comincia a rallentare. Guardo dal finestrino: sto arrivando al luogo da cui debbo proseguire in avanti.

Scendo, insieme al resto dei passeggeri, sul marciapiede di una stazione sconosciuta. Vedo i baci e gli abbracci delle persone che si aspettavano, che si vogliono bene. Me non mi aspetta nessuno, perché nessuno sa che sono arrivato.

«Scusi, la stazione degli autobus?» domando a una coppia di anziani aggrappati alle mani di una donna più giovane.

«Sì, prosegua lungo il marciapiede, fino a quella casetta. Lì chieda e le sapranno dire gli orari.»

«Grazie mille.»

Arrivo.

Consulto l'orario.

Compro un biglietto di andata. E, come faceva Luisa ogni sera, mi siedo ad aspettare che arrivi l'autobus.

Non tarda molto.

Salgo.

Riparte e di nuovo sono in viaggio, di nuovo seduto, di nuovo a guardare dal finestrino: mezzogiorno.

Ripenso a quella mattina di mercoledì...

Le chiavi in una tasca, il portafoglio nell'altra; la camicia con tutti i suoi bottoncini allacciati, sempre a partire dal fondo; la cravatta intorno al collo; l'orologio al polso sinistro; l'anello all'anulare destro, ogni cosa al suo posto.

C'era solo una nota discordante, quel giorno, nel ritornello quotidiano: quella che, scritta di verde, tenevo nascosta in tasca.

Arrivai nervoso in ufficio, quella mattina. Mi sedetti al mio posto, senza altro scopo che trovare il momento opportuno per controllare quel nome su Internet.

Un'ora di lavoro fu sufficiente per esaurire la pazienza di un uomo che ormai non aveva più sogni. Tirai fuori il biglietto e digitai il nome su Google: Jaume Calabuig. Premetti Cerca.

Ottomila risultati, circa; ma non mi fu necessario guardarli tutti. Al quinto posto appariva il suo nome insieme a quello della Clínica Gusterg, una delle più costose e, di conseguenza, prestigiose della città. Nella riga successiva un dato che richiamò la mia attenzione: oncologo.

Cancro, morte. Due parole tremendamente unite nelle nostre coscienze, due parole in attesa che il tempo e l'uomo siano capaci di rompere i legami che le stringono.

Iniziai, come avevo fatto quella mattina della mia unione frustrata con Rebe, a passare in rassegna ciascuno dei miei colleghi: chi era, in quel caso, lo sfortunato? Non pensai a una semplice visita di controllo, né a una questione di amicizia. No, non pensai a una possibile alternativa; pensai solo al peggio.

Preoccupato, li osservai. Non furono, e me ne vergogno, gli stessi occhi quelli che guardarono Sara rispetto a quelli che osservarono, da lontano, don Rafael; non furono gli stessi occhi che scrutarono Javi e Marta; non furono uguali, ma leggermente diversi.

Non avevo il diritto di conoscere un segreto che non mi riguardava, ma nonostante questo proseguii con la ricerca. Analizzai, osservai, dubitai e sospettai di ciascuno di loro. Il minimo gesto di sconforto fu, a partire da quel giorno, motivo di profonde congetture.

Cancro, fine.

Progetto, inizio.

Due frasi senza verbi, senza nessi, senza aggettivi.

Cinque minuti e poi la pausa, loro, non io.

Mi diressi al bagno in fondo. Approfittai della distanza per controllare, con comodo, ogni scrivania che vedevo. Nessuna traccia della penna, né segni di potenziali ammalati.

Mi lasciai alle spalle tutte le postazioni di lavoro e giunsi agli uffici. Tre uffici ancora inesplorati, presenti nell'intenzione, ma ancora vergini come ricerca.

Il più vicino alla mia scrivania era quello di don Rafael, responsabile delle risorse umane. L'unico che vedevamo dalle nostre postazioni, l'unico, quando restava con la porta semiaperta, a incuterci paura, mai rispetto.

Accanto, muro contro muro, più accogliente, più piacevole, quello del responsabile marketing: Jorge. Un ufficio su un piano che non era il suo, ma che per ragioni di spazio si trovava lì.

E di fronte, proprio accanto ai bagni, quello di José Antonio: il responsabile della divisione sviluppo programmi, il mio diretto superiore. Uno, come molti altri all'interno dell'azienda, dei miei amici d'infanzia. Anche se lui, in un certo modo, era stato speciale. Dopo quasi quindici anni sembra che il passato sia solo passato, che sparisca come i fiori in inverno. Ci eravamo persi, come avevo perso tanti altri. Certe volte, in ascensore, da soli, avevamo tentato di ritrovare nei nostri occhi quel che un tempo c'era stato e che era rimasto abbandonato nel passato.

Tre uffici, tre possibilità di ritrovare la penna.

La signora Luisa, era lei la chiave.

L'aspettai, anche se ormai sapevo che ci aspettavamo a vicenda.

Arrivò alla sua ora, come sempre, e mi salutò già da lontano. Attesi. Si mise il camice, raccolse i suoi attrezzi ed entrò, lasciando la porta aperta, nell'ufficio di José Antonio. Mi agitai. Mi serviva una scusa per fermarmi lì, con lei.

Approfittai della passione di Luisa per il caffè, soprattutto per quelli che avevano come dolcificante la conversazione.

«Luisa!» mi affacciai alla porta, cogliendola di sorpresa mente spolverava gli scaffali. «Le andrebbe un caffettino?»

«Sì, vengo subito» mi rispose voltando la testa, senza smettere di muovere il piumino.

«Non c'è fretta, faccia con comodo.»

Corsi alla macchinetta e inserii le monete. Luisa era ancora nell'ufficio e fischiettava una qualche canzone. Decisi di entrare con i due caffè in mano, per portarle il suo, per entrare anch'io.

«Luisa, ecco qui il suo caffettino.»

«Ma... Madre santissima! Perché si è disturbato? Ormai avevo finito...» mi rispose, nel tempo che io sceglievo la poltrona su cui accomodarmi.

«È più comodo così, lo lasciamo qui sul tavolo e intanto che smette di bruciare lei finisce.»

Scrutai con lo sguardo ogni spazio di un ufficio sconosciuto, in cerca di un verde ancora intonso – l'avevo usato sì e no per dieci parole – mentre Luisa chiacchierava. Mi raccontava qualcosa che aveva a che fare con un suo zio che un giorno le vaticinò che avrebbe finito per pulire pavimenti...

Mi alzai varie volte, facendo finta di aiutarla, e così passando in rassegna più comodamente ogni singolo dettaglio. Non trovai nulla...

La salutai lasciandola che parlava di cose che non ricordo.

Quella sera arrivai a casa prima.

Giovedì 4 e venerdì 5 aprile 2002

Credo che non successe niente di straordinario; altrimenti me ne ricorderei.

Avrò continuato a cercare la penna, sospettando malati su ogni sedia, arrivando a casa tardi, scarnificando il mio rapporto con Rebe... Però sì che mi ricordo, invece, il viaggio della vergogna che iniziò il venerdì sera. Come dimenticarlo?

Eravamo ancora a cena quando suonò il telefono: troppo tardi perché fossero buone notizie.

Rebe e io ci guardammo, entrambi intuimmo la disgrazia dietro quella chiamata. Nessuno di noi voleva alzarsi per rispondere, fu un duello di apatia. Dopo cinque squilli, mi alzai io.

«Pronto?»

«Ciao, mi puoi...? Mi passeresti Rebe? È importante...» risuonò all'altro capo la voce nervosa di sua madre.

Sapevo che era importante dall'ora, dal balbettio della sua voce e soprattutto dal modo in cui mi venne da porgere il telefono a Rebe.

«È tua madre. È importante.»

Rebe spalancò gli occhi più del solito e si alzò dalla sedia.

«Dimmi» si afferrò alla cornetta.

Per qualche minuto rimase in ascolto, senza mutare un'espressione seria. Solo poco prima che iniziasse a parlare, percepii un leggerissimo sorriso, non di allegria, piuttosto di vendetta, di piacere.

Dopo tanto tempo, sono capace di riconoscere ogni gesto di un viso che, negli anni dei baci, degli sguardi e delle gelosie, avevo imparato a memoria.

«Be', uno di meno» rispose una Rebe irritata, dispiaciuta, ma che essenzialmente sembrava pronta a dare battaglia.

Abbassai il volume del televisore, mi avvicinai a lei e tentai di interpretare una conversazione che non capivo.

«E io? Perché dovrei andarci, mamma? A me proprio non importa nulla, lo sai. Sono anni che non lo vedo vivo, perché dovrei vederlo ora in una cassa?»

Man mano che parlavano, la rabbia delle sue prime risposte si diluì in un dialogo che sembrava ristagnare. Le negazioni di Rebe perdevano di intensità davanti all'insistenza di sua madre.

«No, no, no, no, no, dai no, n...» e alla fine, solo un movimento con la testa.

Rebe tacque. Sua madre aveva vinto.

«Be', ora vediamo cosa facciamo... perdere una giornata per questa cosa... E poi c'è Carlitos, vediamo a chi lo lascio. Non lo so. Ora ci penso, domani ti dico.» E Rebe riattaccò, sapendo di aver perso. Rebe, o non cede o se cede un pochino è come se avesse mollato su tutti i fronti.

Tornò a sedersi. Rialzai un poco il volume della tele, in attesa che fosse lei a parlare. Impugnò la forchetta e continuò a cenare. Davanti alla prospettiva di una cena in silenzio, fui io che, infine, mi decisi a domandare:

«Che è successo, Rebe?»

«...»

«Cosa voleva tua madre? Perché sei diventata così scortese, con lei?» E subito seppi che avevo sbagliato aggettivo.

«Scortese?!» mi urlò. Ma tacque subito.

Mi guardò con un sospiro, appoggiò la forchetta sul tavolo e accettò una tregua.

«Sai chi è morto, finalmente?» mi chiese, senza curarsi che rispondessi. «Quel figlio di puttana di mio zio Rogelio» sputò, con resti di rabbia tra i denti.

«Rogelio? Il fratello di tua madre?»

«Sì, quel porco di Rogelio» rispose Rebe, afferrando la forchetta con tutta l'intenzione di infilzarla sul tavolino.

Rogelio, lo zio di Rebe da parte di madre, in generale si trovava a meraviglia con i parenti; erano loro, e soprattutto Rebe, che non volevano saperne di lui.

Io ebbi occasione di vederlo una volta sola, circa tre anni fa, ormai vedovo, una vigilia di Natale a casa dei genitori di Rebe. Quella sera aveva portato, come regalo, tre bottiglie di vino: due se l'era scolate lui in appena un'ora.

Rogelio era una persona normale fintanto che non beveva; ma dopo qualche bicchiere diventava violento. E quella violenza aveva segnato la vita di sua moglie da sempre. Le botte erano arrivate subito, fin da quando avevano cominciato a vivere insieme. Lui aveva trovato tra le pareti di casa il rifugio in cui sfogare la propria rabbia senza essere scoperto. Lei, invece, finì per chiudersi in una cella da cui non seppe più uscire. Nei primi anni le esplosioni di violenza erano seguite da immediate richieste di scuse da parte di lui e dal perdono rassegnato di lei; col passare dei mesi, lei si abituò a tollerare gli spintoni, gli insulti e i colpi che imparò a nascondere sotto un maquillage permanente, collo alto in estate e occhiali da sole in inverno.

Ma le crisi aumentarono e divenne difficile, in un paese piccolo, nascondere le percosse. Tutti finirono per scoprire la verità e tuttavia finsero di non essersi accorti di niente.

Venne il giorno in cui il trucco non bastò più. Un freddo sabato sera, Rogelio rincasò con i bollori addosso e, nell'intimità della camera da letto, lei oppose troppa resistenza. Tra grida, minacce e colpi, la fibbia di una cintura usata a mo' di frusta si abbatté su uno degli occhi di Susana: un urlo secco in piena notte, due mani che si coprivano l'occhio e un filo di sangue che scivolava sulla guancia misero fine alla discussione. Quella notte Susana uscì di casa correndo e chiese aiuto gridando nel buio. Finì in un letto di ospedale e ci rimise l'occhio.

Rogelio e Susana ebbero solo un figlio. Lui ci mise il seme e lei tutto il resto: le carezze, l'amore, l'educazione e il velo perché non vedesse ciò che accadeva quando lui non c'era.

Rogelio lavorava dall'alba al tramonto sui cantieri, ma i soldi a casa non arrivavano quasi mai. Si perdevano nei bar della zona, tra le carte, nelle macchinette dalle luci irresistibili, nelle case dalle luci irresistibili...

Susana dovette cercarsi dei lavori extra, lavori in altre case; che le duravano finché non si ammalava, cosa che accadeva sempre più spesso...

Susana, dopo cinque giorni di ospedale durante i quali suo figlio non si allontanò di un passo e suo marito non osò avvicinarsi, andò a vivere con lui, con suo figlio.

Ma ormai era tardi. Se la portò a casa viva di fuori ma morta dentro, e Susana andò avanti appena tre settimane.

Morì a quarantotto anni. Susana morì tra le sue braccia, in una fredda notte di gennaio.

Quando quella sera rientrò a casa, la vide stanca, sdraiata sul divano senza voglia di alzarsi. Si sedette e le appoggiò la testa sul grembo. Rimasero ore a ricordarsi ognuno dei momenti in cui furono felici. Non ci fu, quella sera, alcuna recriminazione: lui non si azzardò a rimproverarle che non lo avesse abbandonato prima; lei non osò dirgli che avrebbe potuto andare a prenderla già da anni. Stringendosi la mano, guardandosi con le lacrime agli occhi, restarono insieme tutta la notte, volendosi bene come solo possono farlo madre e figlio prima di un addio definitivo.

A notte fonda, quando entrambi dormivano, Susana morì. Morì perché ormai era morta da anni. Perché aveva ricevuto troppi colpi. Morì stanca, e morì di tristezza, però morì felice. Morì tranquilla, senza paura di essere ancora picchiata, ancora insultata, senza paura di niente. Morì accanto al suo stesso sangue, accanto a chi amò di più in tutta la vita.

Suo figlio rimase vicino a lei sul divano finché fu mattina. Piangendo sulla sua fronte, stringendosi a due mani rigide e rugose e baciando ogni centimetro del suo viso.

Dopo il funerale, a cui Rogelio non presenziò – nessuno glielo permise –, il cugino di Rebe sparì. Di lui non si è più saputo nulla. Dicono che se n'è andato a vivere in Francia, a dimenticarsi di aver mai avuto un padre.

Rogelio, invece, rimase in paese, sopravvivendo con la pensione minima e con quel che gli davano nei bar. Passava il tempo a disturbare, a rubacchiare e se ci riusciva a fregare il prossimo, e trascorse gli ultimi anni a vagare ubriaco per le vie.

Quel venerdì – il giorno della telefonata – un'auto l'aveva ammazzato. Rogelio camminava con una bottiglia di vino in mano, per una strada fuori del paese. Una curva, la più vicina al cimitero, fu il luogo dell'impatto. Brutale. Morì sul colpo e non ebbe tempo neppure di soffrire: non ci fu neppure quest'ultimo atto di giustizia.

Il funerale con successiva sepoltura era il giorno dopo, di pomeriggio: sabato.

La famiglia di Rebe, al contrario di lei, è sempre stata attenta alle apparenze. Perciò, malgrado fosse un assassino, occorreva seppellirlo come Dio comanda. Rebe cedette e il sabato andammo al paese.

Non avrei mai immaginato che sarebbe successo ciò che avvenne. Non avevo mai visto Rebe così, mai.

L'autobus è già arrivato a destinazione.

Scendo in una città nuova: strade nuove, persone nuove, paesaggio nuovo. Tutta la vita da ricominciare.

Il freddo mi rattrappisce e mi fa stringere le mani.

Mi siedo su una panca di legno e tiro fuori una cartina dallo zaino. Mi rimangono circa tre ore da qui alla prossima meta. Decido di camminare.

Tre ore e sarò fuori.

Tre ore in cui voglio cercare di non pensare al passato.

Impossibile, riprendo a ricordare...

Sabato 6 aprile 2002

Rebe chiamò al lavoro e spiegò la situazione. Previo l'impegno di recuperare le ore, le lasciarono il giorno libero.

Finita colazione, raccogliemmo tutto il necessario per arrivare, presenziare e ripartire. Lasciammo Carlitos dai miei genitori e iniziammo il viaggio in autostrada. Dopo due ore e mezzo imboccammo una strada secondaria che portava direttamente al paese, al piccolo paese dove tutti si conoscono, dove i forestieri sono l'unica attrazione dei fine settimana. Il tipico luogo in cui un funerale diventa un avvenimento.

Erano appena le undici del mattino, quando arrivammo a destinazione. Parcheggiammo non lontani da una casa la cui porta era insolitamente assediata da automobili: tutte appena lavate e tirate a lucido per esibire il massimo della vitalità davanti alla situazione.

C'era la famiglia di Rebe, riunita al gran completo. Parenti che a malapena conosci e che incontri solo quando qualcuno nasce, si sposa o muore: gente da matrimoni e funerali.

C'erano le due zie di Rebe; la nonna che, viva ma senza

più forze, si era seduta accanto al feretro senza sapere molto bene cosa stesse accadendo; la sorella di Rebe, il fratello piccolo, i nipoti...

C'erano anche le beghine di famiglia che, con le lacrime agli occhi, facevano la parte delle prefiche. Con lacrime molto diverse da quelle che Susana si lasciava sfuggire quando suo marito, cintola alla mano, le sferzava la faccia o la colpiva alla schiena fino a farla cadere.

Dopo le formalità di rito, le «sentite condoglianze», le facce afflitte, la commozione che contagiava soprattutto le vecchie e dopo un lutto che ormai è sempre meno cupo, finito tutto questo iniziò il disagio e venne il momento in cui, come è abitudine nei paesi, occorre decidere chi deve portare il feretro fino in chiesa, a spalla.

Mi guardai intorno e non mi piacque il panorama: l'età media degli uomini presenti – le donne si escludevano per tradizione maschile – si aggirava sui sessant'anni. Sotto i cinquanta appena quattro. In mezzo a quel quadretto, temetti il peggio.

«Scusi, giovane» sentii dietro di me.

Non volli voltarmi, feci finta di non aver sentito.

Mi dimenticai di me stesso, mi nascosi, tentai di perdermi tra la gente, di scomparire perché sapevo cosa significava quello «scusi, giovane». Cercai Rebe con lo sguardo, come una scialuppa di salvataggio, ma era troppo lontana. Non sarei riuscito a raggiungerla prima che quello «scusi, giovane» ritornasse alla carica.

«Scusi, giovane, potrebbe aiutarci?» – eccolo puntuale lo «scusi, giovane» di nuovo all'attacco.

Iniziai a sudare, non fui capace di inventare una scusa valida. Mi voltai e seppi all'istante che avevo appena commesso un errore.

Che strano mi sembra adesso ripensare a quei momenti, mentre sono qui che cammino sul bordo di una strada sconosciuta, verso un luogo di cui ho delle notizie ma che non ho mai visto. Cammino da solo, con lo zaino in spalla, verso la solitudine. Potrei essere fuggito allora, come lo faccio adesso, invece mi girai.

Un uomo sulla cinquantina abbondante, robusto, con completo scuro e capelli bianchi, mi arruolò. Lo accompagnavano altri due, mancava solo il quarto: io. Mi voltai e mi guardai in giro in cerca di un sostituto. Non riuscii a trovare nessuno, neppure Rebe.

Tra tutti e tre mi spinsero verso la cassa.

«Uno, due e... tre!» Sollevammo in quattro, all'unisono, Rogelio.

Smisi di cercare Rebe e iniziai a fare l'esatto contrario: nascondermi. Nascondermi sotto il feretro, ripararmi dagli sguardi degli altri e soprattutto dal suo. Uscimmo dalla casa, percorremmo qualche metro e, quando ormai in strada andavamo in direzione della chiesa, la vidi. E lei vide me, e dal suo sguardo capii che mi stava cercando. Notai dal movimento dei suoi piedi l'intenzione di venire a bloccare i miei, a strapparmi da quella posizione, a lasciare zoppa la cassa.

Sua madre l'afferrò per il braccio e con uno strattone riuscì a fermarla. Però in seguito non ce la fece; dopo più nessuno sarebbe riuscito a bloccarla... ogni volta che ripenso a quel momento...

Camminai quel giorno come cammino adesso: solo, con un peso morto sulla schiena, con un'andatura lenta e triste, trascinando i piedi che non avevano la forza di staccarsi da terra.

Non potei quel giorno alzare gli occhi dal selciato; percorsi decine di metri senza guardare dove andavo. Mi lasciai semplicemente trascinare. La chiesa sembrava lontanissima... la mia testa così sola...

Seppi che ci stavamo avvicinando dal mormorio della gente, dalle parole bisbigliate sempre più sottovoce. Tutto il paese era lì, riunito davanti alla parrocchia, le comari, i vecchietti, le beghine immancabilmente vestite di nero, i parenti vicini e lontani, i bambini che scorrazzavano in giro, qualche cane che abbaiava... e il prete. L'altro protagonista, destinatario – con buona pace del morto – di tutti gli sguardi.

Entrammo, e dopo di noi i parenti.

Silenzio.

Entrammo noi quattro – anzi noi cinque; no, noi quattro – circondati da persone che restavano in piedi, e arrivammo alle prime file di panche, per depositarlo su dei cavalletti porta feretro.

Cercai Rebe nel silenzio. La individuai seduta nelle ultime file, che mi guardava da lontano. Andai da lei lungo la navata laterale. Le sedetti accanto. Non ci furono rimproveri.

Silenzio.

Il prete andò a mettersi dietro il leggio, alzò lentamente la testa, guardò i presenti e si accinse a parlare.

« Ancora una volta, la morte di un parente, di un amico, ci ha riunito per pregare e porgergli un ultimo saluto.

« La perdita di un essere amato è un duro colpo nella vita... non avremmo voluto doverci separare da lui, perciò questo addio è tanto triste e doloroso...

« Per noi credenti, di fronte alla morte esiste sempre una luce di speranza e di consolazione. Ed è perché crediamo in un Dio che ha sofferto ed è morto, ma soprattutto crediamo in un Dio che è risorto e che ora vive insieme a noi... »

Continuò per vari minuti finché con un «fratelli, alziamoci in piedi» obbligò Rebe, i genitori di Rebe, la povera signora tormentata dall'artrite, i credenti, i non credenti, il vecchio con il bastone e un pover uomo che aveva la schiena indolenzita per il peso della cassa ad alzarsi per, pochi istanti dopo, rimetterci seduti.

Continuò a parlare.

«Il Signore non ci fornisce spiegazioni sul perché della morte, non sappiamo quasi niente, ma sappiamo però quanto Lui ha fatto per noi: Gesù ha scelto di morire come moriamo noi... E questa era la lezione migliore che poteva donarci per sciogliere le nostre paure davanti alla triste realtà della morte...»

Continuò a parlare e io, come la maggior parte dei presenti – a eccezione di Rebe, e questo fu il problema –, mi distrassi.

Mi dedicai a osservare le teste, i corpi, i visi, a pensare ai fatti miei, e solo di tanto in tanto porgevo l'orecchio al suo monologo.

«La luce lo guiderà nel cammino della speranza... Il cristiano è un pellegrino che cammina verso una meta definitiva... Chi vorrà salvare la propria vita la perderà; ma chi perderà la propria vita per causa mia la troverà...»

Dopo altri interminabili su e giù, su e giù che fecero scricchiolare ulteriormente le ossa dei convenuti, dopo aver sentito – senza ascoltare – parole su parole ripetute dai tempi dei tempi, dopo tutte queste cose un brontolio mi fece sussultare. Mi risvegliai e avvertii il montare della tormenta. Le presi la mano e mi allontanò, la guardai negli occhi e vidi il fuoco. Ebbi paura.

Ma, malgrado tutto, non le do la colpa. La colpa fu loro: di lui e di Lui, entrambi. Del primo per la supponenza di sapere quel che pensa un Lui che non conosce; e del secondo per non esserci mai, per non dire mai nulla, per non visitare neppure il suo gregge. Entrambi erano colpevoli, ma non Rebe. Furono due irresponsabili, va detto. Rebe si alterò un po' troppo, va detto.

Il parroco si era messo a dire le solite tiritere cristiane senza ragionare, senza fondamento, senza alcuna informazione previa, senza essersi documentato sul tipo di persona che occupava quella cassa. E alla fine, dopo aver letto varie citazioni evangeliche, arrivò alle fatidiche frasi che scatenarono il disastro.

«... rivolgiamo la nostra comune preghiera a Dio, Padre onnipotente, che ha risuscitato dai morti il Cristo suo Figlio... Nelle tue mani... consegniamo l'anima del nostro fratello Rogelio con la sicura speranza che... Ti rendiamo grazie, o Signore, per tutti i benefici che gli hai dato in questa vita, come segno della tua bontà...

«Ma Dio non ha detto l'ultima parola. O, anzi, possiamo dire che la sua ultima parola non è 'è morto', ma 'vive, vive per sempre!' La morte è solo un arrivederci. Lui sta aspettando il nostro fratello Rogelio a braccia aperte, perché continui lassù in Paradiso una vita felice insieme ai suoi cari, a sua moglie, ai suoi amici.»

«No! Insieme a sua moglie, no!»

La chiesa precipitò nel più intenso dei silenzi. Tutto ammutolì. Ammutolirono le sedie, i pezzi di legno a forma di santi, le decorazioni d'oro che abbellivano una chiesa che chiedeva le elemosine ai poveri vecchi, ammutolirono anche le vetrate colorate: tutto ammutolì per ascoltare una Rebe che, in piedi, buttò fuori tutto ciò che si portava dentro, senza quasi una virgola, senza quasi prendere fiato.

«Quell'uomo a cui lei si riferisce non era altro che un

porco che maltrattava mia zia! Mia zia morta, sepolta con un occhio solo perché l'altro gliel'ha cavato lui a cintolate!

«Un uomo che sprecava tutti i soldi in alcol, tabacco e puttane, per poi tornare a casa e prendere a botte mia zia. Lo sapeva questo, lei, signor parroco? Lo sapeva?»

Per alcuni secondi che mi parvero minuti nessuno fiatò: i bambini smisero di piangere, i vecchi non si azzardarono a tossire, e mi sembrò perfino che Cristo abbassasse la testa, vergognoso.

Tutti volsero gli occhi verso di noi, anzi no: non tutti, il prete guardava per terra senza sapere dove nascondersi.

«È questo figlio di puttana che il suo dio riceverà a braccia aperte?» chiese al prete indicandolo con un dito minaccioso. «Be', allora gli dica che guai a lui se solo prova ad avvicinarsi a mia zia!»

E lì finì, la furia era sfogata.

Abbassò la testa, mi afferrò la mano e ce ne andammo.

«Avvicinarsi a mia zia!» riecheggiava la sua voce per tutta la chiesa mentre uscivamo.

Ci lasciammo alle spalle uno dei silenzi più cupi di tutta la mia vita. Una chiesa colma di gente stupefatta. Un prete che non sapeva più cosa dire e un ottimo argomento di cui continuare a parlare in paese.

Salimmo in macchina e iniziammo il viaggio di ritorno.

Appena fuori paese, Rebe si lasciò andare: cominciò a piangere come raramente l'avevo vista fare. Agitata, tremante come una bimba, si attaccò alla propria tristezza. Da quegli occhi di tempesta uscirono migliaia di lacrime: di vittoria, di angoscia, di rabbia e di sfogo, che alla fine le tolsero il fiato.

Fermai l'automobile in una stradina laterale, poco lontano dalle ultime case.

Alzò la testa, con gli occhi pieni d'acqua, e mi abbracciò come poche volte mi aveva stretto. Lì, tra le mie braccia, fu di nuovo la ragazzina che tanti anni prima avevo conosciuto.

Le accarezzai i capelli, le baciai il collo, ci stringemmo l'un l'altra, sentivo il suo corpo tra le mie mani, le sue mani su di me. Provammo di nuovo quell'amore reciproco che da tempo non sentivamo più.

Il ritorno fu silenzioso.

Rebe si addormentò – esausta – nel giro di qualche minuto.

La mia mano accarezzò la sua, addormentata come lei. Sentii il suo battito nel mio cuore e il suo dolore nei miei occhi. E, malgrado fossimo così vicini, ero lontanissimo.

Quanto tempo sarebbe passato prima di perderla?

Tornando a casa, mi sembrò tutto molto facile... Fu uno di quei momenti di ottimismo in cui tutto appare plausibile, semplice. Andarcene e mollare ogni cosa, ricominciare da zero e smettere finalmente di aggiustare con toppe inutili una vita che tanto così non funzionava. Avevamo già superato altre crisi, ma cosa resta da fare quando l'indifferenza è permanente, quando non ci sono ragioni per sentirsi così distanti?

«Ti amo» le dissi mentre guidavo.

Accesi la radio e per due ore non ebbi nessuno con cui parlare.

Vidi i lampeggianti da lontano: decine di luci intermittenti avvisavano che c'era un blocco.

Due auto, che sembravano una, si erano accartocciate una sull'altra. Passai lentamente, osservando, provando quella curiosità morbosa, quel sollievo per il fatto che non fosse toccato a me.

Mi ricordai di Sara, di tutto ciò che aveva perso sulla strada. Ricominciai a pensare al mio progetto. Un progetto difficile, coraggioso. Immaginarsi un'altra vita, lontano. Una vita in cui poter guardare la luna dal letto, in cui fosse possibile salutare il sole la mattina, dove potersi riparare dalla pioggia sotto un albero.

Rebe si era svegliata come si svegliano i bambini quando si riduce la velocità.

Lanciò un'occhiata all'incidente.

Era il momento di raccontarle del progetto?

«Rebe...» le dissi lentamente, senza togliere gli occhi dalla strada.

«Sì...» rispose senza energie.

«Ti piacerebbe cambiare vita?»

«Non ti capisco» sussurrò, voltando la testa verso di me.

«Voglio dire... se ti piace la vita che facciamo. Questo nostro stare insieme in cui a malapena ci vediamo... se ti piace vivere con me...» E alla fine glielo chiesi: «Sei felice?»

Rebe tacque, e un attimo dopo crollò.

Chinò la testa. Si guardò le gambe mentre con una mano si stringeva l'altra. Pianse di nuovo. Tremò di nuovo.

«Ti amo, ma...» mi disse, e guardò dal finestrino.

Un «ti amo» reale, ma pieno di paura.

Un «ma» altrettanto reale che interruppe tutto.

Non parlammo più per il resto del viaggio. Non mi azzardai a dirle che avevo un progetto, non feci più niente perché quel «ma» poteva mandare tutto a rotoli.

Ci vollero cinquanta minuti per entrare in città. Cinquanta minuti che avremmo potuto usare per osservare la nostra nuova casa, per giocare con Carlitos in montagna, per camminare sui sentieri, per chiacchierare con i vicini, per sederci su una panchina e guardare le stelle. Cinquanta minuti per baciarci, per vedere il sole che scendeva dietro le montagne, per accorgerci di come Carlitos cresceva accanto a noi.

Arrivammo tardi quel giorno, e lo stesso tutti i giorni a seguire.

Il giorno dopo, domenica, passò come passavano sempre le domeniche.

Lunedì 8 aprile 2002

Quella sera entrammo – Luisa e io – nell'ufficio di don Rafael.

Come ogni volta che le offrivo un caffè, intanto che lei puliva io scrutavo dappertutto. Passai in rassegna rapidamente il locale: ampio, ordinato, con vari quadri sulle pareti, una scrivania su cui non c'erano foto di famiglia, un portapenne di metallo pieno di stilografiche e penne d'argento. Non trovai nulla di strano finché non guardai nel cestino sotto la scrivania. Un oggetto attirò la mia attenzione: un bicchierino di plastica bianco, di quelli che stanno vicino al distributore dell'acqua, e che mi sembrò del tutto fuori luogo. Lo presi e scoprii tracce di rossetto color prugna sul bordo. Strano.

Era lunedì e questa fu la cosa principale: più importante ancora dello stesso bicchiere. E fu fondamentale anche il fatto che quel lunedì don Rafael non si fosse fatto vedere, che per tutto il giorno nessuno fosse entrato in quell'ufficio.

«Luisa, lei svuota i cestini degli uffici tutti i giorni, vero?» le chiesi.

«Sì, certo, i cestini tutti i giorni» mi rispose leggermente stupita. «Perché me lo chiede?»

«No, niente, semplice curiosità, grazie.»

Qualcuno era stato lì durante il fine settimana, una donna.

Una donna. Ma non sua moglie, stabilii.

Una donna. Ma non una parente, decretai.

Una donna. Marta? Marta, decisi.

Mi ero abituato a decidere da solo su tante cose che, quando successe tutto, non potei dare la colpa a nessuno. Riuscii solo a nascondermi, a scappare.

Tenni il bicchiere in mano per un po', troppo. Avrei potuto non prenderlo nemmeno, non vederlo neanche; avrei potuto non entrarci quel lunedì in quell'ufficio. Se non avessi fatto niente del genere, adesso non mi troverei a camminare lungo una strada che non conosco, verso un luogo di cui ho solo sentito parlare.

Avrei potuto andarmene, invece rimasi lì, seduto sulla sua poltrona, a immaginarmi un don Rafael che entrava un sabato sera con la complicità del portinaio, a cui non dispiace mai ricevere un qualche extra. Me lo immaginai insieme a una Marta irresistibile – l'esatto contrario di sua moglie – su quello stesso divano di pelle nera, intento a fottere mentre sua moglie lo aspettava a casa.

In una manciata di minuti mi ero dipinto un quadretto completo, nella mia testa, e il tutto a partire da un bicchiere sporco di rossetto.

Guardai ancora una volta il bicchierino e dopo la signora Luisa. Avrebbe anche potuto essere lei ad aver usato il bicchiere, perché no? Invece no, perché la signora Luisa ormai non usava più il color prugna, solo rossi antichi.

Una penna che continuavo a non ritrovare, un malato

che non voleva essere scoperto, il progetto e una macchia color prugna su un bicchiere di plastica. Furono, senza alcun dubbio, i giorni più eccitanti della mia vita.

«E quel bicchiere è suo o lo butto?» mi riscosse.

«No, no, lo butti, lo butti.» Lo schiacciò con le sue mani tozze e lo lanciò nel sacco della spazzatura.

Uscimmo entrambi, persi nella nostra ignoranza.

La signora Luisa, dubbiosa sui motivi per cui io la accompagnavo ogni sera. Io, inconsapevole che sulla porta dell'ufficio c'era una spia rossa che lampeggiava. Imbecille.

Martedì 9 aprile 2002

Martedì, un altro.

La mattina trascorse come passavano tutte le mattine: in attesa dell'ora di pranzo.

Rafa comparve di pomeriggio e fu strano, perché non accadeva quasi mai. Venne per fare una sfuriata, ma non una delle solite. Fu di quelle che non si dimenticano. In più, come sempre, lasciò la porta aperta, in modo che la vergogna fosse maggiore per la vittima di turno.

«È l'ultima volta! Mi ha capito, signor Gómez? Non ci saranno altre possibilità. Questa è l'ultima!» si sentiva chiaramente dall'esterno. «Non ne posso più che se ne sbatta bellamente di tutto quel che le dico! È l'ultima volta, l'ho avvertita.» E accompagnò quel «l'ho avvertita» con un colpo sonoro sul tavolo. «Che esempio dà ai suoi colleghi? Loro arrivano ogni giorno puntuali!»

Javi dovette appena rispondere, perché non lo si sentì.

«È l'ultima volta, glielo giuro.»

E con qualche altro urlo mise fine al monologo.

Javi uscì amareggiato, senza forze. Con lentezza, tornò

a sedere al suo posto, accanto a me. Avrebbe voluto rispondere per le rime, e non poté.

Un ragazzo che aveva appena acceso un mutuo, se avesse perso il lavoro non avrebbe avuto molte possibilità di andare avanti. Un ragazzo temerario che ogni mattina rischiava tutto solo per qualche decina di minuti. Una persona con molte virtù e un grosso difetto.

Quella sera attesi ansioso le sette e mezzo per iniziare a setacciare i cassetti del mio settore. Forse per cercare la penna, probabilmente per non tornare a casa troppo presto.

Se ne andarono tutti e rimanemmo lì quelli di sempre: Luisa e io.

Arrivò, mi salutò, e se ne andò direttamente a pulire la zona della contabilità. Io iniziai da Estrella. Cercai, sopra una scrivania lucida e pulita, la mia penna senza risultato. Avrei dovuto passare al tavolo dopo, ma decisi di fare un passo in più e guardare nei cassetti. Pensai inizialmente che li avrei trovati chiusi, invece no: tutti e tre aperti, una meraviglia.

Mi sorprese il disordine interno di quel primo cassetto. A controllare tutto ci sarebbe voluto del tempo. Guardai la porta, Luisa continuava di là. Lo aprii completamente e mi sembrò senza fondo: vari pacchetti di fazzolettini di carta; una penna, due penne, tre penne, tutte nuove, tutte intonse, tutte nere, un paio a inchiostro gel, di certo qualcuna era mia. Un piccolo nécessaire, una scatolina di plastica porta trucchi, vari biglietti del cinema e un cumulo di fogli che si accartocciavano sulla parete di fondo.

Lo chiusi per aprire il successivo: bigliettini da visita di parrucchieri, negozi di abbigliamento e ristoranti; un paio di occhiali da sole, alcuni scontrini, una madonnina di metallo e vari santini; un lapis senza punta e un altro mucchio di carte, tra cui vidi varie buste paga.

Non potei lasciarmi sfuggire quell'opportunità. Esitai, ma non troppo. Ne presi una e la guardai.

Estrella Gálvez García, nata il 12 marzo del 1956 a Madrid. Mi sorprese quel dato: Madrid. Ma ancora di più mi sorprese leggere la cifra del suo stipendio: 3546 euro. Netti.

Lo stupore iniziale si trasformò in indignazione: 3546 euro per non stare più di due ore seduta al suo posto, a non fare nulla. Inspirai profondamente, tentai di calmarmi e tornai a leggere punto per punto quel documento. Volevo scoprire il motivo di quell'ingiustizia.

Ricominciai da capo: Gálvez, Gálvez, Gálvez... dove avevo sentito quel cognome?

Tornai momentaneamente al mio posto per collegarmi a Internet. Entrai nella pagina web della mia azienda ed ebbi la conferma di quel che già sospettavo. Cercai la filiale di Madrid, controllai l'organigramma e trovai la risposta tra i dirigenti: Ramón Ruiz Gálvez. Poteva essere un caso, ma la mia intuizione mi suggeriva il contrario. Tutto cominciava a quadrare.

Tornai al cassetto che avevo lasciato aperto per continuare a ficcare il naso nella sua vita. Accanto alla busta paga trovai decine di richieste di visite specialistiche, quasi tutte della stessa persona. Non capii la necessità, probabilmente come possibili giustificativi davanti a qualcuno. Scoprii anche altre cose, diplomi di corsi che non aveva mai fatto e viaggi all'estero. Tutto un imbroglio, una menzogna miserabile. Sentii, con quelle carte tra le mani, il bisogno irrefrenabile di gridarlo ai quattro venti. Raccontare ai miei colleghi che, mentre noi ci spaccavamo la schiena per quasi dieci ore, lei guadagnava oltre tremila euro solo perché era parente di un pesce grosso.

Arrivai a casa quella sera furente ed elettrizzato. Non mi importò del bacio che Rebe non mi dette, né che Carlitos fosse già a letto, né che ci scambiassimo a malapena una parola; non mi curai praticamente di nulla. Mi dimenticai quella notte del mio progetto abbandonato. Andai a dormire senza quasi aprire bocca e senza neppure sospettare che in quel momento stava cominciando il nostro addio. Non mi accorsi di niente allora; non capii che il bacio che quella sera non ci demmo sarebbe stato uno degli ultimi.

A partire da quel martedì, tutto precipitò.

Tutto accadde così rapidamente...

Mercoledì 10 e giovedì 11 aprile 2002

Arrivarono così attaccati che quasi non riuscii a distinguerli, li vidi tenersi per mano senza intervalli né spazi intermedi. Quegli ultimi giorni passarono così in fretta che ancora adesso confondo i momenti.

Javi arrivò puntuale tutti e due i giorni.

Rafa trovò il punto metallico. Chiese scusa a Sara. Fu una riunione molto più gradevole della prima, una riunione dove non ci furono grida, né rimproveri, né colpi picchiati sul tavolo; piuttosto ci furono risate, parole cortesi e richieste di scuse da parte di don Rafael.

Sara uscì contenta dall'ufficio di Rafa, uscì sollevata.

«Mi ha detto che intende capire cosa è successo» mi riferì, «che ha le prove di chi potrebbe essere stato. Non è così tremendo come lo descrivono, la verità è che oggi è stato carinissimo con me.»

«Ottimo» risposi, mentre dentro mi sentivo tremare.

Venerdì 12 aprile 2002

Dipendente, drogato, mi abbandonai all'oppio della mia curiosità. Nascosto nel mio cubicolo pensai a Rebe, alla mia penna verde, al mio progetto lasciato a metà, al post-it spillato che avevo strappato, a tante cose...

Intanto proseguivo, vagavo e divagavo, innocente, e non pensavo che alla fine qualcuno mi avrebbe per forza scoperto. La signora Luisa, Sara, Javi, Estrella, la guardia... chiunque avrebbe potuto farlo.

E il momento fatidico arrivò. Successe appena due ore prima che finisse la giornata. Don Rafael entrò in azienda. Così tardi, strano. Di venerdì. Stranissimo.

Suonò il mio telefono.

«Sì?» risposi.

«Dice don Rafael se può andare nel suo ufficio» mi riferì la voce di una Marta molto seria.

Le mie gambe, le mani, perfino i pensieri erano scossi dal tremito. Mi passarono per la testa tutti i cassetti aperti, le carte su cui avevo curiosato, la totalità degli oggetti altrui.

«Vado subito.»

Abbassai il telefono, con lentezza.

Rimasi immobile, fissavo lo schermo senza vedere nulla. Con le mani sulla tastiera senza scrivere. Con gli occhi bassi e la paura che saliva. Tentai di calmarmi, cercai di far passare un tempo ragionevole che bastasse a farmi sentire più tranquillo, senza apparire scortese. Il tempo giusto. Ma si faceva tardi.

Mi alzai aiutandomi con le mani. Sentii il sudore che mi scivolava sulla pancia, nelle ascelle, perfino all'inguine. Guardai Sara e il mio viso dovette denunciarmi. Mi restituì lo sguardo spaventata. Non disse una parola. Non dissi una parola. Mi ricordai della convocazione di Javi e di quella di Sara. Ci guardammo ancora e andai.

Bussai a una porta aperta. Due colpi secchi, con le nocche. Mi affacciai lentamente.

Mi fece un cenno con la mano, mentre parlava al cellulare, sprofondato nella poltrona di cuoio, perché entrassi. Entrai e chiusi la porta.

Un altro cenno, mentre rideva con il suo interlocutore, ancora con la stessa mano, perché mi sedessi. Mi sedetti in silenzio.

Passarono alcuni minuti e riagganciò.

Ci guardammo negli occhi e credo che fu la prima volta che mi capitò di far caso ai suoi lineamenti. Lo avevo visto migliaia di volte, ma penso che fino a quel momento non lo avessi mai osservato con attenzione. Vidi, lì seduto, un uomo il cui unico merito era di essere incappato in un buon matrimonio. Vidi, lì, un don nessuno con parecchi soldi. Un uomo accomodato su una poltrona fin troppo grande, una poltrona che avrebbe potuto essere – perché no? – mia.

Arrivammo a metterci a disagio con quello sguardo che sostenemmo al punto da trasformarlo in una sfida. Infine, e all'unisono, distogliemmo gli occhi. Sistemò delle carte, aprì un cassetto e cominciò.

Non la prese alla lontana e attaccò come attacca chi è abituato a vincere.

«Mi hanno detto che ultimamente resti a lavorare fino a tardi» iniziò con un tono che simulava preoccupazione. «C'è qualche problema?»

Per un attimo fui sul punto di cadere nella trappola, ma poi scacciai il pensiero di Luisa, o di Marta, di José Antonio o di Estrella. No: stavo per cedere, ma no.

«No, no, no» balbettai. «Non è nulla, è che ultimamente sono rimasto un po' indietro e mi si è accumulato del lavoro» mentii come potei davanti a una domanda che mi aveva colto di sorpresa.

«Se c'è qualche problema, sai che puoi contare su di me; sono qui per questo, per cercare di risolvere i problemi» insistette, calcolando fin dove poteva arrivare.

«No, davvero, è tutto qui.» Le mie ascelle cominciavano a grondare e un leggero prurito al cuoio capelluto si impossessò di me. Mi grattai due volte e lui lo notò. Sorrise.

Crebbe di statura, volle tirare ulteriormente la corda: quanto bastava per i suoi fini, e a sufficienza per me. E lo fece. Aprì un cassetto e rovistò. Tremai, ancora ignaro della sorpresa.

«Guarda, la signora delle pulizie lascia sempre le sue cose in giro» mi sorrise e intanto estrasse dal cassetto un bicchiere di plastica bianco, nuovo, senza rossetto.

Lo strinse tra le mani, ci giocherellò per qualche secondo e lo appoggiò capovolto sul tavolo, a mezzo metro da me. Mi guardò. Sostenni lo sguardo.

Tornò a mettere la mano nel cassetto e tirò fuori un pacchetto di sigarette.

«Ne vuoi una?» mi disse con l'autorità che gli consentiva di fumare in un ufficio in cui non si poteva.

«No, non fumo.»

Non risposi altro, non volli partecipare a quel suo gioco.

Aspirò due o tre boccate, soffiando il fumo verso il soffitto, appoggiandosi allo schienale.

«Spero che questo resti tra noi» mi strizzò un occhio. E seppi che non si riferiva al tabacco.

«Sì, non ti preoccupare» gli risposi.

«Vedi...» continuò, dando un altro tiro alla sigaretta «ci sono piaceri che non si possono proibire. Non c'è motivo per cui qualcuno debba venire a saperlo... E per di più non bisogna mettere il piede negli spazi altrui... perché non si sa mai cosa si può trovare... capisci?»

«Sì, non ti preoccupare.»

«Perfetto, dunque non abbiamo altro da dirci, vero?» Aspirò l'ultima boccata e spense la sigaretta nel bicchiere di plastica.

«No.»

«Perfetto, perfetto. Ah, ricordati che non mi piace che gli impiegati rimangano troppo a lungo da queste parti. Tutti abbiamo una famiglia, una vita privata...» Schiacciò il bicchiere e lo buttò nel cestino.

«Non ti preoccupare, cercherò di restare il meno possibile.»

Tre, due, uno, KO pensò lui, ma in realtà io ero già fuori dal ring; ero riuscito a schivare il combattimento ed ero intatto.

Lunedì 15 aprile 2002

Nel fine settimana Rebe e io ci scambiammo appena un'occhiata, quasi non ci incrociammo neppure. Ci muovemmo in modo indipendente in un luogo che era sempre più un dormitorio e sempre meno una casa.

Le sei del pomeriggio di un lunedì clonato. Non avevo voglia di lavorare; in realtà non avevo voglia di nulla. Perciò mi dedicai al mio passatempo preferito fin da bambino: giocare con i numeri. Presi un foglio pulito, bianco.

Presi una penna nera perché quella verde non l'avevo ancora ritrovata e mi misi a rovistare nello scheletro della mia vita. Annotai:

Dormire: da mezzanotte alle sette – 420 minuti.

Svegliarsi, fare colazione, fare la doccia, vestirsi, portare Carlitos, arrivare al lavoro: dalle sette alle otto e mezzo – 90 minuti.

Lavorare fino all'ora di pranzo: dalle otto e mezzo all'una e mezzo – 300 minuti.

Pranzo: dall'una e mezzo alle tre – 90 minuti.

Lavorare fino all'uscita: dalle tre alle sette e mezzo – 270 minuti.

Rientro: dalle sette e mezzo alle otto e mezzo – 60 minuti.

Casa: fare il bagno a Carlitos, dargli la cena, metterlo a letto, cenare, sparecchiare, caffè: dalle otto e mezzo alle undici – 150 minuti.

Il resto: dalle undici alle dodici – 60 minuti.

Il resto, era questo che mi rimaneva. Il resto: per parlare di tanto in tanto, per buttarci sul divano, per caricare la lavatrice, la lavastoviglie, l'asciugatrice. Il resto per vedere la tele. Il resto: era questo ciò che mi avanzava ogni giorno, il resto, il residuo di una vita. Il resto: un'ora. Un'ora arroccata nella notte, senza alternative, senza possibilità di scelta. Un'ora inutile per passeggiare, per andare al cinema o magari per fare sport. Quel *resto* era all'origine di un progetto che adesso stava ritardando troppo.

Il progetto: correre insieme su una montagna, fare il bagno in un fiume, inzupparsi dentro una tormenta; disegnare castelli in aria e nubi per terra; vendere la vita usata e comprarsi una speranza anelata; usare la bocca per più cose; invecchiare di proposito e non per caso, come abbiamo fatto finora; cenare in un ristorante dove il cameriere ci conosce per nome, stare in un luogo dove la gente ci chieda di Carlitos quando è malato, dove poter invitare qualcuno a casa, per una merenda; andare in posti che non siano solo l'ufficio, non solo l'appartamento che sappiamo a memoria. Gettai il foglio.

Mi guardai intorno e ricominciai a pensare all'oncologo e non vidi nessuno che sembrasse particolarmente malato.

Aspettai annoiato.

19.30.

Martedì 16 aprile 2002

Commisi l'errore che avrei potuto commettere da giorni.

Luisa entrò nell'ufficio di don Rafael e io la seguii, del tutto dimentico della conversazione del venerdì.

Lei non aveva l'abitudine di aprire i cassetti, io sì. Ma quella volta fu un caso, accadde senza volere, in realtà fu un evento totalmente fortuito.

Mentre lei puliva, io mi sedetti nella poltrona di Rafa e ne approfittai per aprire il primo cassetto di una scrivania che non mi apparteneva. Vidi una piccola scatolina di legno. La presi in mano e la tirai fuori. Quel tesoro mi fece scordare che non ero solo.

«Mi permette un momento?» mi spaventò Luisa.

E quello scossone fece emergere la mia goffaggine. Una goffaggine che mi fece allentare la presa, cosicché la scatola di legno, ancora chiusa, volò a terra.

Si aprì. Per fortuna non si ruppe. Ci guardammo entrambi. Ci spaventammo entrambi.

Una volta sparso il contenuto per terra, mi accucciai per recuperare tutto: foglietti, un paio di forbici, qualche sigaretta, una penna e un pacchetto di preservativi, aperto e quasi vuoto. Luisa lo vide e arrossì.

Lei non sospettò nulla; io sì.

Una moglie bionda, incinta di vari mesi e un pacchetto di preservativi con impigliato qualche capello, lungo e nero.

Cercai con gli occhi una videocamera, immaginai che fosse quello l'unico modo con cui poteva aver scoperto la faccenda del bicchierino. Alla fine la trovai, sullo stipite della porta: una luce rossa lampeggiante. La fissai e sorrisi: seppi che ci stavamo guardando.

Mercoledì 17 aprile 2002

Non successe niente e fu strano, perché lo stavo aspettando.

Cercai una penna ormai quasi dimenticata, cercai un ammalato che fingeva di non esserlo.

Giovedì 18 aprile 2002

Non successe niente e fu strano.

Abbassai la guardia.

Cominciai a valutare le possibilità: forse la videocamera quel giorno non era collegata; o forse non aveva ancora visto la registrazione, magari era finito il nastro, oppure...

Venerdì 19 aprile 2002

Dieci del mattino. Suonò il telefono.

Avrebbe potuto essere chiunque: un cliente, un collega... ma seppi subito che era la chiamata che si era fatta aspettare già fin troppo.

Sollevai il ricevitore senza fretta, senza paura, senza tensione, perché, al contrario della prima volta, adesso volevo stare al gioco.

«Don Rafael chiede che vada nel suo ufficio.» Riappese.

Rimasi con la cornetta all'orecchio, immaginandomi una Marta seduta sul divano di pelle nera, con le gambe aperte. Me la immaginai così, con la busta paga gonfia quanto i pantaloni di Rafa in quei momenti.

Lei sarà stata al corrente delle mie scoperte? Rafa le avrà detto qualcosa? Sapeva di essere registrata? Chi aveva i nastri? Il vigilante vedeva tutto?

Bussai alla porta ed entrai. Don Rafael parlava al telefono. Mi sedetti.

Vidi la smorfia di disapprovazione sul suo volto e notai

anche – al contrario dell'altra volta – il desiderio di liberarsi del suo interlocutore.

Abbassò e mi vide già seduto, senza invito.

Quella fu una partita senza pedine: un faccia a faccia.

«Cos'è che fa con precisione lei qui dopo le sette e mezzo?» mi chiese a bruciapelo.

Però nella domanda riuscii a cogliere una debolezza che gli sfuggì, una sfumatura che dovevo sfruttare: mi aveva dato del lei.

«Non capisco a cosa si riferisce» risposi, anch'io con il lei.

Calò, per qualche secondo, il silenzio.

«Non glielo ripeto più: che cosa fa dopo le sette e mezzo?»

«Glielo ho già detto la settimana scorsa. Smaltisco del lavoro accumulato.»

«E perché ha così tanto lavoro accumulato?» respirò e si rilassò e questo mi fece paura.

«Non rende abbastanza durante il giorno?» Respirò di nuovo e aggiunse: «Perché, se è così, dovremo rivedere il suo stipendio».

Scoprii la sua strategia: i soldi. Non cambiai di una virgola.

«Non ho mai avuto problemi con nessuno. Ho sempre svolto il mio lavoro correttamente, non capisco dove voglia arrivare con questi argomenti.»

«Le dico solo che ho controllato di recente la sua busta paga e lei ha una percentuale sulla produttività. Ma questa faccenda della produttività è così relativa, così soggettiva... e poi viene fuori che in questo periodo lei non è così produttivo.»

«Se ritiene che sia così, faccia come crede, chiederò un incontro con il...» stavo per dire il padre di sua moglie «con il direttore e vedrò di parlarci.» Lo attaccai come mai si sarebbe immaginato.

E per di più quel *vedrò di parlarci* implicava che si potesse parlare di tante cose. Di cose di lavoro, di cose che accadevano negli uffici... Scorsi il terrore sul suo volto. Mi alzai di un paio di spanne in quel momento...

Si innervosì e notai che chiudeva gli occhi troppe volte. Aprì il cassetto e si mise a cercare...

«Non penserà di fumarsi una sigaretta, vero?» gli domandai sorprendendolo con l'accendino in mano e la sigaretta tra le dita.

Rimase fermo, in silenzio, in attesa delle mie parole successive.

«Glielo chiedo perché mi disturba tantissimo il fumo e dovrà parlarne con i sindacati e spiegare la situazione, perché con le leggi attuali...» E in quel momento vidi l'autentico odio negli occhi di un essere umano.

Ripose le sigarette nel cassetto e l'accendino in tasca, ma l'odio non seppe dove nasconderlo. Perciò attaccò, e lo fece dove non avrei mai immaginato che potesse attaccare.

«Lo sa sua moglie cosa fa lei di sera? Sa che rimane qui a parlare con la donna delle pulizie, a ficcare il naso nella vita degli altri? Lo sa sua moglie che lei e Sara, la brunetta, passate così tanto tempo insieme? Così tante serate insieme?» Mi spiazzò.

Era un trabocchetto, lo capii. Era l'ultima via d'uscita che gli restava: mentire.

Continuai ad attaccare.

«Ovvio che lo sa, ma quel che importa è... *lei* come lo sa? Io non l'ho mai vista da queste parti di sera. Come fa a sapere tutte queste cose?» gli risposi sperando che si scoprisse, e la tensione gli facesse confessare che c'erano videocamere – illegali – che ci vigilavano, che registravano i movimenti nel suo ufficio, ma non lo fece.

«Be', ho le mie fonti. C'è gente che rimane... la signora delle pulizie, per esempio.»

Ma quello fu un nuovo passo falso: la signora delle pulizie, non sapeva neppure che nome avesse. Se mi avesse detto: «Luisa, la signora delle pulizie», allora gli avrei creduto, invece no, non sapeva come si chiamava. Non aveva parlato con lei.

«Inoltre» proseguì nell'attacco, «sono in molti a dire che tra lei e Sara c'è qualcosa di più che semplice amicizia, sono voci che girano...»

Sara? Sara e io? E questa da dove veniva? Imparai che la menzogna è l'ultima spiaggia del disperato. È vero che, nei periodi di lavoro intenso, Sara e io restavamo spesso in ufficio insieme dopo le sette e mezzo per finire qualche progetto, ma non c'era mai stato niente di più.

«Apprezzo come si preoccupa per la mia famiglia, ma non è necessario che continui perché io sono sincero con mia moglie. E lei?» fu la stoccata finale.

Lì si interruppe la partita: nessuno dei due volle continuare.

Entrambi feriti, ma ancora vivi.

Silenzio.

Ma, quando pensai che lo scontro si sarebbe concluso alla pari, mi sorprese con un ultimo rapido affondo. Dovetti abbandonare il campo.

«Ah! Parlando d'altro, Javi ha ricominciato ad arrivare tardi. Se lei non è capace di sistemare la faccenda, lo farò io.»

Smettemmo perché avevamo entrambi molto da perdere e poco da guadagnare.

Ma io seppi che, a partire da quel venerdì, tutto sarebbe stato diverso: capii che si trattava o di me o di lui.

Alla fine si trattò di entrambi, ma ci furono troppi effetti collaterali.

Troppi.

Sabato 20 e domenica 21 aprile 2002

Il fine settimana passò come passava qualunque fine settimana.

Rebe e io ci rivolgemmo sì e no dieci parole.

Non riuscii a parlarle del progetto.

La nostra relazione si era deteriorata al punto che non avevamo neppure più voglia di discutere.

E, mentre lei restava in casa, io me ne andavo al parco.

E, mentre lei usciva a far la spesa, io restavo in casa.

E, mentre io cenavo, lei giocava con Carlitos in un'altra stanza.

E, mentre lei cenava, io già dormivo.

Malgrado questo, approfittai del sabato per accumulare in cantina altri bagagli indispensabili a un progetto che, per il momento, era solo mio.

Lunedì 22 aprile 2002

La tregua durò soltanto il fine settimana.

Quel pomeriggio nessuno ebbe voglia di un nuovo confronto, perciò la partita continuò in un luogo diverso. Non mi affrontò in modo diretto.

Quella sera mi trattenni un po' di più, per finire alcuni lavoretti in sospeso. Salutai Luisa, ma non mi dilungai nell'ormai quotidiana conversazione.

Uscii intorno alle otto e mezzo. Per strada mi andò l'occhio su una macchina parcheggiata pochi metri più in là. La notai perché dentro, al posto di guida, riconobbi un viso che guardava verso di me: José Antonio.

Aveva cambiato tattica. Istintivamente pensai di fuggire ma poi, visto che comunque non avevo molto da perdere, cambiai idea. Mi avvicinai.

Attraversai la strada e scorsi nel movimento della sua testa la sorpresa. Voleva nascondersi ma non poteva. Voleva evitarmi ma io ormai ero lì. Abbassò il finestrino.

«Ciao José Antonio» dissi sfoderando il mio miglior sorriso.

«Ciao» mormorò timidamente, inquieto.

«Che fai da queste parti?» gli chiesi.

«Be', niente... è che... aspettavo un amico.» Riuscì a mettere insieme, in quei pochi secondi, quell'unica scusa. «E tu?» passò subito all'attacco.

«Di' la verità, vuoi rovinare la serata a qualcuno, vero?» Non mi era venuto in mente niente di meglio da dire.

Rimanemmo in silenzio. Ma so che mi aveva capito.

«Bene, io me ne vado a casa, e credo che, se il tuo amico non viene, dovresti fare lo stesso anche tu» buttai lì.

«Sì, certo... buona notte» mi rispose.

Mi allontanai in direzione del parcheggio, senza voltare la testa. Arrivai all'angolo e, una volta fuori dal suo campo visivo, attesi. Approfittai di uno specchio stradale per continuare a osservarlo. Non passarono più di un paio di minuti che mise in moto e partì. Era ovvio che si trovava lì per spiarmi, era ovvio che glielo avevano ordinato.

Arrivai a casa tardi. Talmente tardi che Rebe e io non ci parlammo neppure. Dovevo mettere in atto il progetto al più presto, prima che la nostra relazione, che ormai agonizzava, morisse.

Martedì 23 aprile 2002

Non ebbi notizie di Rafa.

Nel giro di pochi minuti, arrivarono subito le sette e mezzo e tutti se ne andarono.

Avrei dovuto andarmene a casa anch'io e raccontare a Rebe il mio progetto, ma avevo paura. Fui così pusillanime che preferii trattenermi e rincasare sufficientemente tardi da trovarla già addormentata. Forse lì, nell'intimità della camera da letto, avrei radunato il coraggio necessario a spiegarle che volevo cambiare le nostre vite.

Rimasi ancora un po' in ufficio.

E un po' più a lungo.

Arrivò la signora Luisa e ci salutammo.

Andò a pulire.

Rimasi da solo.

Mi tornò a stuzzicare la curiosità: perché Estrella guadagnava così tanto?

Mi avvicinai di nuovo alla sua scrivania, mi mancava il terzo cassetto. E così, mentre la signora Luisa continuava con le sue faccende, io ripresi a occuparmi delle mie, ovvero introdurmi di soppiatto nelle intimità altrui. Aprii il terzo cassetto e tirai fuori alcune riviste di moda, cataloghi, altri scontrini di negozi, alcuni lucidalabbra e un piccolo specchio... Stavo per frugare con la punta delle dita sul fondo, nella speranza di trovarvi qualche altro tesoro, quando una mano mi si posò sulla spalla.

Una mano leggera, non molto grande, una mano che non stringeva ma semplicemente si appoggiava. Seppi all'istante che non era quella di don Rafael e già questo mi rincuorò. Mi voltai e vidi il viso di Sara. Il cuore ritornò al suo posto.

«Stai ficcando il naso tra le cose di Estrella?» mi chiese stupita.

«No, no... è che...» inventai lì per lì su due piedi «pensavo che magari ce l'aveva lei la mia penna... quella verde, ti ricordi?»

«Lei?» mi guardò incredula Sara.

Non seppi cos'altro rispondere perciò mi cavai d'impaccio cambiando subito argomento. Le chiesi: «E tu? Che ci fai qui a quest'ora?»

«Ho lasciato le chiavi della macchina nel cassetto, spero. Me ne sono accorta quando sono arrivata al garage.»

«Ah!» risposi.

Rimanemmo entrambi in silenzio per qualche minuto.

Lei andò alla sua scrivania a cercare le chiavi. Io raccolsi tutto quello che avevo tirato fuori e richiusi il cassetto. Vergognoso, la raggiunsi e mi fermai vicino a lei.

Seduti, uno accanto all'altra, come lo eravamo stati per tanti anni, ci guardammo. Avvicinò la testa alla mia e, con un filo di voce, mi fece una domanda.

«Hai un momento?»

«Cosa?» non avevo capito.

«Mi piacerebbe parlare un momento con te. Hai tempo per un caffè? Giù, fuori da questo posto» sussurrò.

Giù, fuori, strano. Guardai l'orologio ed era ancora presto. Perché no?

«D'accordo, aspetta solo un attimo.»

Andai a cercare la signora Luisa per dirle che me ne andavo. Con una smorfia di delusione sul viso, mi salutò fino al giorno dopo.

Tornai e Sara era ancora seduta sulla sua poltroncina, in attesa. Spensi il computer e presi la giacca. Ci incamminammo insieme verso l'ascensore. Mi accorsi che era nervosa.

Quanto fui ingenuo quella sera, non seppi vedere nulla. Se solo avessi avuto un sospetto, avrei cambiato tutto, ma non fui capace neppure di un'intuizione.

Uscimmo dal palazzo salutando la guardia di sicurezza. Una volta in strada vidi di nuovo l'auto di un José Antonio che doveva – anche se sicuramente non voleva – stare lì a vigilare. Lo guardai e seppi, malgrado non l'avessi visto, che aveva dovuto abbassare la testa.

«Cosa c'è?» mi chiese Sara.

«Niente, niente.»

Ci dirigemmo alla caffetteria sull'angolo. Ci sedemmo a uno dei tavoli laterali, più appartati, sospetti. A quell'ora non c'era praticamente più nessuno: il cameriere e due anziani che si prendevano l'ultimo caffè del pomeriggio.

Ordinammo due caffè.

Non dicemmo niente finché non ci vennero serviti, come se avessimo paura di iniziare una conversazione ed essere interrotti dal cameriere.

«Dimmi, ti è successo qualcosa?» le chiesi con curiosità.

«No, non è nulla di importante» disse con timidezza e un tono incerto e vergognoso. Da quella risposta seppi che era importante.

Allora tacemmo e restammo in silenzio. Era così difficile farle rivelare un segreto.

Sara prese la tazza tra le mani, se la portò alla bocca e, con gli occhi socchiusi, iniziò a piangere. Erano singhiozzi leggeri, delicati, trattenuti dalla vergogna di trovarsi in un luogo pubblico.

Le offrii la mano sopra il piano del tavolo. La strinse, mi accarezzò le dita, me la afferrò fino al polso, ci guardammo e in quel momento sentii qualcosa che non avrei dovuto sentire.

Restammo in silenzio, con le mani agganciate. Guardandoci come due scolaretti, come due innamorati che in fondo non lo erano. Le nostre teste si avvicinarono. Furono movimenti involontari. Ci guardammo a meno di dieci centimetri, con le nostre bocche a pochi secondi di distanza.

Respirammo a fondo. Non riuscimmo neppure a chiudere le palpebre.

Il rumore della macchina del caffè ci fece risvegliare. Capimmo che da quell'avvicinarsi di mani non sarebbe mai venuto niente di positivo.

Le lasciai la mano, e in quell'istante entrambi ci allontanammo.

Bevemmo un sorso di caffè e ritornai alla carica.

«Cosa c'è, Sara? È successo qualcosa a Dani?» le chiesi, per tentare una via d'uscita da quella scomoda situazione.

Le costò, le costò moltissimo.

Ora so che quelle parole furono troppo personali. Non nacquero dal cuore e neppure dalla mente, le sgorgarono dalle viscere. So che ognuna di quelle frasi, mentre usciva dalla bocca, sfiorava la ferita del senso di colpa. Però non lo disse, oppure lo disse e io non lo capii.

Fu una confessione. Sara non aveva nessuno, non aveva una famiglia a cui rivolgersi; era troppo lontana. Aveva a malapena amici, perché suo figlio la occupava tutto il giorno. Sara aveva bisogno di vivere, aveva necessità di cose, di sensazioni, le stesse che sono indispensabili per tutti; cose di cui non si può fare a meno ma di cui non si parla. E in quel momento della sua vita io ero la persona che le era più vicina; colui che aveva saputo ascoltare, tempo prima, la sua storia.

«Ci sono momenti in cui... in cui... mi sento così sola...» tentava di spiegarmi «sono così sola che cado a pezzi. Ho appena compiuto trentadue anni e sono sola, e mi sento sola, e ogni giorno quando torno a casa mi crolla tutto addosso. La solitudine, tu lo sai cos'è la completa solitudine?» mi chiese una Sara che aveva ripreso a singhiozzare.

Tacqui.

«Ci sono giorni, e sono la maggior parte, in cui mi sposto dalle quattro pareti di casa mia alle quattro pareti dell'ufficio e poi di nuovo a quelle di casa mia. E sai chi mi aspetta? Nessuno. È questa la vera solitudine. Stare da soli perché si vuole stare da soli non è solitudine. Solitudine è ritrovarsi da soli senza volerlo.

«Sono anni che non sto con nessuno... con nessuno. Certo ho avuto qualche storia breve, di quelle che tamponano le necessità primarie, le più elementari, di quelle che durano qualche giorno, se non addirittura ore. Sono più di cinque anni che comincio delle relazioni che non hanno mai futuro. Relazioni vuote, dove l'impegno finisce non appena scoprono l'esistenza di Dani; anzi dove l'impegno non comincia neppure. Cinque anni che sento frasi del tipo: 'Ti chiamo, ci vediamo, ho il tuo telefono'. E non richiamano, non li rivedo e so che non gli ho mai dato il mio telefono. Relazioni che durano finché dura ciò che cercano. Però io cerco qualcosa di più; io cerco la possibilità di parlare, di sapere che domani, il giorno dopo, quello dopo ancora, ci sarà qualcuno che mi aspetta a casa. Qualcuno a cui interessi quel che mi è successo durante il giorno, con cui poter chiacchierare così, come faccio adesso con te. Non cerco l'uomo perfetto, né che sia bello, alto, moro oppure biondo. Cerco solo qualcuno che non si spaventi a vedere che ho un bambino che ha bisogno di me tanto quanto io ho bisogno di questo qualcuno.»

Sara continuò a parlare e so che, per un momento, si dimenticò che io ero lì con lei. E Sara, in quell'attimo di amnesia, disse cose che non avrebbe mai dovuto dire, almeno non a me.

«È da qualche settimana che mi vedo con una persona a cui interessa solo il sesso, nient'altro. Però questa volta è diverso. Esclusivamente sesso, ma mi fa paura, ho il terrore di sbagliarmi perfino in questo. Solo sesso, ma... e io? Magari a me piacerebbe che ci fosse qualcosa di più. Non lo so. So che non dovrei portare avanti una relazione del genere, ma è che... è che è così difficile da spiegare, e nello stesso tempo anche difficile da capire...»

Diverso, quella fu la parola che non seppi riconoscere, che non seppi interpretare. Diverso; ecco la sfumatura che quel giorno mi avrebbe consentito di evitare il disastro. Diverso. Sì, ma diverso da cosa? Cos'era per lei diverso? Fu così tenue, così debole che non seppi coglierla e mi vergogno adesso che ormai è tardi.

«Unicamente sesso» continuò. «Solo per placare le necessità di base; so che mi sbaglio, ma che differenza fa? Che importa sbagliarsi se tanto nessuno ti rimprovera? Cosa c'è che importa, ormai?»

Sara tacque e capii che in quel momento si era come risvegliata.

Mi guardò con sorpresa, con stupore, ma soprattutto, se riconobbi qualcosa in quello sguardo, fu pentimento.

Aveva parlato troppo, aveva esposto troppo i suoi sentimenti. Mi aveva parlato come avrebbe fatto solo con il suo diario. Non si era ricordata, in quella specie di confessione, che io ero lì. Si era lasciata sfuggire parole che appartenevano solo a lei.

E io, davanti a quello sguardo, mi sentii vuoto, perduto. Non riuscii a vedere ciò che mi stava mostrando dimenticandosi di me. Tutto ciò che voleva raccontarmi, senza dirmelo. Per la seconda volta nella vita, nella sua vita, non seppi aiutarla.

Quella conversazione, anziché unirci, finì di separarci. Quella sera concludemmo definitivamente la nostra amicizia, spezzammo quel vincolo che avevamo creato la notte in cui mi raccontò della perdita dei suoi due Miguel.

Nessuno è capace di mettere in piazza le proprie debolezze in un modo del genere e poi andare avanti come se nulla fosse. Iniziò da quel giorno il nostro allontanamento. Ci evitammo, ci separammo, continuammo a essere amici, ma senza intensità.

Sara per essersi confessata, e io per non aver interrotto la sua confessione, distruggemmo la nostra amicizia in una forma delicata, senza rabbia né rimproveri.

«Ora devo andare» sentii annunciare da una voce debole.

«Ti aspetta qualcuno?» le domandai.

«È importante questo?» Non mi aveva risposto né sì né no. Aveva fatto invece una domanda aperta, che si prestava a cambiare interpretazione in base alla risposta che le avrei dato. Adesso credo che quella sera avremmo potuto perdere entrambi molto di più, avremmo potuto trasformare il nostro rapporto e ritrovarci insieme in camera sua. Sara cercava amore e io... io non sapevo cosa cercavo.

«No, no» risposi pieno di vergogna.

Tacemmo, ci guardammo e per la seconda volta ci avvicinammo.

Ci prendemmo la mano, avvicinò la sua bocca alla mia e, in un sussurro, mi baciò.

Durò un istante, intenso.

«No, Sara, no...» le dissi, allontanando le labbra.

«Scusami.»

Finimmo i caffè in silenzio.

Non fummo più capaci di guardarci.

Uscimmo in strada senza parlare e ci salutammo, quasi per sempre.

«Per favore, non giudicarmi, non pensarci nemmeno. Dimentica tutto quello che è successo.»

«Sara...» però andò via di corsa, scappò e so che quel giorno persi anche lei.

«Dimentica tutto quello che è successo.» Ma è impossibile, non sono mai riuscito a dimenticare quella conversazione che modificò per sempre il nostro rapporto.

Mercoledì 24 aprile 2002

Licenziarono Javi.

Non ci fu ramanzina, né dialogo e neppure monologo.

Javi arrivò con una ventina di minuti di ritardo. Fu l'occasione giusta, il momento fatale per lui e per il segnale diretto a me.

Seppi leggere in quel licenziamento una minaccia, indiretta, ma pur sempre una minaccia.

Non fece uno scandalo, ma fu crudele nel modo.

Lo lasciò arrivare tardi e ridere. Lo lasciò fare, gli dette perfino il tempo di scendere a colazione, gli consentì di godersi la mattina, e nel giro di due ore lo annientò con un colpo solo.

Eravamo appena rientrati dalla pausa quando suonò il telefono di Javi. Squillò come squillano solo i telefoni che annunciano disgrazie.

Javi sollevò il ricevitore e, in un paio di secondi, gli si gelò la faccia.

Agganciò, inghiottì la saliva, e si accasciò sulla scrivania. Incrociò le braccia e ci mise sopra la testa. Crollò.

«Lei è licenziato. Per favore, porti via tutte le sue cose.»

Nient'altro, diretto e breve. A partire da quel momento, Javi non faceva più parte della nostra azienda.

Se ne andò, chinò la testa e, con un «poi vi dico», abbandonò il suo posto, la sua azienda e il lavoro che gli dava da vivere.

Javi non si fece più vedere, non dette segnali di vita. Lui non chiamò, noi nemmeno. Lui non chiamò e forse fu per vergogna, forse perché non sapeva come fare, forse non se la sentì. Forse non lo fece perché sperava che fossimo noi a compiere il primo passo. Noi non lo chiamammo, forse per non disturbarlo, forse per non metterlo a disagio; forse perché non sapevamo cosa dirgli. Forse perché speravamo che fosse lui a fare il primo passo.

Alle dodici e mezzo di quel mercoledì suonò il mio telefono. Don Rafael, attraverso Marta, mi mandava a chiamare.

Ma non mi agitai, ormai non mi spaventava più. Mi alzai e mi diressi, tranquillo, nel suo ufficio.

«Venga, venga...» mi fece cenno con una mano.

«Mi dica» risposi, sedendomi sulla poltrona senza il suo permesso.

«Come previsto dal protocollo generale della società nella sezione relativa alla divisione delle risorse umane, debbo comunicarle che uno dei dipendenti assegnati al suo gruppo di lavoro è stato allontanato dall'azienda» mi riferì mentre cercava qualcosa in un cassetto.

Tirò fuori una scatola di sigari, una penna gel nera e un pacchetto di preservativi che spostò da parte.

«Cosa non si trova a volte nei cassetti!» disse, guardandomi direttamente negli occhi.

«Eccola qui.» Estrasse infine una cartellina azzurra con due fogli.

«Bene, vediamo. Le riassumo: dopo vari richiami e ripetuti ammonimenti in riferimento alla condotta di Javier Gómez, dopo tre informative che riportano la mancanza di puntualità e di un comportamento corretto nei confronti dei colleghi...» quel discorsetto fasullo durò oltre tre minuti e alla fine si concluse con una domanda: «Vuole aggiungere qualcosa?»

«Semplicemente che, malgrado arrivasse tardi, lavorava sempre per tutte le ore dovute, di solito recuperava i ritardi nella pausa pranzo.»

«Non me ne importa niente. È chiaro? Non me ne importa niente! La reiterata mancanza di puntualità è un'infrazione grave, molto grave, e in questo caso per di più è recidiva. Per caso i colleghi di Javier Gómez non avrebbero il suo stesso diritto di arrivare tardi? O forse Javier Gómez si riteneva migliore di lei o migliore di tutti loro?» E lì, senza volere, oppure volendo, mi urlò. E in quel momento cedetti. Non furono le grida, a quelle ero abituato, fu il suo viso carico di prepotenza. Ci sono volte che uno non ce la fa a trattenersi e perde il controllo.

«Per caso Estrella è migliore?» gli sputai la frase in faccia. Ma, nello stesso istante in cui mi uscivano le parole dalla bocca, seppi che avevo sbagliato.

Il silenzio fu il segnale del mio scivolone. Fu senz'altro una sconfitta, piccola, ma pur sempre una sconfitta. Lui attendeva il mio suicidio davanti alla telecamera, sentirmi confessare ciò che non avrei dovuto sapere. Per fortuna mi controllai e non dissi una parola di più.

«Be', Estrella è un caso a parte, e infatti ha condizioni lavorative individuali, uno stipendio diverso...» E lì si fermò, con la frase in sospeso, aspettando che io mi gettassi lancia in resta. Però non ci caddi. «Insomma, si tratta di una situazione che non la riguarda minimamente.»

«E allora non faccia confronti, perché non siamo tutti uguali» gli gridai.

«È evidente.» Sorriso presuntuoso. «Lei infatti non mi assomiglia per niente.»

Mi vagliò, tentò l'attacco. Ma io in realtà, eccettuati qualche preservativo, un bicchiere di plastica macchiato di rossetto color prugna e una segretaria carina, non avevo altro. Mi vide disarmato.

«Per fortuna, non siamo tutti uguali.» Ormai non mi importava più di attaccarlo, non mi importava più di niente. Mi dispiaceva troppo per Javi...

«Cosa intende dire?» mi rimbeccò di riflesso.

«Niente, che non mi piacerebbe assomigliarle, neanche da lontano.» Diretto in faccia.

Forse fu per il licenziamento di Javi, forse per la sua arroganza, forse per il fatto che avesse un pacchetto di profilattici e che per di più me li sventolasse sotto il naso, forse fu per sua moglie, o magari per invidia, non lo so, ma per la prima volta in vita mia mi stavo divertendo a far del male a qualcuno.

«E crede che io vorrei assomigliare a lei, pezzo di deficiente?» Era arrivata la fase dell'insulto. Me lo rigirai come un calzino, con la porta semi aperta.

«Lei lo sa cosa significa deficiente? Significa persona dalle facoltà intellettive inferiori alla media. E lo sa come si scrive? Con la i. Lo sa lei, don Rafael, che ogni volta che ci scrive una e-mail ci fanno male gli occhi per gli errori di ortografia che ci mette? Come si fa a essere così incapaci e a non accorgersene?» Anch'io sapevo insultare. «Ah, e invece licenziare, come ha appena fatto, si scrive con c-e, senza i. Questo si impara da bambini, in prima elementare.»

Mi suicidai, lo seppi nell'istante in cui tacqui; lo capii nel momento in cui mi accorsi che non era più capace di articolare parola. Nell'attimo in cui riconobbi il toro fremente, pronto a incornare, il violento a cui prudevano le mani, ma sarebbe stata la fine anche per lui. Fuori c'erano testimoni, e non tutti corruttibili.

Si trattenne e sono certo che fece uno sforzo enorme. Di sicuro la videocamera registrava. La porta era aperta, quasi quanto le sue ferite.

«Se ne vada via!» mi urlò. «Se ne vada subito, imbecille!»

«Non mi aspettavo niente di diverso, da lei.» E così, continuando a dargli del lei anche in piena battaglia, mi congedai.

Ci alzammo in piedi all'unisono, avvicinando i nostri corpi. E nell'equinozio delle nostre teste, con l'alito impregnato di rabbia, mi minacciò sottovoce.

«Quanto tempo credi che durerà il tuo matrimonio?» E sorrise.

Me ne andai, confuso, senza smettere di guardarlo.

Quanto tempo credi che durerà il tuo matrimonio? Cosa voleva dire?

Non mi fermai, quel mercoledì, a salutare la signora Luisa. Per una volta, volevo solo arrivare a casa presto.

Non parlai con Sara, non parlai con nessuno, non chiamai Javi, me ne andai alla mia ora, timbrai e sparii. In un certo senso, aveva vinto lui.

In casa mi aspettava ciò che speravo mi aspettasse. Ma, anziché parlarle del progetto, tra Rebe e me ci fu l'ennesima discussione.

Io ero agitato e lei triste. Non riuscimmo neppure a tollerarci. Fu, quella di quel mercoledì, una litigata seria, veemente, sofferta, quasi fisica. Si distingueva da quelle tra innamorati per il fatto che non c'era pentimento, non c'era la paura di perdersi, nessuno aspettava piangendo sul letto una telefonata e nessuno ormai ammetteva più di avere una parte di colpa. No, non fu una lite tra innamorati.

Si distinse anche per i motivi: essenzialmente non ce n'erano. Ora, piuttosto, qualunque sciocchezza bastava ad allontanarci. Discussioni generate da un rancore ormai incrostato, stratificato da scontri ogni volta più violenti.

«Non c'è niente per cena?» le chiesi quando la vidi abbandonata sul divano.

«No» mi rispose senza voltare la testa, senza nemmeno degnarsi di guardarmi.

«E i cannelloni dove sono? Ce n'erano rimasti almeno quattro» insistetti in malo modo.

«Li ho mangiati, di solito rientri sempre così tardi...» disse, ancora incollata alla tele, senza neppure girarsi.

«Non mi hai lasciato niente?» gridai.

«No! Lasciami in pace.» E quello fu il detonatore. Non la frase, quanto il tono.

«Ti lascerò in pace quando ne avrò voglia» le risposi urlando.

«Stai zitto ché non sento più la tivù!» Quello *stai zitto* grondava veleno.

«Stai zitta tu, scema!» Il primo insulto.

«Scemo tu!» E continuò a guardare la televisione.

Mi avvicinai al tavolino e presi il telecomando. Spensi la tivù.

«Che fai, stronzo!» urlò intanto che si alzava per strapparmelo di mano. «Dammi il telecomando!»

«Non ne ho voglia» le urlai di rimando.

«Dammelo» continuò a gridare, e mi afferrò la mano con le sue, stringendo con forza, con rabbia.

L'allontanai con una spinta. Si voltò sorpresa, forse per il fatto che era una delle prime volte che litigavamo così. Recuperò le forze e mi fu di nuovo addosso, mi riafferrò la mano con più violenza, graffiandomi, affondandomi le unghie nella carne. La spinsi via un'altra volta, buttandola verso il divano e il telecomando cadde per terra rompendosi in due monconi.

«Stronzo, figlio di puttana, prima o poi me le paghi tutte!» E se ne andò piangendo in camera nostra.

Chiuse la porta a chiave.

Rimasi sul divano, cercando di capire se quanto era appena successo era stato un sogno. Non mi aveva mai parlato così, con quel disprezzo palpabile che le usciva da ogni poro della pelle. Perché quella reazione? Perché tanta violenza nelle parole?

Raccolsi i due pezzi del telecomando. Tentai di riattaccarli ma fu impossibile; qualcosa si era rotto e ormai non combaciavano più, come noi.

Presi le chiavi e scappai.

Cercai un ristorante, chiesi un tavolo per uno e lì ritrovai la solitudine che mi aveva descritto Sara.

Cenai a malapena. Pensavo solo a lei. Era da tanto che non uscivamo a cena, o al cinema, o a fare un giro, o a qualsiasi cosa. Ci stavamo distruggendo a vicenda da ormai troppo tempo. Desiderai poter tornare indietro, ma non di una sera, né di due, ma di migliaia.

Ricordo di essere rimasto lì, con il mio tè fra le mani, fino a quando chiusero il locale.

Tornai a casa.

Aprii la porta e trovai solo silenzio.

Il telecomando rotto era ancora sul tavolo e allontanava la possibilità che tutto fosse stato solo un incubo.

Mi buttai sul divano e in quella posizione, vulnerabile, mi tornarono ad assalire i fantasmi della gelosia, del dubbio, del tradimento, della paura. E se stava con un altro?

Tentai di dormire, ma non ci riuscii. Tentai di fare qualunque cosa, ma non ci riuscii.

Le due ed ero ancora sveglio.

Non so a che ora mi addormentai.

Giovedì 25 aprile 2002

Quella mattina non ci parlammo, non ce ne fu bisogno. Ognuno si dedicò alle sue cose: lei fece colazione, io feci colazione, vestimmo Carlitos, io lo portai via e lei rimase lì. Detti un colpo alla porta e capii che mi lasciavo alle spalle i resti di una relazione che un tempo ci era appartenuta.

Don Rafael quel giorno non mi disturbò, ma neanche così riuscii a lavorare. Presi un foglio e calcolai; calcolai la mia vita in distanze, in luoghi, in superfici...

Scrissi.

SUPERFICI DI VITA
Casa: 89 m²
Ascensore: 3 m²
Garage: il nostro è accanto all'ascensore, 8 m²
Azienda: ufficio open space, circa 80 m²
Ristorante: 50 m²
Bar: 30 m²
Casa dei genitori di Rebe: 90 m²
Casa dei miei genitori: 95 m²
Totale: 445 m²

Totale: 445. In 445 metri quadrati trascorrevo il 95 per cento della vita. Cercai su Internet la superficie totale della Terra. Fu veloce: 510.065.284,702 km^2.

A quasi quarant'anni, vivevo, esistevo e mi muovevo in 445 m^2.

Valeva la pena continuare?

I due giorni che precedettero la fuga trascorsero fin troppo rapidamente. Accaddero tante cose che, malgrado il dolore, vissi più in quelle quarantotto ore che negli ultimi anni.

Si avvicinavano le sette e mezzo dell'ultimo giovedì. Erano alcuni giorni che non parlavo con Luisa e alcuni anche che non parlavo con Rebe. Presi una decisione, e fu a favore di Luisa: quel giovedì mi trattenni in ufficio. Ma quella sera andò tutto a gambe all'aria.

Le 19.30 arrivarono e non rimasi solo.

Le 20.00 e arrivò Luisa, ma José Antonio non se ne andava.

Le 20.10, José Antonio si stancò di fingere e iniziò a raccogliere le proprie cose.

Si stancò di spiarmi, immaginai; si stufò di eseguire gli ordini puerili di un capo stupido. Mi guardò da lontano, si infilò il cappotto e se ne andò. E io, che avevo deciso di fermarmi, uscii dietro di lui.

Lo seguii sul marciapiede, nascondendomi dietro ogni angolo; nel parcheggio, mi nascosi dietro ogni colonna. Lo seguii in macchina, a pochi metri di distanza.

Dopo una trentina di minuti, arrivammo al centro commerciale dove lavorava Rebe. A quell'ora lei ormai non c'era più. Si infilò nel parcheggio sotterraneo e io, a due automobili di distanza, gli andai dietro.

Scese, si diresse all'ascensore più vicino e salì. Immaginai al terzo piano: la zona dove sono radunate tutte le catene di ristoranti. Effettivamente, dopo essermi spompato salendo tre piani di scale a piedi, lo vidi entrare in un caffè.

Ripresi fiato, sospirai, mi calmai e attesi fuori, in una gelateria vicina, che uscisse. Ora ero io che lo spiavo.

Aspettai per quasi mezz'ora, seduto a venti metri di distanza. Ero una spia e lo volevo pedinare come lui aveva fatto con me. Fui varie volte sul punto di mollare tutto. Che stavo facendo?

Pensai di tornare a casa e di raccontare a Rebe del progetto; tornare per spiegarle che quel bacio che mi dava nell'ingresso durava ogni giorno di meno; tornare e tentare di ritrovare ciò che avevamo perduto da tempo. Ma, malgrado tutti questi pensieri, ero ancora lì, seduto su una seggiola, in attesa che uscisse José Antonio.

E uscì, alla fine uscì; e uscì con lei, con Rebe.

Uscirono entrambi, con l'espressione seria; entrambi soli, entrambi con le mani intrecciate. Tennero le bocche vicinissime mentre parlavano, per minuti che mi sembrarono ore. Lui appoggiò la mano sulla spalla di lei, della *mia* lei – forse della sua lei –; lei nascose la testa nel petto di lui; io stetti lì senza fare nulla. E così, abbracciati, se ne andarono in direzione del parcheggio... forse all'auto di lei, forse all'auto di lui. Seppi che l'avevo persa.

Rimasi seduto, in piena vista, ma non dei suoi occhi, che sembravano guardare altrove, verso chissà quale altrove. Non ebbi il coraggio di affrontarli, non riuscii a concepire nessuna vendetta in quel momento, affondai nella discarica dei miei sentimenti. Riuscivo solo a vedere, in quella scena, il necrologio di una relazione che inevitabilmente era finita.

Attesi che gli attori uscissero di scena. E restai lì, solo con il mio caffè, con il mio caffè, solo.

Il ritorno a casa fu costellato di domande, di dubbi, di rimproveri. Probabilmente fu il tragitto più lungo della mia vita. Mi tradiva o era tutto un malinteso? José Antonio mi spiava per Rafa o mi teneva d'occhio per conto proprio, di loro due? Lei sapeva qualcosa dei miei straordinari?

Chiamai a casa dei genitori di Rebe.

«Carlitos è ancora lì?» chiesi a bruciapelo, senza nemmeno salutare.

«Sì, sì, Rebe ci ha avvisati che sarebbe venuta a prenderlo un pochino più tardi, doveva fare delle commissioni. Non te l'ha detto?»

«Ah, sì, ora che me lo dici, mi aveva avvisato stamattina...» mentii. «Dai, va bene, tra poco arriverà, allora, buona notte.»

«Buona notte.»

Inviai un messaggio a Rebe: «Oggi non torno a dormire».

Non me la sentii di rientrare a casa, quella sera.

Spensi il cellulare e quello spegnimento valse anche per la mia vita. A partire da quel momento, il resto degli avvenimenti si succedettero l'uno dopo l'altro; non fui in grado di fermarli.

Mi allontanai con l'automobile verso le periferie. Uscii dalla città, fuggii lontano. Cercai un hotel e vi passai la notte.

Non riuscii a dormire, pensavo a tutto e nello stesso tempo a niente.

Le undici e mezzo. Rebe era andata a riprendere Carlitos?

Riaccesi il cellulare.

Nessuno mi chiamò in tutta la notte.

Venerdì 26 aprile 2002

Venerdì, l'ultimo della mia vita precedente.

Mi svegliai in un letto estraneo. Indossai gli stessi vestiti del giorno prima. Feci colazione nel bar dell'hotel e andai a lavorare.

Arrivai con uno sguardo così rabbioso e con una tale sete di vendetta che nessuno si azzardò a rivolgermi la parola. Chiesi di José Antonio, ma mi dissero che non c'era, che si era preso – approfittando della festa del primo maggio della settimana dopo – quindici giorni di vacanza.

Me li immaginai già insieme. Me li immaginai che vivevano una vita che avrebbe dovuto essere mia. Conobbi quel giorno, alla mia scrivania, la solitudine di cui una volta mi aveva parlato Sara: ero completamente solo.

Chiamai Rebe, varie volte, ma non mi rispose mai.

Mi rifugiai, per tutta la mattina, in un mal di testa che non avevo. Ma che dal mio viso e dal mio spirito nessuno mise in dubbio, e tutti mi lasciarono tranquillo.

Cullai lì, tra me e me, la speranza che tutto fosse stato un malinteso.

All'ora di pranzo annunciai ai miei colleghi che stavo peggio.

«Non essere sciocco e vattene a casa» mi disse Godo.

«Ma cosa aspetti, dai» aggiunse Ricardo.

Presi la giacca, controllai i cassetti e me ne andai. Seppi, in quell'istante, che non li avrei più rivisti, che non sarei tornato a sedermi lì, accanto a loro, mai più.

Rientrai a casa.

Aprii la porta consapevole che a quell'ora non ci sarebbe stato nessuno, ma con la speranza di trovarvi le cose di sempre. Setacciai ogni angolo di una casa che conoscevo a memoria e comincia a cogliere i primi indizi che segnalavano la sua assenza. Mi avvicinai, nervoso, alla nostra camera da letto ed ecco la prova: una lettera sul cuscino.

Un addio, definitivo. Dopo tanti anni insieme, ci separavamo con una semplice lettera su un letto vuoto.

Questa non è una lettera di odio.

Ho sofferto la paura, la vergogna, l'impotenza, la gelosia, la disperazione, la depressione, ho quasi sfiorato la pazzia e la colpevolezza.

Abbiamo condiviso molti momenti, migliori e peggiori, ma insieme. So che una vita si compone di ricordi e, fortunatamente, la mia testa è piena dei tuoi.

Sono settimane, mesi, che la nostra vita insieme non è più vita.

È da tanto tempo che non facciamo niente di diverso, che non torniamo più a sentirci come eravamo quando ci siamo conosciuti, è da tanto che abbiamo perduto la felicità...

Per questo voglio che tu sappia che ti capisco; mi addolora, ma non sono capace di fare niente per impedirlo. Non credo che sia giusto accollare la colpa a qualcuno...

Forse più carezze, più tempo insieme; forse fare le cose che facevamo prima.

C'è stato un momento in cui pensavo che se ti amavo, se ci amavamo, sarebbe bastato; ho scoperto di no. E, malgrado non sappia dove andrò con la mia vita, almeno ho ben chiaro dove non voglio stare.

Ultimamente mi hai visto strana, assente, ma il fatto è che mi hai sottostimato un po' troppo. Lo sospettavo da tempo, e ora so tutto. Avresti dovuto essere più coraggioso e confessarlo. Se c'è qualcosa che non riesco a perdonare, sono le bugie; no, sotto quest'aspetto non ti perdonerò mai.

Non provare a cercarmi, anche se immagino che non lo farai. Tutti e due dovremo rifarci una vita. So, in questo preciso istante, dove sto andando, ma ignoro quanto tempo ci resterò.

Per quanto mi riguarda, cercherò di non pensare più a te come alla persona per la quale ho rinunciato a tutto. Ho trovato, al momento, un appoggio, una persona speciale che, in queste ultime settimane, è stata un vero amico. Grazie a lui ho scoperto molte cose, mi ha aiutato ad andare avanti, a inghiottire l'odio, a lasciare da parte il rancore e a scoprire che posso ancora apprezzare la vita anche senza di te.

Carlitos starà bene, non preoccuparti. È evidente che abbiamo qualcosa che ci unisce, perciò dovremo abituarci a vederci, ma in un altro modo. Per il momento lo porto con me, non saranno molti giorni, al massimo qualche settimana, il tempo che tutto si calmi, che possa adattarsi – che possiamo adattarci entrambi – a questa nuova situazione.

Ti chiedo solo un favore: non cercarmi, ti chiamerò io.

Non vi serbo rancore, né a te, né a lei.

Rebeca

Camminai su e giù per la casa, mi sforzai di non pensare a niente, rilessi la lettera più e più volte, ma non riuscii comunque a capirla. Pensai a loro due insieme, ma nemmeno io la odiai, aveva semplicemente cercato quel che io non le davo più.

Non vi serbo rancore, né a te, né a lei. Di cosa diavolo parlava? C'entrava qualcosa Rafa?

Quanto tempo credi che durerà il tuo matrimonio?

Non riuscivo a togliermi quella frase dalla testa. Rafa aveva vinto, non sapevo come, ma certo era lui l'artefice di tutto.

Me lo immaginai nel suo ufficio che ascoltava divertito José Antonio e ridacchiava con lui, tronfio del fatto che l'altro mi avesse portato via Rebe. Mi infuriai.

Mi immaginai un Rafa soddisfatto, che si beffava di me alle mie spalle. Un Rafa che conosceva a menadito ogni avventura esistente tra José Antonio e Rebe. Un Rafa che, quando mi aveva affrontato l'ultima volta, sapeva già tutto.

Sicuramente parlavano fra loro e, tra un bicchiere e l'altro, in ogni bar, non la smettevano di ridere di me. Lo vedevo dappertutto: su ogni parete, sulla testata del letto, che sogghignava. Si era compiuta la sua profezia.

Pensai solo alla vendetta, solo a questo. Toccai il fondo, quella sera di venerdì, come persona. Umiliato, con i denti che mordevano le gengive, distrutto, sprofondato nella vergogna e con la vendetta come unica guida, presi la decisione che non avrei dovuto prendere. La decisione che finì per rovinare due vite.

E fu curioso che la mia vendetta si accanisse su Rafa e non su José Antonio. Forse perché il secondo, vista la mia apatia con Rebe, alla fine mi era più comprensibile. Il primo invece, quel crogiolarsi nel dolore altrui al solo scopo di divertirsi, sapere tutto e non dire niente, godere della mia sofferenza... quello non era un comportamento scusabile.

Alle cinque di quel venerdì, con gli occhi iniettati di sangue, spiritati, uscii in strada. Andai direttamente al piccolo negozio di informatica che c'era a tre isolati da casa mia.

Chiesi e la acquistai. Era piccola, nera, senza fili, in definitiva molto discreta. Era possibile controllarla a distanza, per esempio da casa.

Tornai a casa e mi dedicai a raccogliere tutti gli indirizzi di posta elettronica dei colleghi, dei capi, dei responsabili delle altre divisioni... Ne trovai decine. Aprii un account di posta elettronica anonimo e inviai un messaggio a tutti – a tutti tranne che a Rafa e a Marta, ovviamente. «Stanotte, collegati a mezzanotte, e scoprirai il segreto più segreto della nostra azienda.»

E insieme a quel testo aggiunsi un link alla pagina web che desideravo vedessero.

Aspettai fino alle sette. Presi la macchina e andai in ufficio.

Parcheggiai alle otto, ormai non c'erano quasi più automobili.

Salii al mio piano e Luisa si stupì di vedermi.

«Che ci fa lei qui? Credevo che oggi non fosse venuto.»

«È che oggi pomeriggio non stavo molto bene e me ne sono andato a casa. Però mi ha telefonato don Rafael che aveva un problema al computer. È una roba importante» mentii.

«Accidenti che lavoratore che è lei!»

«Be', sa com'è, i capi sono capi. È aperto il suo ufficio?»

«Sì, ho appena vuotato il cestino.»

«Grazie.»

Se ne andò verso gli altri uffici, mentre io rimasi lì a preparare la mia vendetta.

Alle nove avevo già finito il lavoro, si vedeva appena tra i libri. La collegai, feci una prova... perfetto.

Aspettai la signora Luisa e, mentre lei si levava il camice, guardai con stupore il mio portapenne: qualcuno aveva ritrovato la mia penna, probabilmente Sara. La presi e me la misi in tasca.

Uscimmo insieme.

Sul portone del palazzo la salutai.

«È stato un piacere conoscerla.» L'abbracciai e si spaventò.

«Va da qualche parte?» mi domandò sorpresa.

«Sì, parto per un viaggio. Starò via un bel po'.» E le sorrisi.

L'abbracciai di nuovo, in mezzo alla strada. E lei si lasciò abbracciare e ci sentimmo grandi amici, quasi parenti. E sembrò quel che era: un addio definitivo.

Restammo lì attaccati, per qualche minuto.

Ci salutammo con le lacrime agli occhi.

Lei andò alla fermata dell'autobus.

Io al garage.

Mi fermai sull'angolo, controllandola, proteggendola.

Arrivò l'autobus, salì e sparì.

«Addio» le sussurrai da lontano.

Arrivai a casa alle dieci. Mi fermai per qualche secondo sul pianerottolo, con la chiave infilata nella serratura, nel tentativo di ascoltare la speranza.

Aprii la porta: le luci erano spente e il silenzio a manetta. Rebe se ne era andata, definitivamente.

Malgrado questo, ricontrollai di nuovo tutta la casa,

nell'eventualità che fosse tornata, che avesse lasciato un secondo biglietto. Nulla.

La sete di vendetta aumentò. Andai al computer, l'accesi e mi collegai alla pagina web della videocamera. Rimasi in attesa.

Apparve un ufficio vuoto e buio, non c'erano movimenti di sorta. Controllai il numero di utenti collegati: uno, io. Erano ancora le dieci e mezzo. Aspettai.

La videocamera era perfettamente nascosta, automatizzata in modo che fosse possibile spegnerla solo dall'ufficio stesso. Fu l'unico modo di mettere un freno alla mia coscienza: non volevo che con i suoi scrupoli mi obbligasse in ogni momento a fare marcia indietro.

Passarono dieci minuti, che nella mia testa furono ore, e nell'ufficio tutto restava uguale: spento. Perché doveva andarci di venerdì? E se fosse stato di sabato? E se quella sera non ci fosse andato? E se era solo un'idea mia campata in aria? Pazienza, era l'unica possibilità che mi restava: avevo puntato tutto su una carta.

Le undici meno dieci: nulla.

Camminai per casa, nervoso, desiderando che fosse il venerdì il giorno che don Rafa andava in ufficio per le sue altre faccende personali.

Le undici: nulla.

Tornai a fare un giro nelle altre stanze, andai al frigorifero, bevvi acqua, mangiai un pezzo di cioccolata, sospirai. Pensai alla mia fuga, alla mia vendetta. Cosa faceva in quel momento Rebe? Tornai di nuovo al computer.

Le undici e dieci. All'improvviso in ufficio si accese una luce. Guardai gli utenti collegati: io. Era ancora un po' presto, però almeno sull'orario ci avevo preso in pieno. Così, quando si fossero collegati, li avrebbero trovati già all'opera.

Don Rafael, a partire da quel momento di nuovo Rafa, entrò in ufficio, si tolse il soprabito, chiuse tutte le finestre e si sedette sulla sua poltrona di pelle nera. La stessa da cui mi aveva minacciato tante volte, da cui ordinò il licenziamento di Javi, da cui io avevo visto il bicchiere di plastica con il rossetto color prugna.

Le undici e venti: due utenti connessi, era arrivato qualcun altro.

Rafa prese il cellulare e fu breve, solo un «puoi salire», immaginai. Spense la luce del soffitto e accese la più vicina alla scrivania, la lampada a stelo. E attese, come facemmo noi. Tre utenti connessi.

Nel giro di dieci minuti – il tempo impiegato da una qualsiasi Marta ad arrivare dalla strada fino in ufficio – fece il suo ingresso un'altra persona: una donna.

Di spalle alla videocamera, si tolse la borsa e il cappotto, li appoggiò su una poltrona. Era alta, magra, con minigonna, calze nere e capelli raccolti.

Gli andò incontro, restando di spalle alla videocamera. Si sedette sulla stessa sedia su cui io mi ero sorbito l'ultima ramanzina.

E all'improvviso quel camminare mi risultò familiare e mi rese nervoso. Desiderai poter interrompere tutto, implorai che non si voltasse, che andasse via la luce, che si chiudesse il mondo.

Valutai mille modi per fermare le riprese, ma era impossibile. Non avevo mai immaginato l'eventualità di voler sospendere quella mia vendetta, mai mi aveva sfiorato il pensiero che potessi pentirmene o, meglio, avevo fatto in modo che la mia coscienza non mi lasciasse la possibilità di pentirmi. Perciò avevo automatizzato tutto, cosicché nessun angioletto posato sulla spalla riuscisse a influenzarmi. Guardai gli utenti collegati: dieci. Mi tremarono le mani, le braccia e il cuore, soprattutto il cuore.

Iniziai, nella mia testa, a preparare la valigia per la fuga. Lontano, molto lontano, dove nessuno mi conoscesse, dove nessuno potesse dire: «Quello è il figlio di puttana che le ha rovinato ancora di più la vita».

Dopo alcuni minuti in cui sembrò che stessero solo parlando, Rafa si alzò dalla poltrona e le si avvicinò. Si sedette sul tavolo e si sbottonò lentamente i pantaloni.

Lei infilò la mano e la bocca fece il resto.

Rimasero così per troppo tempo: lei occupata e lui che offriva un enorme sorriso a una videocamera che lo inquadrava frontalmente. 15 utenti.

Rafa stese le mani per sfilarle la camicia e sganciarle il reggiseno. La strinse per le braccia, la sollevò e cambiarono posizione: lui di spalle e lei seduta sul tavolo, che guardava verso l'obiettivo, verso di me, senza saperlo. E la vidi, la vedemmo in viso, e seppi che mi ero sbagliato su tutto.

Iniziarono a muoversi, a stringersi l'uno all'altra.

Mezzanotte: 22 utenti. Si era sparsa la voce, tramite il cellulare, immaginai.

Rafa si tolse la camicia senza smettere di muoversi, mostrandoci un torace perfettamente muscoloso. Le spinte si prolungarono per oltre venti minuti. Non volevo guardare, ma neppure riuscivo ad allontanarmi da lì. Cambiarono posizione più volte: lui sopra di lei, poi lei sopra di lui...

Dopo più di mezz'ora Rafa, con moglie e due figli a casa, ex erede di una grande fortuna, si sedette sulla poltrona nera e lì cominciò a muoversi sotto una Sara che voleva scordare la perdita dei suoi due Miguel, dimenticare la vita solitaria che l'attendeva a casa. Una Sara che, dopo le scuse di Rafa giorni prima, era uscita troppo sorridente dal suo ufficio; una Sara che non aveva fatto caso alla email che le era arrivata quella sera.

Passò il tempo e, finalmente, la scena si concluse.

Sara si rivestì, si vestirono entrambi.

Non ci furono baci, niente abbracci né altro.

Sara uscì dall'ufficio.

35 utenti collegati.

Rafa rimase lì, raccogliendo le cose, rimettendo tutto a posto, nascondendo le prove... senza sapere che era un'azione inutile, perché quella sarebbe stata l'ultima volta che si sedeva nel suo ufficio; che guidava la sua Jaguar; che tornava a casa nel suo mega appartamento; ma anche l'ultima volta che avrebbe dormito con una persona con cui non voleva dormire.

Rimasi immobile per parecchi minuti, sulla sedia da cui avevo visto rovinarsi due vite.

Alla fine presi le chiavi e uscii di casa.

Entrai in ascensore e scesi in cantina.

Lì, in mezzo a tutti i ricordi, presi uno zaino e lasciai per terra l'altro – quello azzurro di Rebe – abbandonato.

Salii di nuovo in casa e ci infilai l'indispensabile per il viaggio che stavamo per cominciare, la mia vergogna e io.

Prenotai, attraverso Internet, un biglietto del treno.

Sabato 27 aprile 2002

Abbandonai quel venerdì, ieri, la mia vita.

Adesso sono già tre ore che cammino tra alberi, terra e nubi, senza riuscire a indovinare la fine, che credo sia vicina ma non so immaginare. Il sentiero che finora era tranquillo sta diventando una salita impegnativa; il mio passo, che sembrava spedito, si fa svogliato.

Mi arrampico con la speranza che in cima ci sia il primo luogo a cui sono diretto, la prima tappa di un viaggio senza meta. E mentre salgo la notte mi osserva, nella solitudine di un luogo che non conosco.

Quanto sono lontani ora i rumori di una città troppo grande; i fumi che sognando di essere nebbia ci avvolgevano ogni mattina; il traffico dei veicoli che sembrano fatti per farci sentire meno importanti di loro; la velocità di una routine mascherata da vita; quanto sono lontane queste cose e quanto sono prossime invece nel ricordo.

Ho raccontato una storia utilizzando *fu*, *successe*, *accadde*... quando avrei dovuto usare *è stato*, *è successo*, *è accaduto*... Ho usato troppi *quel*, tentando di dimenticare che tutto – che questo – si è concluso solo ieri. Ho provato a ingannarmi il cervello ricorrendo ai passati, a convincermi che tutto si è svolto molto tempo fa, a credere che non ho avuto un'altra vita diversa da questa con cui ora cammino, arrampicandomi tra alberi, terra e nubi.

IL RISVEGLIO DELLA SPERANZA
O LA SPERANZA DEL RISVEGLIO

2008

Sono già passati sei anni da quei fatti.

Forse il tempo non è ancora abbastanza... forse invece è sufficiente.

È da mesi che ho in mente di scrivere quanto è avvenuto in quel 2002 in cui sono rinato. Sento il bisogno di raccontare la mia vita dopo quel fatidico risveglio che diventò il confine tra due vite. Non fu un passo alpino, perché ormai avevo toccato il fondo, ma una conca. Una valle che si apriva tra il declino e la speranza, tra il vivere e il sentire. Una valle che non aveva storia, priva di orizzonte.

Iniziai, da capo, la mia storia quel giorno in cui, dopo aver preso un treno e un autobus, dopo aver camminato per ore in montagna, arrivai a un punto che significò la rinascita di una vita: la mia.

La mattina dopo, in un luogo sconosciuto, mi risvegliai.

Sì, *Risvegliarsi*: ecco un bel titolo per questo diario.

Domenica 28 aprile 2002, ore 6.00

Mi risvegliai – un attimo prima di aprire gli occhi – con una strana sensazione di incertezza, con la consapevolezza di trovarmi in un luogo sconosciuto che sentivo mi aveva accompagnato per tutta la notte. Fui in grado di percepire il dilatarsi delle pupille quando schiusi le palpebre; di avvertire un'oscurità opaca, intensa, violenta, che mi abbracciava come ormai non lo faceva più nessuno. Restai immobile su un letto che, intuii immediatamente, non era il mio.

I miei sensi – abituati a tanti anni di routine – perlustrarono uno spazio fisico irriconoscibile. Rimasi spaventato, con la sensibilità irrigidita, i sentimenti ingarbugliati, lasciando scorrere il tempo senza agire, senza che mi fosse chiaro in che parte del sogno mi trovavo: ancora intorpidito o sufficientemente lucido.

Guardai l'orologio. Le sei in punto del mattino.

Feci passare i minuti, molti, finché l'attesa mi regalò una leggera bruma di luce. Un chiarore cavalcato dallo spavento: lo spazio che mi separava dal soffitto era sbagliato, troppo stretto. Tremai, con il respiro affannato e la memoria intorpidita.

Tirai lentamente fuori dalla coperta il braccio destro e, con un gesto fulmineo, lo allungai sopra la testa. Un colpo: legno. Affogai un grido di dolore e subito rinascosi la mano. La distanza era troppo poca. Mi immaginai dentro una nicchia, solo, dimenticato, morto. Come negli incubi più cupi e privati: sepolto vivo. Il passare del tempo mi consentì di captare nuovi rilievi, nuove dimensioni, nuovi ricordi. Ma anche così, senza che mi azzardassi a muovere un solo muscolo, la paura era in agguato, sotto la pelle.

Immobile, disubicato e confuso, presupponendo che la quantità di luce che i miei occhi erano in grado di assorbire fosse ormai arrivata al limite, tentai di concentrarmi su uno qualunque degli altri sensi.

Iniziai a sentire la mia stessa respirazione: il passaggio accelerato dell'aria attraverso il naso, l'aprirsi e chiudersi di ogni condotto, l'elasticità dei polmoni... E quella suzione d'aria trasse con sé al mio interno un ammasso di odori: di legno umido, vicino, con tracce di vernice recente; di vestiti sporchi, ammucchiati; di stanchezza e insieme di riposo; di dolore e insieme di tranquillità; di vita.

Si risvegliò anche l'udito: rumori estranei, perduti dentro un silenzio sproporzionato. Suoni umani: un andare e venire asincrono di fiati, respirazioni accumulate, respirazioni lontane; altre, invece, quasi mi sfioravano; respiri delicati come quelli di un neonato; fiati rumorosi e forti come quelli di un malato, come quelli di un vecchio che si sforza per accaparrarsi l'ossigeno che gli allungherà la vita ancora un po'.

Cercai spiegazioni all'inspiegabile, analizzai odori e auscultai i suoni: nulla. Respirai, accorgendomi delle troppe assenze: fretta, rumori, luce... Mi ero dimenticato che gli *ieri* sarebbero stati, da oggi in poi, fin troppo diversi dai *domani*?

Confuso, fu questo il mio primo stato. Indugiai, quel giorno – quella notte –, per troppo tempo sul bordo della veglia, al confine del sonno, sul filo dell'infanzia.

Spaventato, fu il secondo.

Mi armai di coraggio e, con una lenta successione di movimenti, estrassi la mano per svegliare Rebe.

Ma Rebe non c'era.

Domenica 28 aprile 2002, ore 6.19

Ricordai.

So che, in quel momento, ebbe inizio il secondo risveglio da una notte strana.

Dove doveva esserci Rebe, non c'era nessuno, non c'era niente. Né coperta, né materasso e neppure pavimento; sentivo solo il vuoto. Mossi l'aria con la mano, senza riuscire a toccare nulla.

Per un attimo, mi immaginai di dormire sul bordo di un precipizio, sull'orlo dell'abisso. Ritirai il braccio per accostarlo di nuovo al corpo e ritornare immobile. Mi infilai del tutto sotto la coperta e lì, tremando, quasi senz'aria e con un caldo che iniziava a bruciarmi mi sentii come il bimbo che un giorno scoprì che il suo migliore amico non era più nel letto accanto.

La memoria si svegliò.

Tutti i ricordi iniziarono ad affastellarsi nella mia testa.

Mi sforzai così tanto perché quella realtà si trasformasse in sogno che non pensai a ripararmi dal dolore reale: la consapevolezza di non essere più in tre, e neppure in due, e che adesso c'ero solo io. Seppi, e tutto accadde nello stesso istante, di aver perso ciò che mi sosteneva, tutto quello che sapevo che si era ormai perduto da parecchio tempo.

Non riuscirò mai a esprimere il dolore che provai sotto quella coperta. Mai nessuno potrà comprendere la durezza della realtà allo stato puro. Debole, abbattuto, sconfitto, lasciai, senza opporre resistenza, che la tristezza affondasse le radici nel mio corpo. Radici che, crescendo, andarono a sfiorare le parti più sensibili dei ricordi: la lotta per le lenzuola nel cuore della notte; i tre cucchiaini di zucchero nel caffè; il primo bacio della giornata sotto la porta, prima di separarci; il secondo tornando a casa la sera; il terzo, quello che ci scambiavamo d'abitudine prima di chiudere gli occhi; lo yogurt con i pezzi di cioccolata; il suo nascondere le lacrime che le spuntavano appena c'era una scena romantica in qualunque film; la corsa della mattina per balzare sul nostro letto con un salto; il suo sorriso incondizionato non appena mi vedeva rientrare la sera; la lotta quotidiana per farlo mangiare; le sue prime parole; i suoi piccoli occhi quando dormiva, quando dormivano entrambi.

Domenica 28 aprile 2002, ore 6.31

Non potevo restare lì, quella coperta non era una corazza sufficiente, i ricordi avrebbero finito per travolgermi. Decisi, per la seconda volta in due giorni, di scappare.

Mi scoprii lentamente, tentando di lasciarmi alle spalle la memoria. Mi avvicinai a ciò che inizialmente, alla mia sinistra, avevo scambiato per il nulla. Mi sporsi sul vuoto, con le gambe penzoloni e il cuore appeso a un filo. Fui tentato di saltare, ma mi ricordai di quel che c'era sotto: l'altezza era eccessiva. Il tonfo della caduta avrebbe rotto il silenzio che ancora mi proteggeva. Preferii optare, a tentoni, per un'altra via.

Scesi.

A malapena si sentì un rumore attutito sul pavimento.

Il freddo mi addentò i piedi scalzi senza pietà. Non mi importò, volevo solo andare via da lì. Avanzai timoroso tra dozzine di corpi, senza sfiorarli, diretto all'unico punto di luce che distinguevo in tutta la stanza. Lì, immaginai, c'era l'uscita.

Spinsi in fuori con forza la grossa porta e un terribile cigolio interruppe, nel cuore della notte, il ritmico ansimare delle respirazioni.

Mi immobilizzai.

Bloccato, con la mano ancora attaccata alla maniglia.

Per fortuna, dopo la paralisi spazio-temporale, la sinfonia dei fiati ricominciò. Scivolai in quella piccola ferita aperta nel silenzio, tra lo stipite e la porta.

Una sala leggermente più illuminata, più fredda, intermedia, vuota: la reception dell'edificio. Davanti a me, la porta principale, quella che dava all'esterno.

La aprii, non fece rumore, non oppose resistenza.

Uscii. Scappai.

Vento gelido sul viso, come sale sulle ferite.

Freddo, ancora scalzo.

Cercai fuori i miei scarponi, ghiacciati.

Mi rifugiai sotto il portone, tremando, con le braccia strette intorno al petto. Il gelo della notte mi sorprese in piena fuga.

Con il sole ancora assente, mi guardai intorno: la luna si specchiava in un piccolo mare, il cui riflesso era capace di illuminare montagne profilate di un sottile filo d'argento; montagne dalle vette smarrite nel buio notturno; sopra di loro il cielo ricamato di stelle, numerose, luminose, senza una nube che le velasse.

Stupito, ancora frastornato, distinsi alla mia destra un sentiero che pareva addentrarsi nel lago. Forse era quella la mia strada: perdermi sott'acqua.

Mi incamminai in quella direzione.

Procedetti, lasciandomi a sinistra una porzione d'acqua chiusa tra le montagne, alla destra il vuoto. Dieci, venti, trenta, non so quanti passi e mi fermai. A metà del lago, protetto solo da una ringhiera arrugginita; in mezzo al grande specchio, solo.

Con il viso che sanguinava dal freddo mi sedetti, con le gambe rivolte all'acqua, le braccia appoggiate su un ferro della ringhiera e la testa addormentata.

Lì crollai.

Strinsi i denti, strinsi i pugni e ricordo di aver tentato, quel giorno, con quegli stessi pugni di stringermi il cuore.

Non mi servì a niente. Il dolore si era radicato in un modo che mi era impossibile estrarlo. Non era un dolore fisico, era diverso, peggiore, di quelli che attaccano l'anima. Di quei dolori che ti ricordano continuamente che hai perso tutto ciò che dava un senso alla tua vita. Di quelli che penetrano nel più profondo della coscienza, quelli intensi e cronici, che ti rimangono impregnati nella pelle, che non se ne vanno per quanto ti sforzi di sorridere. Quelli che si divertono a farti perdere la testa, che ti fanno mescolare incredulità, rifiuto, rabbia e colpa.

Fino a quel momento ero riuscito a evitarlo, ce l'avevo fatta ad aggirarlo, a sfuggirgli, pensando ad altro oppure non pensando affatto. Ma lì, solo, in mezzo a quel lago, seppi che non avevo scampo.

Solitudine.

Dolore.

Assenza.

Anni di una vita costruita con le migliori intenzioni; sulle solide fondamenta dell'amore, del rispetto, dell'ammirazione; sulle farfalle nello stomaco dei primi appuntamenti, dei «ti prego, non lasciarmi mai»; quegli anni erano spariti in un pugno di giorni.

Lì, senza luce, presi di nuovo la lettera che avevo già letto tante volte nella mia fuga. Era così confusa... come il suo atteggiamento negli ultimi giorni. Era senza dubbio una lettera d'addio, definitiva. Una lettera in cui aveva scritto cose che non capivo, in cui tentava di spiegare cose che non spiegava per niente.

Ora so che la scrisse dalla disperazione e non dalla calma, come sosteneva. La scrisse dall'odio e non dall'affetto. Fu scritta, sicuramente, dalla rabbia e dal rancore.

Lì mi tormentai con mille domande: quale fu il momento preciso in cui non scorse più altre vie d'uscita? C'eravamo amati così tanto da esaurire l'amore? C'eravamo amati troppo poco? Era stata colpa sua? Era stata colpa mia?

Un salto.

Solo un salto, e tutto finito.

Valutai che c'erano vari metri, sufficienti per non riuscire più a risalire.

Un salto.

Nessuno mi avrebbe sentito cadere; nessuno mi avrebbe sentito urlare, perché avrei urlato.

Un salto.

Solo un salto, e poi più niente. Ma avrei urlato.

Un salto.

Perché, anche se siamo al fondo, ci afferriamo così saldamente alla vita?

Un salto.

Ma non saltai. Non ho mai saputo se in quel momento fui codardo o coraggioso.

Mi abbandonai lì, sopra a una passerella di cemento, in un luogo sperduto, dove ogni pensiero sapeva di sconfitta, ogni ricordo di dolore.

Con il corpo trattenuto dalla balaustra mi addormentai. Forse fu l'unico modo che trovai per scordarmi del passato.

Impossibile.

Domenica 28 aprile 2002, ore 7.15

Ci svegliammo insieme.

Era da troppo tempo che non accadeva più. Ci guardammo, quella mattina, per la prima volta da anni, scrutandoci.

Mi asciugò le lacrime, mi offrì il suo calore e seppe risvegliare altri ricordi.

Mi offrì una prospettiva diversa sul paesaggio: le montagne erano immense, il rumore dell'acqua proveniva da una meravigliosa cascata di cui non si riusciva a vedere l'inizio, e il mio letto era stato il muro di una diga. Da un lato avevo l'acqua, dall'altro un dislivello di molti metri. La morte sarebbe stata semplice, in quel punto.

Ci alzammo, era da tanto che non lo facevamo più insieme, il sole e io.

Un lieve rumore mi fece sobbalzare. Voltai la testa verso l'edificio, qualcuno sparì dietro una finestra. La gente cominciava a svegliarsi, nel rifugio. Dalla porta principale uscì una coppia di ragazzi, abbracciati l'uno all'altra, l'altra all'uno; si baciavano intanto che scoprivano in che modo inizia un nuovo giorno.

Rimasi lì, seduto, osservando altre vite, senza questa volta dover frugare nei loro cassetti. Passarono alcuni minuti e un uomo anziano, dai capelli bianchi e il passo triste, uscì dall'ostello. Con movimenti lenti, si allontanò, fece il giro del lago e si fermò a sedere su una roccia lontana. Ci guardammo e fui io che alla fine distolsi lo sguardo.

Un brivido mi attraversò il corpo. Tornai a ricordarmi tutto ciò che volevo dimenticare. Fino a quel momento mi ero sforzato di lasciarlo nello sgabuzzino della mente, chiuso, minaccioso, ma impossibilitato ad affacciarsi. E all'improvviso quell'uomo, solo guardandomi negli occhi, aveva scatenato tutte le mie paure, i miei peggiori incubi.

Quello sguardo mi ricordò che ero fuggito dopo aver distrutto due vite. Mi ricordò che don Rafael, con il suo orgoglio, il suo denaro, la sua rabbia, era capace di tutto, perfino di farmi fuori.

Mi aveva seguito qualcuno?

Abbassai la testa, per evitare di essere riconosciuto.

L'uomo restò lì a fissarmi per un tempo troppo lungo, senza neppure fingere di guardare altrove, con occhi glaciali che sembravano pieni di rabbia. Mi immaginai dentro il suo mirino. Ma come aveva fatto a trovarmi?

Finalmente, tornò di nuovo nel rifugio. Mi sentii leggermente più sollevato.

Il movimento della gente nei dintorni aumentò.

Malgrado la mia unica intenzione fosse restarmene lì, al centro della diga, a veder passare la giornata beandomi del rumore dell'acqua che cadeva dalle montagne, il fatto di essere guardato da tutti coloro che uscivano dal rifugio mi fece sentire a disagio.

Rifeci a ritroso il percorso che quella notte per poco non mi aveva portato a prendere una decisione irrevocabile. Sentivo a ogni passo la tristezza che mi seguiva come un'ombra; si era trasformata in un macigno che non riuscivo a scrollarmi di dosso. Nelle ultime ore avevo pianto più di quanto i miei occhi riuscissero a tollerare, eppure la tristezza era ancora lì.

Forse fu quello il giorno più triste della mia vita, e non quello prima. Quello prima fu un giorno di imprevisti, di sorprese, di incidenti, di decisioni prese dalla confusione, dall'irresponsabilità. La tristezza era rimasta sepolta sotto tutto quel groviglio di emozioni.

Domenica 28 aprile 2002, ore 7.25

Rientrai nel rifugio. Riconobbi a stento il luogo da cui ero scappato scalzo e al buio nella prima notte della mia nuova vita. La porta che cigolava, ora spalancata, era varcata da un andirivieni di persone che si muovevano tra il letto e il bagno, tra il bagno e il letto, tra il letto e il mondo.

Tentai di individuare la mia branda.

«Buon giorno» mi salutò l'uomo dai capelli bianchi mentre si dirigeva, asciugamano appeso al braccio e zainetto rosso in spalla, verso i bagni comuni.

«Buon giorno» risposi, tremando di dentro e sudando per la paura di fuori. Ovvio che mi seguiva, ovvio che era lì per eliminarmi, una volta per tutte. *Alla fine tutto si paga*, pensai.

Individuai la mia branda, quella di sopra, la più vicina al soffitto che la notte precedente mi stava per cadere addosso. Accanto, due giovani erano ancora abbracciati, addormentati, scoperti, accoccolati, con il braccio di lui intorno ai fianchi di lei, come anni prima io facevo con Rebe, come anni prima Rebe faceva con me. Nel letto di sotto, un altro corpo indugiava ancora, coperto fin sopra la testa senza il coraggio di alzarsi, come Rebe.

Il dolore tenta sempre di afferrarsi a un lembo di speranza, per ridicola che sia, per quanto illogica. Però no, lì, quella mattina, nessuno mi aveva svegliato, nessuno aveva controllato se mi alzavo, in realtà non c'era nessuno ad aspettarmi, da nessuna parte. Ed evidentemente, malgrado lo sperassi, sotto quella coperta non c'era Rebe. Non osai controllare.

Lì, a centinaia di chilometri da casa, gli orari erano meri spettatori della vita. Mi chiesi quanti di coloro che erano lì – una ventina, calcolai – avevano perduto, come me, il senso della propria vita.

Fuori, un gruppetto di cinque persone aspettava pazientemente il turno per entrare nel bagno. Mi unii a una coda che superava di parecchi minuti l'attesa per cui discutevo con Rebe ogni mattina.

Desistetti da qualunque tentativo di lasciare aperto il rubinetto fino all'arrivo dell'acqua calda, tanto apprezzata dalle mie rughe. E con un liquido che era poco più di ghiaccio fuso mi schizzai la faccia. La prima volta mi si paralizzò, la seconda... non ci fu una seconda volta. Malgrado tutto, la sensazione a posteriori fu immensamente più piacevole di quando lo facevo a casa mia, con l'acqua caldissima.

Al piano di sopra stavano già servendo la colazione: un bricco di caffè bollente, un altro di latte ancora più caldo, un cestino con fette di pane tostato e qualche ciotola con confezioni di marmellata e di burro.

Mangiai senza guardare l'orologio, dimentico di quella fretta che mi rovinava la vita, anzi, che ormai me l'aveva distrutta del tutto. Intorno a me, altra gente faceva colazione, chiacchierava, rideva, si scambiava commenti sul tempo, sui sentieri, gli aneddoti del giorno prima. Solo l'uomo dai capelli bianchi, seduto dal lato opposto della sala, mangiava come me, da solo.

Mi sentii osservato. Smisi di preoccuparmene. Smisi di fare congetture.

Mentre spalmavo di burro la seconda fetta di pane, mi misi a pensare alla mia vita precedente: mi sarei svegliato, avrei svegliato Rebe, avrei svegliato Carlitos – mi sforzai per non esondare dagli occhi –, saremmo corsi in bagno, avremmo fatto colazione – lei caffellatte con tre cucchiaini di zucchero –, avrei preso le chiavi e avrei ricevuto quel primo bacio che allora mi sapeva di poco e per cui ora avrei dato non so quanto, tutto, credo.

Il progetto mi era riuscito a metà. Mi era riuscito male.

Me n'ero andato, come avevo programmato. Avevo realizzato la parte difficile, quella impensabile, ero stato coraggioso, ma mi aveva accompagnato solo una terza parte della mia esistenza: il resto non era venuto. In realtà, non ero riuscito a cambiare vita, in realtà ero solo fuggito. Capii che la tristezza sarebbe divenuta il tatuaggio che non avevo mai voluto farmi nella vita.

In tutta quella confusione di sensazioni ne scoprii una in disuso da anni: l'incertezza. A partire da ora, sarebbe stata lei la sostituta della monotonia, del prevedibile. Ma anche così, malgrado l'intenzione di riceverla come un'ospite d'onore, di accoglierla con l'idea di farmi accompagnare, la tradii, perché in certa misura quella ripetitività quotidiana mi mancava.

Li avevo perduti.

Rimasi fermo, con la tazza vuota in mano, a guardare le montagne dal vetro della finestra. La nebbia non consentiva ancora di scorgere le vette, ma si intuiva quanto fossero alte. Tra le nubi si intravedevano grandi chiazze bianche: neve.

Ebbi paura di chiudere gli occhi.

Ero ancora immobile, così, con la tazza sospesa tra le mani, a fissare un paesaggio molto diverso da quello a cui ero abituato.

Passò il tempo e non me ne accorsi.

Passarono tutti, restai solo e non me ne accorsi.

«Vuoi ancora caffè?» una voce femminile mi fece trasalire.

Era rimasta solo lei: una ragazzina che – con due bricchi in mano – si era avvicinata al mio tavolo. Una ragazzina che, malgrado la mia età, non mi dette del lei e questo mi piacque. Una ragazzina dai capelli rossi con due codini che le decoravano la testa, con più di cinque orecchini d'argento che le bucavano le orecchie, con un brillantino sulla narice, con un colore di occhi molto simile a quello delle nubi e con un cagnolino nano che non la finiva di mordicchiarle i calzini color arcobaleno.

«Sì, sì» balbettai, «grazie.»

Mentre mi versava il caffè, non potei trattenermi dall'osservarla. Mi fece ricordare che nel mondo esistono altri tipi di vestiti a parte i completi giacca e pantaloni con scarpe nere e cravatta. La sua voce mi sorprese: una voce dolce, adulta e giovane, ma soprattutto, al contrario della mia, felice.

«Fa freddo, vero?» mi disse, vedendo che continuavo a servirmi della tazza per scaldarmi le mani.

«Sì» risposi, senza staccarle.

«Già. È questa la prima cosa che stupisce quelli di città. La gente pensa che siccome è quasi estate...» continuò con un mezzo sorriso, con la certezza che io fossi uno che aveva deciso di prendersi una pausa dall'appassionante e vertiginosa vita metropolitana.

Rimanemmo entrambi in silenzio.

Senza chiedermi il permesso – sicuramente senza averne bisogno – si sedette accanto a me, mentre il cane continuava imperterrito nelle sue occupazioni. Con una mano su cui portava almeno quattro anelli, mi indicò la montagna più alta.

«Da lì spuntano i primi raggi di sole... quelli che hai visto stamattina.»

Sentii un'altra volta un brivido. Iniziai a tremare al pensiero di una nuova videocamera di sicurezza, mi tornò in mente il mio segreto. Avevo lasciato qualche traccia? Ripassai mentalmente tutto l'accaduto.

Lei notò qualcosa, tacque, credo fosse in attesa della mia reazione: se mi alzavo e me ne andavo, oppure se al contrario le consentivo di fermarsi un po' accanto a me.

In realtà ero io che volevo restare accanto a lei.

Dopo poco, riprese la conversazione.

«Sai? Ci sono poche cose che reggono il confronto: non ti stancheresti mai di vedere l'alba.»

Tornai a rilassarmi.

«L'hai vista anche tu?»

«Certo, la vedo tutti i giorni, mi sveglio prestissimo. Io lavoro qui, anzi potrei dire che ci vivo qui, e tutti i giorni, dalla finestra di camera mia, resto imbambolata a guardare lo spettacolo di un'altra alba che rinasce. Ogni giorno è unico, e bisogna viverlo come se fosse l'ultimo.» Guardò verso il sole. «Stamani vi ho visto uscire tutti e due» continuò, con un sorriso che mi ricordava troppo quello di Rebe quando era ragazza, «tu e il sole.» E scoppiò a ridere.

Riuscì a strapparmi un sorriso, il primo da vari giorni.

«Ah, ma non mi dedico solo a spiare!» Mi strizzò un occhio. «Dopo aiuto a preparare la colazione, a pulire, a rimettere a posto... insomma a fare tutto quello che c'è da fare qui.»

Si prese anche lei una delle tazze pulite che erano rovesciate e sparse sul tavolino. Si versò del latte con un po' di caffè. Aggiunse un cucchiaino di zucchero, due, tre...

«Mi piace dolce» si giustificò notando il mio sguardo.

Voltai la testa verso le montagne.

Il cielo, ancora una volta, mi vide piangere.

Per alcuni secondi tacemmo entrambi.

Ascoltai, senza smettere di guardare dalla finestra, come beveva a piccoli sorsi.

Silenzio.

«Scusa, ma... ti senti bene?»

Non mi mossi e continuai a fissare il vuoto.

«Non intendevo disturbarti...» E capii dai suoi movimenti che si alzava e mi lasciava di nuovo da solo.

Mi girai verso di lei con le lacrime che mi rotolavano sulla faccia, esposto, consapevole che non c'era nessun altro nella sala.

«No, per favore, non te ne andare...»

Ci guardammo senza conoscerci, si risedette e, con le dita dalle unghie colorate, mi asciugò le guance bagnate.

Non si stupì, non si sentì a disagio, non mi fece sentire fuori luogo.

«Non andartene, raccontami qualcosa di questo posto, di là fuori, oppure quello che vuoi, ma non andartene...»

E quella ragazzina, anziché spaventarsi, anziché piantarmi in asso, iniziò a raccontarmi mille aneddoti sulle montagne, sulla storia di quel rifugio, sull'inverno e l'estate, sul suo cane, sulla sua vita...

Rimanemmo a parlare per oltre un'ora, di tante cose... sue e mie.

Seppe più cose lei di me quel giorno che Rebe negli ultimi mesi.

Dopo molti, moltissimi minuti; dopo ulteriori caffè, ulteriori fette di pane; dopo esserci guardati ed esserci sorrisi... con un «ci vediamo» andò in cucina.

Un «ci vediamo» vero, non di quelli che si dicono anche se il dopo non arriva mai. Sapevo, in quel momento, che «ci vediamo» significava «a dopo» e che il dopo sarebbe avvenuto prima che me ne andassi da quel luogo.

Se ne andò e la seguì un suono di campanelli e un cane così piccolo che a malapena le arrivava alle caviglie.

Pensai alle fate.

Mi ero così abituato alle grida, alle discussioni, alla fretta, ai rumori, al tentare di nascondere i sentimenti, al nervosismo... che quel cane minuscolo e quella ragazza dai calzini multicolori mi sembravano irreali.

Finii, da solo, il caffè.

La finestra, crudele, mi mostrò come la maggior parte delle persone cominciava una nuova giornata: grandi zaini in spalla, bastoncini telescopici, cappelli di lana e tutto il necessario per intraprendere il cammino.

Qual era il mio?

Scesi a recuperare i bagagli. Un'attrezzatura monca, formata unicamente da un paio di scarponi, uno zaino la cui replica era rimasta nella cantina del nostro appartamento, un bastone telescopico ultimo modello e un vuoto che mi si era agganciato addosso.

Mi diressi, trascinando i piedi, verso la porta.

Lì mi fermai, tentando di decidere in quale direzione andare.

Qualcuno mi si avvicinò da dietro.

Non ebbi il tempo di voltarmi. Lei – la fata dal cane nano – parlò per prima.

«Da che parte vai?» mi sorprese con una di quelle domande per cui non avevo ancora la risposta.

«Non lo so, un posto vale l'altro.»

«Capisco...» disse di nuovo. Come faceva a capire? «Dunque, a setto o otto ore da qui c'è un altro rifugio dove si può passare la notte. La strada è bellissima e magari in qualche punto potresti trovare quello che cerchi.»

Sette o otto ore! Dovette accorgersi di come mi vacillarono le gambe solo all'idea. Dovette leggermi in faccia l'angoscia, la fifa, l'incapacità tutte insieme. Inoltre, senza volerlo, so che mi guardò la pancia. Vidi il pentimento sul suo viso.

«Cercherò di arrivarci» dichiarai, dando sfoggio di coraggio, di ottimismo.

«In ogni modo» era evidente che se n'era accorta, «in tre ore si arriva a un altro rifugio, e anche lì si può dormire. Ricorda che devi seguire i paletti gialli e, quando non ci sono, gli ometti sparsi lungo quasi tutti i sentieri.»

«Ometti?» le chiesi, figurandomi gruppi di turisti spaesati.

«Gli ometti sono cataste di pietre che servono per segnalare i percorsi. Tieni presente che da una catasta si deve sempre vedere quella dopo, se non la vedi vuol dire che ti sei perso e allora devi tornare indietro.»

La ringraziai per tutto.

Erano passate da poco le dieci quando con un «ti auguro tanta fortuna» e due baci – per cui si era dovuta alzare sulle punte – Pippi Calzelunghe mi salutò.

Fu un addio pieno di calore che veniva da una persona che conoscevo appena, ma con cui mi ero sentito unito per un breve frammento di esistenza. Una persona che, sicuramente, non avrei più rivisto.

Mentre mi allontanavo lungo il sentiero che lei stessa mi aveva indicato, mi voltai per vedere come mi salutava, appoggiata alla stessa ringhiera da cui io volevo saltare. Con un movimento ininterrotto della piccola mano, come se giocasse con il vento, mi diceva arrivederci. Ero rimasto con lei solo qualche decina di minuti eppure sentivo che era entrata a far parte della mia vita.

Si instaurano rapporti speciali con alcune persone ma anche rapporti con persone speciali. Non fa differenza: entrambi ti lasciano un ricordo che dura tutta la vita. E invece altri, di solito quelli quotidiani, quelli inevitabili, rimangono stratificati tra i sedimenti della memoria.

«Non ti dimenticherò mai» pensai dentro di me. E ora so che, a distanza di sei anni, me la ricordo ancora benissimo.

Mi incamminai e, quando ormai il rifugio era solo una macchia persa tra le montagne, iniziai a pensare a me stesso. Come era possibile che io, proprietario di un appartamento, di un BMW che usavo solo per andare in ufficio, di alcuni abiti firmati, vari conti in banca piuttosto pingui, una moglie o ex moglie molto bella e un bimbo che cominciava adesso ad affacciarsi alla vita, non fossi stato in grado di mantenere la felicità? E invece una ragazzina con una campanella cucita nei vestiti, un cane che la seguiva dappertutto e un paio di calzini colorati sembrava imbattersi in lei a ogni istante?

Le prime ore passarono più veloci del previsto. Mi aiutò, senza dubbio, il panorama. Un panorama che a ogni passo mi regalava scoperte nuove. Mi sentii, a quasi quarant'anni, un ignorante totale, un essere arroccato nel suo minuscolo frammento di mondo.

Impiegai parecchio ad abituarmi al peso dello zaino sulla schiena. Quello dell'ingombro che avevo sul davanti ormai non era più neppure un fastidio ma solo il ricordo del mio disfacimento. Impiegai parecchio a regolarmi a dovere tutte le cinghie, a ripartire i carichi, a distribuire il peso. Finalmente, quando riuscii a compiere i primi passi senza compromettere l'equilibrio, quando potei accelerare l'andatura in discesa e piegarmi in avanti a sufficienza in salita, lo zaino cessò di essere un problema.

Camminavo da solo.

Solo, minuscolo, una piccolissima scheggia di vita nell'immensità della montagna.

Camminavo e non mi guardavo indietro.

Camminavo e non pensavo – all'inizio – a dove andavo; fu leggero.

Arrivai a un valico, un punto alto. Mi fermai.

Guardai avanti: picchi rocciosi, vallate umide, alberi

fitti nelle zone più basse, vicino all'acqua; altri, più sfortunati, spuntati più in alto, che crescevano tra le pietre, aggrappati alla roccia mentre la gravità li spingeva verso il precipizio, sopravvissuti.

Ripresi il cammino.

Fu una camminata interrotta dalle pause, una camminata da vecchio, di malavoglia. Camminavo per non restare fermo, perché dovendo fare attenzione alla strada mi distraevo dal passato. Per un'ora o forse due riuscii a evitarlo, ma alla fine capii che c'erano dentro anche loro, che tutto era troppo recente.

Carlitos... e mi immaginai un suo bacio, e lo sentii sulla schiena, e lo guardai con gli occhi della mente, e lo vidi nell'acqua.

Rebe... e mi immaginai tre suoi baci, e la sentii nel cuore e la guardai con gli occhi della mente, e la vidi tra le braccia di un altro.

Camminavo e non riuscivo a lasciarmelo alle spalle. In ogni cosa che vedevo, in ogni ricordo, in ogni sensazione, eccolo comparire: il dolore.

Camminavo.

E il sole, malgrado il mio inutile sguardo, rese il verde più verde, i torrenti più azzurri e le pietre più bianche.

Camminavo, ma era inevitabile pensare ancora a loro, a lui.

Me li immaginai insieme, ad abbracciarsi nel letto, come noi non facevamo più ormai da tempo. Me li immaginai stretti l'uno all'altra, con le bocche unite e i corpi avvinghiati, condividendo una pelle che era stata sotto le mie dita e che non avevo saputo trattenere. Condividendo saliva, respiri e carezze. Condividendo umori sotto le lenzuola.

Sorpreso, mi accorsi che non era quello a addolorarmi. Non mi angosciava pensare a lei sopra di lui, né a lui sopra di lei, né a loro che gemevano su un letto che non era il mio, che non era il nostro. No, non era quello il seme di un dolore che, anziché appassire, fioriva rigoglioso.

In quel momento, immerso nel cammino, riconobbi finalmente l'origine di un dolore che passo dopo passo diventava sempre più insopportabile. Che fosse lui a mostrarle tutto ciò che io non ero riuscito a farle vedere; che fosse con lui che un giorno attraversasse queste stesse montagne; che fosse lui a raccontarle che da piccoli ci perdevamo per boschi come questi; che fosse lui ad abbracciarla sotto un albero al chiaro di luna; che fosse lui a baciarla sotto la pioggia di luglio; non poter essere io a regalarle la prima goccia di rugiada. Ecco, era questo che realmente mi stava distruggendo; la faccenda del sesso non mi interessava per niente.

Tre ore e neanche l'ombra del rifugio; del primo, secondo Pippi.

Camminavo. Forse – pensai – il tempo si relativizza in montagna. Camminavo e, di tanto in tanto, mi raggiungeva qualcuno. Un saluto e sparivano in avanti. Un'ora sua non era un'ora mia.

Continuai a camminare.

Dopo un po' riuscii a distinguere, finalmente, una casa: lontana, tetto nero e finestre piccole, decorata con bandiere che non smettevano di sventolare. Accelerai il passo.

Ancora mezz'ora e arrivai al rifugio. Quattro ore.

Guardai di nuovo l'orologio: le due del pomeriggio.

Buttai lo zaino contro la parete esterna del rifugio. Bevvi acqua, mi asciugai la fronte e mi accorsi della fame.

Entrai e ordinai un panino.

Mi allontanai di qualche metro e, accanto a una distesa

erbosa, mi sedetti a mangiare: un panino al prosciutto e una bottiglia d'acqua, senza dubbio il miglior pranzo della mia vita. Il vento soffiava con forza, diluendo il calore di un sole che incombeva; l'erba era fresca come l'alba e, da lì, il mondo si vedeva in un altro modo.

Nonostante questo, la felicità mi sfuggì un'altra volta: ricominciai a pensare a loro.

Finii di mangiare e dovetti decidere: passare la notte lì o andare avanti.

Fermarmi significava smettere di camminare; significava restare seduto sulla stessa zolla d'erba a pensare a loro, a pensare che non erano con me; significava deludere Pippi.

Andare avanti significava continuare a camminare come minimo cinque ore; significava alzarmi da lì scuotendomi da dosso il loro ricordo; significava fare ciò che ero venuto a fare: allontanarmi dal passato.

Alla fine fu il vento che, aumentando, mi invitò a proseguire, mi spinse in avanti.

Ripresi a camminare. Camminavo pensando che non sarebbe stato molto più difficile del tragitto già compiuto.

Mi sbagliavo.

Domenica 28 aprile 2002, ore 15.10

Era passata al massimo mezz'ora da quando avevo lasciato l'ultimo rifugio che vidi, in lontananza, una colonna di persone: formichine colorate che procedevano in fila indiana verso la vetta candida di un'immensa montagna. Pensai che non fosse quello il percorso che dovevo seguire, che da un momento all'altro avrei trovato il bivio per un'altra direzione.

Invece non ci furono deviazioni. Il sentiero puntava risoluto verso la montagna che io non intendevo scalare.

Fui assalito dai dubbi.

Tornare indietro era facile, era quello che sapevo fare meglio. Tornare al posto di sempre, alle cose note, a ripetere all'infinito quello che avevo già vissuto; beata abitudine. Pensai a Pippi.

Appoggiandomi su uno dei tanti massi, gettai un'occhiata alla mappa che tenevo in tasca. Conferma: il sentiero passava da lassù. Passo di Contraix, 2745 metri.

Guardai di nuovo verso la vetta, con gli occhi semiaperti o semichiusi, non avrei saputo dire. Ero incerto. Un passo e fui di nuovo in preda al dubbio. Un altro e ancora l'indecisione. Un altro, a cui ne seguì un altro e un altro ancora, e via e via, senza alzare la testa. Ero di nuovo in marcia.

Il sentiero iniziò a inerpicarsi. I passi divennero più brevi e faticosi.

Dopo un'ora di salita e con l'aiuto di un bastone che faceva le veci della terza gamba, senza quasi sollevare lo sguardo da terra, mi fermai. Il sentiero era sempre meno visibile, si perdeva tra pietre gigantesche. I passi cominciarono a trasformarsi in balzelli, in salti a ostacoli, in falcate o in caracolli. Dovetti aiutarmi con le mani e appoggiarmi alle rocce negli stretti corridoi che mi si aprivano davanti. E nonostante tutto, nonostante la lentezza con cui procedevo, nonostante il fatto che rimanessi senza fiato a ogni metro – in quel momento non avrei saputo cogliere la differenza tra una morte nel lago e una morte tra le rocce –, continuai a salire.

Il sentiero scomparve del tutto.

Fu allora che mi accorsi delle piccole cataste di pietre impilate ordinatamente sopra le rocce: gli ometti.

La stanchezza si stava portando via, come un'onda, i resti dell'entusiasmo, del coraggio e dell'energia. Ogni volta era più breve il tempo che camminavo e più lunga la pausa.

Cinquanta passi – patteggiavo con me stesso – e mi riposo. Altri cinquanta e riposo.

Quaranta passi. Li contavo e mi fermavo a prendere fiato.

Trenta passi.

Venti, dieci, mi fermai.

Durante i miei intimi conteggi, furono diverse le persone che mi superarono. Tra loro, l'uomo dai capelli bianchi che, con un'espressione triste, mi salutò.

«Buon giorno.»

«Buon giorno» o qualcosa di simile, risposi. A malapena mi uscirono le parole. «Sparami subito» sussurrai. Credo che non mi sentì.

Altri mi superarono col passo leggero, fresco, sfacciato.

Tutti mi salutarono, tutti mi incoraggiarono.

«Forza, che è quasi arrivato!», «Ormai manca poco», «Ha bisogno di qualcosa?», «Sta bene?»

Si preoccuparono per me, quel giorno, più persone che nei miei ultimi dieci anni in città.

Venti passi, riposo. Venti passi, riposo. Venti passi, ed ero già al limite.

In uno dei miei riposi, mi superò una giovane coppia. Erano quelli che dormivano abbracciati accanto al mio letto. Mi salutarono e proseguirono per la loro strada, che in quel momento era anche la mia, mentre lei protestava per quanto era ripida la salita.

Quindici passi, riposo. Quindici passi, riposo.

Camminavo da due ore dall'ultimo rifugio, sei ore in totale. Non ero mai stato tanto stanco.

Ma il peggio doveva ancora venire. E arrivò.

Il sentiero – tanto per chiamare in qualche modo la strada – divenne ancora più difficile. I rimasugli di neve mi facevano scivolare a ogni passo. E a ogni scivolone qualche sassolino rotolava, cadendo giù dal dirupo. Lo zaino pesava sempre di più. Fui sul punto di cadere tre volte, due caddi.

Iniziai a sudare come non mi era mai successo prima, mi ricordai del giorno che mi ero asciugato la camicia nel bagno. Sentivo il battito del mio cuore vetusto in ogni angolo del corpo: alle tempie, ai polsi, alle gambe, al collo...

Quando mi restavano solo poche centinaia di metri per raggiungere la cima, quando pensai che il supplizio ormai era finito, la salita si fece ancora più ripida. Il cuore era sul punto di scoppiare, di fermarsi per sempre; per un istante mi scordai di respirare.

Caddi, lentamente, per terra.

Mi bloccai attaccandomi a un masso, tentando di recuperare l'ossigeno che avevo perso.

Mi riposai. Mi alzai di nuovo, detti un calcio involontario ad alcuni sassolini che rotolarono... e non si fermarono più. Guardai di sotto e sentii il panico: la pendenza era praticamente verticale; un passo falso e non mi sarei più fermato.

Iniziai a tremare e a partire da quel momento la paura prese il controllo. Restai così, afferrandomi con le unghie alla pietra, nell'unica posizione che mi sembrò sicura. Non riuscivo più a muovermi. Non mi ero mai trovato in una situazione in cui il corpo non mi rispondeva. Mi spaventai, da morire, più di quanto non mi fossi mai spaventato prima.

Rimasi immobile, confuso, atterrito, imploravo aiuto senza riuscire ad aprire la bocca.

Mi immaginai una notte da solo, una notte gelida, in cui le mani avrebbero perso la presa e io sarei crollato, come già era crollata la mia vita.

Attesi.

Vidi da lontano la speranza: salivano tre persone.

Quando erano a pochi metri cercai di chiedere aiuto; non ci riuscii. Non riuscivo a parlare, non potevo fare gesti con le mani perché mi servivano per tenermi alla roccia; potevo solo piangere. Per fortuna, si fermarono.

«Buona sera, va tutto bene?» mi domandò l'uomo in testa al gruppo, intanto che si chinava per guardarmi in faccia.

«...»

Non risposi. Non riuscivo più ad aprire la bocca. Avevo i muscoli così in tensione da non poter schiudere neppure le labbra.

«È caduto? Sta bene?» insisté il secondo.

Mi osservarono le mani saldate alla pietra, le gambe che tremavano come budini, le lacrime che mi scivolavano sulle guance, lo sguardo, sicuramente perso.

«Riesce a muoversi?»

«...»

Continuai a non rispondere.

E lì, anche loro, iniziarono a preoccuparsi. Lo capii dai loro visi, dalle loro parole.

Era chiaro a tutti che a 2700 metri d'altezza c'era un cittadino fuori luogo. Impaurito, o piuttosto in preda al panico. Un cittadino che non trovava più il suo divano, il suo telecomando, il suo bicchiere di birra. Un cittadino che si era perso in montagna, che si era smarrito in un mondo che non gli apparteneva, un uomo che aveva smarrito tutto.

«Dai, Nacho, togligli lo zaino.» E quello che evidentemente si chiamava Nacho mi obbligò a passare il braccio dietro lo zaino per sfilarmelo.

Non lo agevolai neanche un po'. Ero rigidissimo, la roccia non mi lasciava andare né io intendevo staccarmi. Alla fine, tra tutti e due, ce la fecero.

Mi tolsero lo zaino e riuscirono a tirarmi su. Mi attaccai a loro come mi ero afferrato al masso: con le unghie; come si abbranca colui che affoga al suo salvatore: affogandolo.

«Ora io vado davanti... Voi legategli la corda intorno alla vita e me ne passate un capo, ok?»

«Sì» rispose qualcuno.

Mi sballottarono come una bambola. Mi legarono una corda alla vita. Quello che era stato in testa al gruppo si mise davanti a me e mi tirò per la fune.

«Dietro di te ci sono loro, perciò se scivoli non preoccuparti, perché ti prendono, d'accordo?»

«...»

«Tu cerca solo di fare forza con le gambe e, soprattutto, non sciogliérti dalla corda. Hai capito?»

«Sì...» cominciava a uscirmi un filo di voce. «Tenetemi, non voglio cadere» supplicai, «tenetemi, per favore...»

«Non cadrai, non ti preoccupare.»

«Tenetemi, vi prego» piagnucolai.

In quel momento capii che l'ipotesi del lago non avrebbe mai funzionato.

E così, il primo cominciò a tirare la corda a cui io mi afferravo con la mano. Di tanto in tanto, quelli dietro mi spingevano per aiutarmi ad arrampicarmi.

Procedevamo molto lentamente. Ogni passo era uno sforzo sovrumano per me.

Credo che impiegammo venti minuti per compiere sì e no cinquanta metri. Però poco alla volta la paura si diluiva, il mio viso cambiò aspetto e il panico scomparve.

Senza sapere esattamente come, arrivammo su un piccolo pianoro. La parte più difficile era alle spalle.

Guardai giù e vidi che ce l'avevamo fatta. Ormai c'erano solo pochi gradoni tra me e la cima. Pensai che in pochi secondi saremmo stati sulla vetta. Ma proprio lì, mi giocarono un brutto tiro.

Ci fermammo, mi tolsero la corda dalla vita e proseguirono con il mio zaino. Mi abbandonarono a pochi metri dalla cima.

«Quest'ultimo pezzo devi farlo da solo, in vetta ci arrivi con le tue forze!» mi urlarono da lassù.

«Dai, coraggio!» si sentirono le voci di altri escursionisti che si stavano riposando là di lato e si erano fermati a godersi lo spettacolo.

Provai, in quel momento, più vergogna che paura.

Mi sentivo di nuovo paralizzato. Feci uno sforzo notevole per impormi di ripartire.

Infine, con passo lento, trascinando i piedi, senza mai guardare in basso, affrontai quei gradoni di oltre mezzo metro: uno, due, tre, quattro… cinque… sei… e l'ultimo… ero in cima.

Qualcosa, nel mio mondo, era mutato.

La vita e io ci guardammo faccia a faccia. Sorrisi, da lassù, a Pippi.

Domenica 28 aprile 2002, ore 17.35

Gli spettatori che indugiavano sulla vetta, tra loro i miei tre salvatori, cominciarono ad applaudire. Un abbraccio a ciascuno fu l'unico modo che trovai per ringraziarli dell'aiuto.

E lassù, sul tetto del mio mondo – e non sotto –, mi sentii vivo. Lassù, nel punto più alto a cui mai ero arrivato, mi accorsi di capire tutti coloro che danno la vita per la montagna, che non rinunciano alle scalate, malgrado perdano anche qualche dito nei tentativi. Lassù compresi che le distanze esistono perché l'uomo le attraversi, per puro piacere: solo per questo.

Mi sedetti, distrutto, in un angolo, con il corpo a pezzi, le gambe in preda ai crampi, il cuore in affanno. Ma, nonostante fossi stato sul punto di gettare la spugna, mi sentivo vincitore. Vincitore, lì, all'angolo del ring della mia vita.

Bevvi, respirai e vidi, e per di più guardai.

Una valle costellata di pietre, enormi, aguzze, una valle con tratti di verde, tratti di marrone, d'argento nelle zone più basse, dove l'acqua si arrestava, dove si scorgevano bagliori colorati; in alto una catena di denti granitici, uniti al cielo attraverso una nebbia leggera che iniziava a scendere.

Vivo, mi sentii.

Dopo oltre mezz'ora di tranquillità in solitudine, cominciai la discesa che – a esclusione del primo pezzo particolarmente ripido – fu molto più piacevole. Lasciai nuovamente passare altri escursionisti. Tutti mi incoraggiavano.

«Dai, manca poco!»

Poco per che cosa? Qual è la meta?

Avevo perduto tutto, compresa la destinazione. Quando uno non sa verso dove è diretto, difficilmente sa quanto gli manca. Mi superarono altre cinque o sei persone.

Il resto del percorso verso il rifugio lo compii da solo.

Lungo la discesa mi accompagnarono decine di cascate che mi sbocciavano intorno. Il rumore dell'acqua era costante e ricordava che in ogni secondo, in quel luogo, la vita scorreva. Ogni tanto scoprivo un nuovo lago: alcuni giganti, altri più piccoli, laghi vivi che nel corso dell'anno sono capaci di crescere o di diminuire.

Mi fermai oltre venti minuti sulla riva di un laghetto. Venti minuti a guardare le nuvole, con i piedi nell'acqua, riparato dalle montagne, a sentirmi parte di qualcosa.

I ricordi tornarono: loro.

Fuggii.

Ripresi a camminare.

Il sole se ne andava per lasciare il campo a una luna crescente.

Mi inquietai. Erano più di due ore che non vedevo nessuno. Temetti il peggio: essermi perso in un luogo sperduto.

Continuai a camminare; del resto non potevo fare altro.

Poco dopo arrivai a un bivio dove un cartello mi indicò la direzione e il tempo che mancava per arrivare al rifugio:

trenta minuti. Imparai a moltiplicare i tempi per due: un'ora per me. Preciso, senza margine. La luce si faceva sempre più timida e la notte più insolente.

Camminai.

Camminai per un'ora. A malapena ci si vedeva ancora.

Camminai.

Le otto e mezzo, in lontananza una casa.

Camminai più veloce. Era il rifugio. Era notte. Ero felice.

Dopo quasi undici ore di cammino su un sentiero da sette o otto – setto o otto... sentivo ancora la voce di Pippi – arrivai a pochi passi dalla meta, sulla porta.

Mi fermai. Mi sentii all'improvviso un estraneo, un esiliato. Ero fuori luogo. Non c'erano automobili, niente ascensori, né computer, né urla.

Dopo tante ore, tanta fatica, dopo essere riuscito a non gettare la spugna, ero incerto. Incerto come ero stato, certe volte, sul pianerottolo di casa mia – di casa nostra.

Mi bloccai davanti alla porta, a due metri di distanza, a due secondi dalla fuga.

Alla fine, lo stomaco poté più della vergogna, il freddo più del disagio, la luce all'interno più della notte.

Spinsi, aprii e, con più timore che speranze, entrai.

Dentro, trovai una cosa che non avrei mai immaginato.

Silenzio.

Applausi.

Tutti: la coppia che quella mattina avevo visto abbracciata nel letto; una famiglia al completo con due bambini piccoli, anche loro per imitazione applaudivano; i tre uomini – entusiasti – che mi avevano trascinato fino alla vetta; un gruppo di ragazzi che mi avevano superato nell'ultimo tratto del sentiero; tutti applaudivano a un ciccione di città che aveva scalato una montagna.

Solo una persona rimase seduta su un divano, in un angolo: l'uomo dai capelli bianchi che quella mattina mi aveva sfidato con lo sguardo. Stringendo un piccolo zaino rosso, mi guardò e sorrise. Fu un sorriso sincero, breve e insieme triste. Non mi ispirò più paura. Ora mi ispirò compassione.

Fu un applauso lungo, eterno mi parve, addirittura. Il mio ego si ringalluzzì tra quei battiti di mani.

Mi tornarono di nuovo in mente loro.

Avrei preferito, quella notte, essere io che, insieme alla mia famiglia, applaudivo a un ciccione di città appena entrato dalla porta.

Mi diressi al trio di angeli che mi aveva innalzato in vetta. Detti loro la mano, quelli mi abbracciarono. Un abbraccio emotivo, strano, tra persone, senza denaro in ballo, senza seconde intenzioni: strano.

«Vedi che alla fine ce l'hai fatta!» mi disse uno dei tre con soddisfazione, mentre gli altri annuivano con la testa.

«Ma certo!» intervenne un altro.

«Grazie, grazie di tutto» risposi confuso, tra tanti sentimenti.

«Ti abbiamo tenuto da parte qualcosa per cena» riprese il ragazzo più giovane.

In pochi minuti, ebbi la tavola apparecchiata.

Di primo: una ciotola di zuppa bollente. La ingollai tutta d'un fiato.

Di secondo: un bel pezzo di carne con patate fritte e alcune verdure alla piastra. Spolverai tutto in un boccone.

Un vinello e, per dolce, una mela.

Cenai, malgrado tutti, da solo.

«Scusi, immagino che avrei dovuto prenotare, ma... c'è per caso un letto ancora libero?» chiesi al cameriere.

«Non si preoccupi, ha già il suo posto prenotato.»

Ebbi un tuffo al cuore: lei sapeva che sarei arrivato.

Andò al telefono, compose il numero e attese, e attendemmo.

«Per lei» annunciò, intanto che da sopra il banco che si affacciava sulla cucina mi passava il telefono.

Lo presi tremando e mi avvicinai la cornetta contento.

«Lo sapevo che ce l'avresti fatta!» Sentii la sua voce con le campanelle di sottofondo.

«Grazie, grazie di tutto...» E mi ricordai che non sapevo il suo nome, e neppure lei il mio.

«Continua così, hai già fatto un passo molto importante... anzi, parecchi! » La sentii ridere. « E dimenticati per sempre dei parapetti che proteggono i laghi, d'accordo? »

Mi aveva visto, di certo, quella mattina quando avevo pensato di farla finita col passato, e insieme col futuro. Aveva visto tutto.

« D'accordo, grazie. »

« Un bacio. »

« Grazie. »

E con un « mille auguri » Pippi mi salutò.

Preferimmo entrambi restare senza nome, semplicemente esserci conosciuti. Per me, lei sarebbe sempre rimasta Pippi, e per lei io sarei stato solo un'altra persona che aveva aiutato.

Dopo cena chiesi un tè e, ancora una volta, in un angolo, vidi le luci della sala che a una a una si spegnevano.

Ormai eravamo rimasti solo il fuoco e io.

« Le dispiace se mi fermo ancora un po'? » chiesi al responsabile che stava per ritirarsi.

« Non si preoccupi. Il suo letto è il secondo più vicino alla porta, al piano di sotto del castello. Cerchi di non fare rumore quando entra. Anche gli altri, nonostante sembrino forti, hanno bisogno di riposare. » Mi strizzò un occhio e sorrise.

« Grazie mille. Buona notte. »

« Buona notte. »

E lì rimasi a bearmi di quella solitudine che si trova solo nei luoghi più piccoli, nei momenti più belli.

Cercai, nel buio, una risposta.

Entrai nel silenzio senza luci. Trovai la mia branda.

Mi infilai nel letto e mi lasciai circondare dalle intimità del riposo di gente sconosciuta. Spiai, senza permesso, la loro notte di sonno: intuii le loro angosce da come si giravano agitati nel letto, le loro stanchezze da come dormivano senza quasi fare rumore, le loro preoccupazioni dai monologhi senza senso. Li ascoltai finché, finalmente, anch'io mi lasciai andare mostrando, accanto alle loro, le mie intimità notturne, quelle che finora solo Rebe conosceva.

Lunedì 29 aprile 2002, ore 7.20

Mi svegliai, ancora una volta disubicato, spaesato in un luogo estraneo.

Feci colazione accanto al fuoco: caffellatte.

Aggiunsi lo zucchero. Uno, due e... il terzo non era mio. Quella terza cucchiaiata che non osai versare nel caffè mi ricordò troppe cose; la rigettai di nuovo nella zuccheriera.

Impossibile. Troppo amore intrappolato.

«Ti amo... ancora» sussurrai a un caffè che non mi ascoltava.

Attesi, seduto, che tutte le altre vite si mettessero in moto.

Solo, di nuovo, mi infilai gli scarponi ghiacciati. Presi lo zaino e uscii nel mondo.

Quattro passi e iniziai ad avvertire l'esaltazione del giorno prima. Poi di nuovo il dolore, distribuito su tutto il corpo, su tutta la mente. Mi sedetti accanto a un albero.

Attesi, tanto non avevo fretta.

Mi decisi a riprendere la marcia; poco alla volta, i piedi si ricordarono come si camminava.

Il sentiero, quel secondo giorno, fu molto più piacevole. Il ritmo che mi imposi fu anche più lento.

Passate tre ore, l'acqua mi circondava dappertutto e là, nel mezzo del nulla, mi fermai a mangiare.

Sotto il cielo, sulla terra e nella vita, pensai a Carlitos. Me lo immaginai che correva su quei pendii, invece di farlo chiuso in un parco, o tra le automobili, o tra gli edifici. Pensai a Rebe, e me la immaginai lì con me, a mangiare insieme, a baciarci mentre mettevamo da parte il panino per dopo, a giocare con le nostre dita come quando non avevamo ancora l'anello, con le nostre lingue come quando non avevamo ancora il veleno.

L'amai in quella solitudine come non l'avevo mai amata quando eravamo insieme, quando ancora c'era speranza, quando ancora l'altro non c'era.

Ripresi il sentiero.

Camminai. Pensai. Piansi.

Desiderai di stringere tra le braccia Carlitos.

Camminavo per dimenticare e mi dimenticai che camminavo.

Arrivai a un piccolo valico. In cima.

Guardai giù: un magnifico lago occupava tutta la valle. Il sentiero serpeggiava tra i ruscelli e raggiungeva l'acqua.

Mentre scendevo vidi, da lontano, all'altra estremità del lago, un uomo seduto su un sasso. Fuori dal sentiero. Isolato. Continuai ad avvicinarmi.

Dopo qualche minuto iniziai a riconoscere colui che ritenevo il mio carnefice: l'uomo dai capelli bianchi era accoccolato su una grossa pietra. Era il luogo perfetto: nessuno intorno, l'immensità del silenzio avrebbe inghiottito il rumore, dopo mi avrebbe potuto gettare nel lago.

Mi fermai e ragionai.

Notai il suo zainetto rosso, da cui non si era separato neanche per un istante: la pistola.

Mi spaventai.

Quando si è spaventati, quando si è fatto quel che non si dovrebbe, la mente gioca dei brutti scherzi: la coscienza.

Continuai a camminare.

Mi avvicinai di più. Gli passai davanti, separato dal lago, in attesa da un momento all'altro di uno sparo, ma neppure si mosse. Procedetti rapido, nervoso. Non sentii nulla.

Niente pistola, niente vendetta, niente di niente. Ma allora, cosa c'era in quello zainetto rosso? Mi nascosi e mi organizzai per spiarlo.

Passò mezz'ora e quella figura rimase tale e quale. Stava diventando tardi, stava diventando tardi per entrambi. Nonostante tutto, continuai ad aspettare.

Si mosse. Aprì lo zaino ed estrasse un piccolo pacchetto. Mi sembrò una specie di thermos o di borraccia.

Lo tenne in mano per qualche istante. Lo abbracciò. Lo baciò e ci appoggiò sopra la guancia per alcuni minuti.

Non riuscii a capire niente in quel momento. Continuai a guardare.

Con mia grande meraviglia – fui costretto ad alzarmi in piedi – si diresse con quello strano oggetto in mano verso l'interno del lago.

Entrò con i vestiti addosso, fino al ginocchio. Si fermò in mezzo a un lago silenzioso, nel centro di un giorno tranquillo; si arrestò quando il sole tramontava e ormai non riusciva più a vederlo. Aprì l'oggetto misterioso e, con gesti lenti, versò il contenuto nell'acqua.

Rimase lì, mentre il giorno se ne andava.

Uscì. Si sedette di nuovo sul masso e lì, mi parve, pianse in silenzio. Definitivamente, non aveva la pistola. Mi sembrò che fosse in procinto di crollare, come ero stato io il giorno prima. E lì non c'era Pippi per aiutarlo. Avrei potuto andarmene, ma non me la sentii di scappare senza abbracciare un uomo che, come me, sembrava aver perso la strada.

Tornai sui miei passi, feci il giro del lago. Mi vide, ma non si mosse.

Arrivai davanti a lui e mi sedetti lì accanto, sulla stessa pietra. Ancora nessun movimento. Ebbi paura.

«Buona sera» gli dissi sottovoce. Non volevo spaventarlo. Non volevo spaventarci.

«Buona sera» mi rispose una voce fragile, simile a quella di un bambino.

«Sta bene? Ha bisogno di qualcosa?» gli domandai.

Silenzio per risposta, lacrime per conclusione: cominciò a piangere.

Sprofondò in un dolore tremendo, un dolore che sembrava perfino più forte del mio. Credetti, per un momento, che con quel gesto di coprirsi gli occhi se li stesse per strappare, lì davanti a me.

Guardai la piccola urna, dove era rimasto qualche resto di cenere. Non ebbi il coraggio di dire altro, non osai più aprire bocca.

Il tempo passò e non fui più capace di muovermi da lì. Il sole ci abbandonò.

Alle fine fu lui a parlare. Era sufficiente che io, che qualcuno, lo ascoltasse. E le sue parole furono pura tortura: ogni sillaba era legata alla precedente, alla successiva, con un filo di dolore.

«È morta due settimane fa» raccontò al vento.

«Siamo stati insieme più di cinquant'anni, sempre insieme. Con i nostri baci, i nostri abbracci, gli sguardi, i litigi, le crisi, ma insieme. Ci conoscevamo così tanto che a volte, nel buio del letto, nella sincerità dei ricordi, ci confondevamo. Abbiamo visto così tante cose insieme che ora, senza di lei, non riesco a riconoscere più nulla. Sapevamo così tanto l'uno dell'altra, sapevamo così tanto di noi, da convincerci che ormai sapevamo tutto.»

Strinse con forza il vaso ormai vuoto.

«È arrivata senza preavviso, come la maggior parte delle brutte notizie: un cancro. È successo tutto in fretta; la vecchiaia accelera i tempi di qualsiasi cosa. Sono bastati tre mesi e non c'era più niente da fare, l'avevo persa. Abbiamo tentato di spremere al massimo ogni minuto. Cinquant'anni erano stati così pochi... Abbiamo vissuto ancora più intensamente quei giorni, in cui sentivo il suo dolore come so che lei sentiva il mio.

«Abbiamo dedicato gli ultimi mesi a sanare l'insanabile. Abbiamo passato molto tempo a preoccuparci della malattia che ci siamo dimenticati di noi. E quando è arrivato il momento, non siamo riusciti a salutarci.

«Quella notte sono entrato in camera e lei non c'era più. Se n'era andata. Dopo cinquant'anni, non siamo neppure riusciti a dirci addio.»

Scoppiò a piangere, lo sentivo distrutto. Mi abbracciò con una tale forza da conficcarmi le costole nel corpo. Mi crollò addosso.

Restai accanto a lui per parecchi minuti. Il sole sparì del tutto.

Afferrato a me, dal rifugio della mia schiena, continuò.

«Ora non so più cosa fare. Lei era tutto. Era il centro della famiglia, delle feste, dei viaggi, delle serate con i nipoti, di tutto.

«E ora cosa mi resta?

«Ho sempre pensato, un pensiero infantile, lo so, che

saremmo morti insieme. Che avremmo abbandonato questo mondo tenendoci per mano. Avremmo potuto farlo. Quando abbiamo saputo la notizia ne abbiamo perfino parlato, ma non siamo stati capaci. Abbiamo preferito continuare insieme fino alla fine, piuttosto che decretare la fine noi stessi.

«Però è successo tutto così in fretta... Eravamo così occupati a tentare di sopravvivere che ci siamo scordati di organizzare la morte.

«E ora?» ripeteva senza sosta.

Non riuscii, come non ero riuscito con Sara, a dargli una risposta.

«Mi dispiace tanto» fu l'unica cosa che arrivai a dire, mentre gli prendevo le mani che tremavano di dolore.

Ma tanto non mi sentiva. Era già da tempo che non c'era più. Eppure, nonostante tutto, continuò a parlare.

«Voleva che spargessi le sue ceneri qui. Venivamo tutti gli anni... questo lago la incantava. Qui ci siamo detti tante volte 'ti amo...'» Si fermò un istante, si asciugò le lacrime e mi guardò negli occhi. «Mi è crollato il mondo addosso, sa? Ogni mattina quando mi alzo, spero solo che mi investa una macchina, oppure di cadere giù da qualche balcone, di sparire. Vedo ogni giorno la casa vuota, il letto vuoto, la tavola vuota, la vita... tutto lo vedo vuoto. E il peggio viene di notte, quando mi sdraio con il corpo inerte in quel letto vuoto, mi giro e non vedo niente. Non vedo nessuno; non c'è più nessuno a cui raccontare della mia vita, nessuno con cui svegliarmi il giorno dopo, o da abbracciare quando fa freddo, o a cui dire ti amo.»

Finì abbracciando il vaso. Non riuscii a essere più caloroso, non seppi essere migliore. Riuscii solo a piangere con lui, sapendo che anch'io, in un modo diverso, l'avevo perduta, li avevo perduti entrambi.

La notte ci scese addosso.

Per fortuna, lui sapeva bene la strada.

Ci accompagnammo fino al rifugio; io non sarei mai stato in grado di ritrovarlo da solo.

Approfittando degli ultimi strascichi di luce, percorremmo il tratto finale. Fu faticoso, lungo, complicato, confuso, doloroso e difficile, ma poi, quando arrivammo, ne valse la pena.

Vidi, quel giorno che ormai era notte, uno dei paesaggi più insolenti, più presuntuosi e stupendi che abbia mai visto in vita mia. Il rifugio sorgeva in mezzo a un lago. Una piccola penisola al cui centro, con prepotenza, si stagliava una casa di due piani.

Camminammo desiderando che la strada non finisse mai. Lungo quei metri, gli altri sensi si rassegnarono a lasciare alla vista il ruolo della protagonista. Lo sguardo si riempiva di acqua e montagne, stelle e notte.

Nel tragitto di quasi due ore, a malapena ci eravamo scambiati qualche monosillabo, brevi parole, erose dall'uso. Per di qui? Sì, tutto dritto. Bene.

Arrivammo insieme come distanza, ma lontanissimi nei pensieri. Lui con la morte che l'aspettava nel lago; io con la vita che mi voltava le spalle.

Arrivammo, ci abbracciammo c ci salutammo, per sempre.

Quella sera cenai più inosservato: Pippi non era arrivata fino a lì.

Una cena frugale.

Di nuovo trovai un angoletto perfetto per prendermi un tè.

Pensai all'uomo dai capelli bianchi e alla sua aura di tristezza, al suo parlare tra le lacrime, alla sua perdita irrecuperabile. Un uomo che traboccava dolore. Mi guardai intorno, però non c'era. Era già a letto? Era fuori, a cercare un'ombra con la falce?

E il suo dolore mi riportò al mio: Rebe, Carlitos.

Chiusi gli occhi e guardai nel fondo delle palpebre.

Mi lasciai di nuovo andare alla solitudine. Una solitudine diversa da quella dell'abitacolo della macchina, diversa da quella che mi circondava quando Rebe e Carlitos si erano addormentati. Quella che mi assalì su quel divano, con gli occhi chiusi, fu una solitudine più intensa, ancora più vuota.

Dovevo rivederli; forse lo sapevo fin dall'istante in cui ero salito sul treno, oppure nel momento esatto in cui avevo letto la lettera.

Il dolore, anziché diminuire, si intensificava ogni giorno di più.

Martedì 30 aprile 2002, ore 6.00

Il giorno si svegliò bagnato.

Fin dal cuore della notte avevo sentito il rumore delle gocce che battevano sulla finestra della camerata: esiste un piacere maggiore?

Di notte la tristezza mi veniva a trovare con puntuale regolarità: mi svegliava di colpo, aprivo gli occhi, mi voltavo di lato e Rebe non c'era. Mi riaddormentavo. E la tristezza, tenace, mi svegliava ancora. Mi lasciò sfruttare a stento i rari momenti di oblio.

Mi svegliai, per l'ultima volta, nel preambolo del giorno: alle sei.

La pioggia, o almeno la sua eco, era cessata. Il sole non si era ancora scoperto e l'oscurità era interrotta solo da una piccola luna, che resisteva all'avanzata del giorno.

Mi alzai, fui il primo. Mi infilai gli scarponi, la giacca a vento e uscii, in silenzio.

Freddo, fu la prima sensazione.

Schizzettava ancora, ma piano. La luna, forse per dispetto, illuminava delle nubi che non lasciavano vedere le stelle.

Rimasi seduto ai piedi della porta, con la giacca chiusa fino al collo. Aspettando l'alba, aspettando di vedere Pippi che si affacciava da una delle finestre, aspettando di svegliarmi da un brutto sogno che ormai stava durando troppo.

Pensai di nuovo a loro: «Carlitos, ti voglio bene» gli sussurrai. «Rebe, ti amo» pensai, ma non osai dirlo. Adesso c'era anche un altro che l'amava.

Non mi ricordo quanto tempo passai lì accucciato, godendomi la luce di un sole che alla fine non comparve mai, per tutto il giorno.

Mi arrivò l'aroma del caffè caldo in una mattina fredda.

Entrai ed ero il primo.

Mi servii da solo. Un bricco di caffè fumante, un altro di latte, una caraffa di succo confezionato e qualche biscotto. Anche alcune fette di pane tostato. Né cereali con fibre e cioccolato, né ciambelle, né brioche, né niente del genere. Inzuppai un biscotto nel caffellatte: era buonissimo. Un altro e un altro, e li gustai come poche mattine avevo apprezzato la colazione nella mia vecchia vita fatta di corse, orari e soldi. Passiamo le giornate a inseguire tante cose inutili.

Dopo dieci minuti, con la tazza tra le mani, il corpo mi si riscaldò. Fuori piovigginava, come aveva fatto per tutta la notte, e non c'erano segni di miglioramento. Sembrava una giornata da divano e caminetto.

Pensai, non lo nego, di restarmene lì seduto: quando non c'è una meta non c'è neppure fretta.

Ci provai. Mi accoccolai nello stesso divano della sera prima e guardai dalla finestra. Però li vidi di nuovo lì fuori, che correvano verso di me. Mi guardavano negli occhi, certi che non avrei potuto abbandonarli, che mi tenevano in scacco, aggomitolato in quell'angoletto. Mi assalirono, ancora una volta, i ricordi.

Non era possibile. Una giornata intera lì, bloccato con loro, sarei impazzito. Decisi di proseguire nella speranza di trovare, se non la serenità, almeno l'oblio.

Mi alzai per avvicinarmi alla finestra. Vidi le nuvole che diventavano sempre più scure. Vidi una coppia che si baciava. Vidi una famiglia intera: padre, madre e due ragazzine di quattordici e dodici anni, calcolai. Tra lagne e proteste, le due bambine seguivano il loro padre, che le minacciava di acchiapparle e caricarsele in spalla; lo fece. E, mentre una gli faceva il solletico, l'altra gli afferrò una gamba e tutti e tre caddero per terra, nel fango. Nessuno si arrabbiò, nessuno rimproverò nessun altro, scoppiarono tutti a ridere. E io lì, a guardarli dalla finestra, ricominciai a piangere.

«*Bon dia*» mi abbordò una voce profonda.

«*Bon dia*» risposi.

«*Per dir alguna cosa. Sembla que plourà*» disse con un accento talmente chiuso che feci fatica a capirlo.

«Sì, è proprio una gran giornata» ribattei distratto, guardando dalla finestra.

«Lei non è di qui?» domandò, intanto che cercava di capire l'oggetto della mia attenzione. Guardò anche lui dalla finestra.

«No, no...» risposi.

E iniziammo così, all'alba di una nuova mattina, una conversazione che si allungò fino al divano. Seduti, sulla soglia di un'amicizia appena cominciata, parlammo di cose delle quali ultimamente non parlavo con nessuno. Ci raccontammo la nostra infanzia nella natura, la giovinezza in città e la nostra maturità – se tutto andava come previsto – ancora in montagna.

Lui non si era mai sposato. Mi raccontò i suoi tentativi di formare una famiglia che non era mai andata oltre il duo, i suoi sforzi per imparare dagli errori delle relazioni precedenti, dalle situazioni già vissute... ma arrivò un momento in cui non riuscì più a trovare la sufficiente compatibilità con nessuno, «e alla mia età credo che sarebbe più facile mescolare l'olio con l'acqua» disse, e sorridemmo.

Io ero separato. Mentii nei sentimenti, ma non nella realtà. Gli raccontai i miei tentativi di conservare una famiglia che era diventata un trio, i miei sforzi maldestri di recuperare tempi migliori...

Passammo ore su quel divano mentre fuori le nubi sfilavano indecise. Gli parlai, infine, della mia idea di proseguire. Preferivo farmi fustigare da fuori che martoriarmi da solo da dentro, chiuso tra quattro mura.

Provò a dissuadermi, mi descrisse i salti della meteorologia, le tormente in montagna... ma infine capì le mie posizioni.

E mi spiegò le alternative.

«Ci sono due sentieri. Uno segue la pista dei Carros de Foc: la passeggiata che porta ai rifugi di Aigüestortes; l'altro, il più semplice, è una pista che va direttamente a Espot, e lì si può passare la notte.»

«Espot? Ah, sì...» ricordi impolverati.

«E hanno anche la cucina! Non si lasci sfuggire le *torrades amb escalivada*» mi suggerì, leccandosi le labbra. «In ogni modo, le ripeto ancora una volta che io oggi non uscirei» insistette, credo più per avere compagnia che per la mia sicurezza.

«Lo so: anche il mio corpo mi dice di restare, ma il cervello ha bisogno di proseguire, di andare da qualche parte.»

Mi alzai, con un grosso sforzo, e mi infilai lo zaino e un

impermeabile gigante. Afferrai il bastone e mi avvicinai alla porta. L'uomo mi accompagnò fino all'uscita.

«Bene, ci separiamo qui...» gli dissi stringendogli la mano. «È stato un piacere.»

«Lo stesso per me. Ricordi: sempre dritto, supererà due gallerie, ma sempre dritto. Non c'è modo di perdersi.»

«Non si preoccupi, e molte grazie.»

«*Adéu i molta sort.*»

«*Adéu.*»

Appena aprii la porta la pioggia mi colpì in faccia. Sentii il sussurro delle nubi che mi avvisavano che non era il giorno giusto per uscire, che uno come me avrebbe dovuto tornare in città, stravaccarsi sul letto accanto al termosifone e aspettare il giorno dopo.

Ma non mi importò: alzai la testa e, sforzandomi di mantenere gli occhi aperti, con le gocce che mi ferivano le pupille, guardai fisso il cielo. Ci sfidammo: sarei partito. E partii.

Una pista battuta spariva davanti a me, fra gli alberi, sotto una cappa di pioggia che spaventava i ricordi.

Procedetti sulla mia strada che non aveva una meta, camminando su un terreno che iniziava a trasformarsi in fango, con le scarpe che nel giro di poco sarebbero diventate pesci.

Cercai, nei dintorni del rifugio, l'uomo che il giorno prima mi aveva guidato fino a lì. Non l'avevo visto al risveglio, né a colazione, né fuori sotto la pioggia. Forse era partito di notte, sicuramente in direzione del lago, in cerca di un passato che gli era sfuggito troppo in fretta.

Camminai per tre ore, solo, con lo zaino zuppo sulla schiena, appoggiando un bastone bagnato nel fango e senza immaginare ciò che mi aspettava in quel giorno di pioggia perpetua.

Mi attenni alle istruzioni di uno sconosciuto e camminai, senza mai pensare alla fine del sentiero. Il mio unico riferimento era la piccola mappa che avevo in una delle tasche dello zaino, sicuramente ormai fradicia, come il resto di me.

I minuti continuarono a succedersi, sotto una pioggia

che non conosceva riposo, al centro della tormenta che mi circondava.

Quattro ore di cammino. Senza ombra di ponti, senza il sospetto di essermi perduto. Mi fermai sotto un grosso albero, tirai fuori la carta e la studiai con attenzione: in linea di principio dovevo continuare lungo quel tragitto. Tentai di ripiegarla, ma i bordi cominciavano a disfarsi a causa dell'acqua; la piegai come riuscii.

Con gli scarponi pieni di mota, con i calzini saturi d'acqua e il peso dei miei due zaini, continuai a trascinare i piedi nel fango della libertà. Della libertà non desiderata, o forse desiderata a metà. Della libertà che non ti rende libero. Della libertà che ti scioglie da un giogo o da un legame da cui non vuoi separarti.

Continuai a camminare.

Cinque ore. Non vidi passare assolutamente nessuno.

Le tre del pomeriggio. Le nubi seguitavano implacabili, impedendo al timido sole di affacciarsi anche solo di poco, e accontentandosi invece per quel giorno di un semplice chiarore nuvoloso. Almeno la pioggia si era placata: adesso cadevano solo gocciole rade. Ma la tregua durò poco.

Arrivai a un incrocio con tre sentieri, tutti praticamente uguali. Qual era il mio? Ragionai per qualche minuto, tirai di nuovo fuori la carta che cominciò a sciogliersi in mano. Decisi che quello giusto era il centrale. Non avevo più forza, nemmeno per farmi venire un dubbio.

Passarono sei ore dal momento della partenza e non era cambiato niente: ero ancora sullo stesso sentiero, con gli stessi ricordi e sotto la stessa pioggia.

E quindici minuti dopo, quando ormai pensavo di averla depistata, mi raggiunse la tormenta. Iniziarono i lampi e i tuoni, a ogni boato mi sentivo rabbrividire. Uno, un altro, un altro ancora... Uno, due, tre, quattro, cinque... era molto vicino.

Litri di pioggia mi si riversarono addosso, mi colavano in ogni punto del corpo, in ogni poro dei vestiti. Ebbi paura di fermarmi, di ripararmi sotto un albero; ebbi paura di cadere a terra, lì, all'inizio della notte.

Rattrappito, curvo, appoggiando il bastone ogni passo più debolmente, le dita intorpidite, i piedi congelati... proseguii in una marcia senza traguardi, senza ritorno.

E la tormenta infuriava, e io avevo sempre più paura. Paura di essermi perso in un luogo sconosciuto, di aver sbagliato tutto, compreso il sentiero; paura di passare così il resto della notte, che un qualche fulmine mi centrasse in pieno, o di addormentarmi e di risvegliarmi senza vita...

Continuai a camminare, ogni volta più lento e con meno forze.

Alla fine mi fermai sotto un gruppo di alberi. La pioggia cadeva sempre più decisa.

La notte cominciò a inghiottire un giorno che non era mai comparso del tutto.

Camminai, con sempre meno forze.

Camminai.

Camminai senza forze.

Mi fermai... ancora un passo, due tre... mi fermai di nuovo.

I piedi non erano più in grado di continuare. Mi lasciai cadere sotto un albero, al margine del sentiero. Seduto nel fango riuscii a togliermi lo zaino e lo buttai per terra.

Respirai, tra la pioggia.

Temevo di addormentarmi.

Mi svegliai tremando: un lampo.

Quanto tempo avevo dormito?

Il sole era quasi sparito del tutto.

Cercai a tentoni, dentro lo zaino, una lampada frontale che speravo di aver portato. Dopo qualche minuto che frugavo tra vestiti umidi e cibo bagnato la trovai. Me la misi sulla testa e cercai di guardare in lontananza: niente; guardai da vicino: niente.

Mi tirai su, lentamente, come può farlo solo un perdente, dal fango. La pioggia scendeva senza tregua, la notte lo stesso. Individuai nervosamente lo zaino. Tentai di sollevarlo, ma mi mancarono le forze; troppo pesante, troppa acqua.

Dopo alcuni tentativi decisi di svuotarlo. Abbandonai una parte del poco che mi restava: un sacchetto di frutta sciupata, un set di posate, una borraccia e un thermos senza caffè.

Provai di nuovo e alla seconda riuscii a issarmelo in spalla.

Continuava incessantemente a piovere.

Mi addentrai nell'oscurità e avanzai; dentro il fango, avanzai; curvo e tremante, avanzai. Camminai, guidato dal debole alone di luce che veniva dalla mia testa, lungo un sentiero che procedeva diritto, inusitatamente diritto, inusitatamente registrato nei ricordi. Camminai ed ero sempre più lento, senza meta, con l'unico obiettivo di non cadere un'altra volta, facendo in modo che il passo successivo fosse comunque il penultimo.

L'unica possibilità che avevo era seguire la pista. Ormai avevo perduto ogni riferimento di tempo e di distanze. Espot? E dov'era?

L'unica speranza era trovare una qualche casa dove ripararmi, un rifugio dove proteggermi, non tanto dal freddo, perché ormai ce l'avevo addosso, né dalla pioggia, perché ero zuppo, quanto piuttosto dalla stanchezza che mi zavorrava il corpo.

Feci ancora qualche passo e le gambe cominciarono a cedere.

Un altro, e un altro, e un altro, e... caddi, di nuovo, per terra.

Il cuore non lo sopportò, le gambe nemmeno.

Provai ad alzarmi. Impossibile.

A quattro zampe, affondando le mani nel fango, mi avvicinai alla base di un albero. Mi appoggiai al tronco e con il rischio di spezzarmi una gamba riuscii a rimettermi in piedi.

In piedi.

Ripresi a camminare lungo il sentiero infinito, che sembrava non terminare mai. Camminai. Mi fermai. Camminai ancora. Mi fermai ancora. Iniziai a impormi delle mete, qualcosa che mi spingesse ad arrivare da qualche parte, che mi evitasse di cadere nel bel mezzo di un luogo sperduto: mille passi.

Mille passi, mi dissi. Mille passi ancora e poi basta: dove sono, sono.

Mille passi ancora: un chilometro.

Mille passi che mi avrebbero condotto al disastro.

353, 354, 355, 356, 357 e mi fermai.

Mi aggrappai a un albero.

Respirai più a fondo che potei.

Guardai per terra.

Guardai avanti.

Mi spinsi con un piede e continuai a contare.

Mille passi: era quello il patto. Ancora un chilometro e dopo mi sarei lasciato andare.

530, 531, 532, 533 e mi fermai un'altra volta.

Respirai e ripresi a camminare.

Mille passi, mi ripetei.

710, 711, 712, 713 e, all'improvviso, mi bloccai.

Non so ancora quale sia stata la causa. Avrei potuto procedere con il 714 e non vederlo neppure. Eppure, nella notte e sotto una pioggia battente, i resti di un ricordo d'infanzia mi obbligarono a fermarmi. Forse ebbi la fortuna di camminare – trascinarmi viste le circostanze – guardando per terra, o forse la sorte di tenermi sulla sinistra del sentiero, o magari fu solo quella che chiamano casualità.

Mi fermai e vidi alla mia destra la luna riflessa in uno stagno; a sinistra un sentiero laterale, segnalato unicamente da un paletto scuro, scrostato, familiare; un paletto che immaginai rosso; un paletto che in quel momento mi fece vergognare.

Mi ritrovai, in piena confusione mentale, in un periodo di tempo quasi dimenticato, in una parte distinta della mia biografia. Riconobbi in quel pezzo di legno la speranza di non dormire nel fango. E vi trovai anche la distanza che mi separava da Espot: troppe migliaia di passi.

Non potei scegliere perché non c'erano alternative. Ignorare quell'aiuto avrebbe significato, senza il minimo dubbio, crollare di stanchezza lungo il sentiero, nel fango, sotto la pioggia e al freddo.

Imboccai la strada a sinistra diretto in un luogo dove non volevo andare, in un tragitto che, in breve, poteva portarmi esattamente al centro del dolore: da lei.

Mi addentrai in quel sentiero sperando che in casa non ci fosse nessuno. In realtà era quasi impossibile che fossero lì in settimana... ma il giorno dopo era il primo maggio. Fu un procedere infestato dai ricordi: i rami che sbattevano sull'automobile, il nostro sollevare i piedi a ogni buca, le risate tra noi a vedere la faccia della madre di Toni, la nube di polvere che ci inseguiva sempre senza raggiungerci mai, la voglia di arrivare...

Non ci misi molto, nonostante la pioggia, a distinguere la costellazione di lanterne; all'inizio un insieme confuso che non si faceva contare. Dipendeva tutto da quello: dal numero di stelle visibili. Le prime due, le più grandi solo perché più vicine, quelle all'ingresso, non significavano nulla. Ma le altre... dalle altre dipendeva tutto. Una: speranza; molte: vergogna.

Arrivai trascinando i piedi fino ai cancellini della recinzione. Dentro, altre tre luci, tre. Tutte accese: erano lì.

Mi fermai con l'intenzione di andarmene, ma fu solo questo: un'intenzione. La pioggia mi condannava al fango, non sentivo più le mani. Le dita erano così rigide che pensai di averle perse per sempre, le piante dei piedi mi straziavano a ogni passo e le ginocchia... erano sul punto di fratturarsi.

Mi accorsi – ed è l'unica cosa che ricordo con chiarezza di quel momento – della lotta interiore tra corpo e mente. Volevo indietreggiare, voltarmi e scappare via, ma il mio corpo non me lo consentì, mi obbligò ad andare avanti. Furono i piedi che, malgrado mi opponessi, mi costrinsero a continuare a camminare.

Mi appoggiai al cancelletto per raccogliere le forze per entrare ma si spalancò di colpo. Persi l'equilibrio e il peso dello zaino fece il resto. Caddi su una miscela di fango ed erba.

Tentai di alzarmi, ma lo zaino era troppo pesante. Da terra cercai di liberarmi di quel peso morto: mi piegai, rotolai su me stesso e alla fine riuscii a sciogliermi dalle cinghie e lo mollai lì.

Mi appesi con le mani al cancello per darmi lo slancio per rimettermi in piedi, mi issai sul legno. Una spinta e... in posizione eretta, di nuovo, e senza pesi. Cinquanta passi, nient'altro. Era quella la distanza che ci separava.

Rimasi per qualche minuto davanti a una casa che un tempo, in parte, era stata mia.

La pioggia non smetteva di dilavarmi e le gambe mi reggevano sempre meno. Piansi di dolore, d'impotenza, di pura disperazione. A cinquanta metri c'era un riparo, ma non ero capace di muovermi. Mi lasciai di nuovo cadere, prima sulle ginocchia e poi a quattro zampe e infine la mia faccia sbatté sul terreno. Baciai il fango, affondai gli occhi nella terra, la bocca nella terra, il naso nella terra. Sollevai leggermente la testa per guardare ancora in avanti: cinquanta metri mi sembrarono troppi. Caddi del tutto.

Dormii e mi svegliai. E dormii per un istante e mi svegliai quello dopo e così rimasi tanto tempo, sdraiato a pancia in giù nel fango; sentendo il corpo bagnato, la pioggia che non smetteva mai.

Staccai appena la bocca da terra. Aprii, con il fango tra le ciglia, gli occhi. Guardai in direzione della casa. Cinquanta metri, calcolai; impossibile, calcolai.

«Aiuto!» urlai con il fango tra i denti.

«Aiuto!» con la paura tra le mani.

«Aiuto!» gridai, e fu l'ultima volta, nessuno mi sentì.

Flirtai per un po' con l'incoscienza. Ritornai, come già avevo fatto molti anni prima, a camminare sul filo che la separa dalla realtà. Calma... senza guardare in basso, perché in basso non c'è la rete. Calma. Un piede, tranquillo... ora quell'altro... tranquillo... Ecco: non è stata l'ultima esibizione, perché non sono caduto.

Trovai le forze nell'unico posto in cui si possono trovare in momenti del genere: nell'odio. Ma, malgrado fossi arrivato all'altra estremità di quel filo spaventoso, capii che non sarei mai stato un avversario serio, perché ero già stato battuto, ancora prima di cominciare.

La mia unica possibilità di vendetta consisteva nell'arrivare alla porta. Lì sarei potuto crollare davanti a loro. Non volevo dargli la soddisfazione di farlo fuori, come un cane, abbandonato, tra l'acqua, il fango e la solitudine. Dovevo arrivare alla porta.

Mi tirai di nuovo su, a quattro zampe; alzarmi in piedi era fuori portata. Ginocchia e mani a terra, unghie che si afferravano al fango per trascinare un corpo distrutto. Gattonai e gattonai, e lentamente avanzai verso la vendetta.

Lì, dovevo arrivare lì, sulla porta. Continuava a piovere.

Mi accorsi che sulla sinistra, dove c'era stata l'altalena, ora c'era solo una corda sfilacciata che, stanca, sosteneva una vecchia tavola. Il vento la muoveva, come ci muovevamo noi due in un'epoca in cui gli anni ancora non pesavano.

Tra i ricordi, arrivai al portico: tre gradini mi separavano dalla porta. Appoggiai le mani rattrappite sul primo e mi tirai su. Con i gomiti, con il petto, le ginocchia, l'anima... scalai come un serpente senza più veleno, o forse come un verme, diretto a una porta che separava il passato dal presente.

Secondo gradino.

Terzo gradino.

Arrivai allo zerbino: *benvinguts*.

Riposai. Un corpo dipinto di terra, assetato d'aria, pieno di paure... Uno sguardo che si sollevò fino al battaglio, sempre lo stesso... sempre troppo alto.

Mi accostai alla porta, sentii il suo calore nel corpo. Mi alzai in ginocchio, allungai il busto e mi appesi con le mani al piccolo pomo. Mi tirai su per qualche secondo e capii che avrei avuto un'unica possibilità: dopo mi sarei di nuovo accasciato senza riuscire a rialzarmi.

Mi detti una spinta verso l'alto e nel punto massimo stesi le braccia per afferrare il battaglio. Lo raggiunsi... lo strinsi... e rimasi lì appeso, inerte.

Feci un respiro e, senza mollare la presa, mi gettai contro la porta e mi lasciai cadere di schiena.

Provai una sensazione di vuoto mentre atterravo. Caddi e, nello stesso istante, il battaglio sbatté contro la porta.

Il rumore riecheggiò nella notte.

Fu un colpo secco, duro, intenso.

Silenzio.

E, pochi istanti dopo, rumori in casa. Capii che ormai era tardi, per tutto.

Di quel che successe a partire da quel momento, trattengo solo vaghi ricordi, senza ordine, senza senso: si aprì la porta e vidi il suo viso.

Sentii un urlo soffocato, che non venne da lui, ma da lei. Un grido di paura che si dissolse nella notte.

Guardai in su e ci guardammo: lui e io.

So che, malgrado il mio travestimento di terra, mi riconobbe subito.

E, a partire da quel momento... levitai nell'aria... mi lasciai trasportare... mi mossi galleggiando.

A partire da quel momento, smise di piovere, cominciai a sentire caldo... caddi sopra una nuvola.

Mi svegliai.

Guardai, aggomitolato sotto una coperta, su un divano caldo, nella tenue luce di un fuoco di braci che ardevano quiete, la stanza. In ogni dettaglio, un ricordo; in ogni angolo, noi due. Il vecchio orologio a cucù, gli stessi quadri, gli stessi vasi sulla trave del caminetto, la stessa scala... tutto uguale, malgrado fossero passati tanti anni, non era cambiato niente.

Attesi, nascosto sotto la coperta.

Attesi, senza riuscire a dormire.

Cucù! L'una di notte.

Non feci in tempo a vederlo, ma me lo ricordai: piccolo come una mandorla, con la testolina blu e il corpo verde, senza becco, ché non ce l'aveva mai avuto, senza occhi perché alla fine gli caddero, ma con lo stesso tono di sempre.

Solo il leggero ticchettio della pioggia sui vetri interrompeva un silenzio totale.

Rimasi immobile a guardare le braci di ciò che un tempo era stato un bel fuoco, dai resti di ciò che era stato un uomo.

Silenzio.

Cucù, cucù! Le due.

La stessa posizione, lo stesso sguardo: orizzontale, con la testa piegata, senza smettere di osservare un fuoco che ormai si era del tutto spento, come era successo alla mia vita.

La pioggia non si sentiva più. Tutta la stanza fu avvolta da un silenzio perfetto.

Sentii una porta, al piano di sopra.

Leggeri, ovattati, passi che intendevano scendere senza essere scoperti. Non provai neppure a muovermi, rimasi a guardare il fuoco che non c'era più, in una casa che non era mia.

Entrò in silenzio, come fa la paura, per sedersi nell'altro divano, di fronte. I nostri sguardi non riuscirono a incontrarsi: il mio, perso nella cenere, il suo, perso nel mio.

Andò verso il fuoco e in ginocchio, con gli occhi del nemico conficcati nella schiena, provò a ravvivarlo. Lo accese e la fiamma sparse un chiarore arancione nella stanza. Silenzio. Si voltò di scatto e... dopo tanti anni senza quasi salutarci in ascensore, di dialoghi essenziali che duravano al massimo cinque minuti, dopo tanti anni di convivenza in un'impresa dove avevamo imparato a ignorare il passato, dove arrivammo a scordarci di un tempo in cui eravamo inseparabili; dopo aver fatto l'impossibile per evitare di ricordarci dei vecchi tempi, per la paura di essere rifiutati... dopo tutto questo i nostri sguardi, quella notte, tornarono a incrociarsi.

Non saprei dire chi fu il primo ad abbassare gli occhi.

Tornò a sedersi, delicatamente.

Tornai a guardare il fuoco, lentamente.

Ricominciò anche a piovere, sommessamente.

Lasciammo che fosse la pioggia, per parecchi minuti, a mantenere una conversazione che non riuscivamo a cominciare, una conversazione che forse era perfino meglio non iniziare del tutto. Restammo entrambi lontanissimi, con gli sguardi, quanto vicini nella distanza.

Mi imposi di odiarlo in quel momento, però non ne fui capace. Tutta la rabbia, tutta la sofferenza... avevo perduto tutto là fuori. Tra la pioggia e il freddo, li avevano seppelliti. Volli odiarlo e non potei.

Pensai a Rebe e ricordai quell'urlo davanti alla porta, quando aveva aperto, quando avevano aperto, quando avevo smesso di ricordarmi delle cose. Rebe era lì.

Volli odiare anche lei, ma successe la stessa cosa; riuscii solo, una volta di più, ad amarla. E questo fu anche peggio. Mi permisi di amarla ancora, lì, proprio vicino a lui. Sarebbe stato tutto più facile se l'odio mi avesse corrugato la fronte, mi avesse fatto serrare i denti e artigliare le mani; se mi avesse spinto a balzargli al collo. Invece no, l'amai con più intensità del consentito.

Cucù, cucù, cucù! Le tre.

José Antonio parlò.

Aveva cercato il momento giusto per cominciare: un segno da parte mia, un movimento, un colpo di tosse... qualcosa che l'aiutasse a decidersi; parlare a partire dal nulla è troppo difficile. Aveva aspettato qualcosa, e dopo il cucù pensò di averlo trovato.

«Come stai?» chiese una voce che sembrava nascosta.

Una domanda nella notte. Una domanda reale... o solo un sussurro della mia mente? «Come stai?»

Voltai lentamente la testa verso di lui.

Ci guardammo e finalmente ci vedemmo.

Ma l'odio non c'era più, il rancore fece appena in tempo ad affacciarsi e non riuscì ad attaccare, non ci furono aggressioni, fui solo in grado di domandare.

«C'è Rebe?» Niente di più.

«Rebe? Qui?...» E notai qualcosa di strano nei suoi occhi.

Sapevo che non mentiva, perché ci fu un tempo in cui ci conoscevamo fin troppo e se c'è qualcosa che non cambia con gli anni sono gli sguardi; invecchiano, ma non cambiano mai. No, capii in quell'istante esatto che Rebe non c'era. Però non ci volli credere.

Tacemmo di nuovo, forse in attesa di un nuovo cucù.

«Perché dovrebbe esserci Rebe?» mi chiese, con lo stesso sguardo di prima. Non mentiva.

Tacemmo ancora.

«Ti abbiamo cercato, eravamo tutti preoccupati per te. Rebe era spaventatissima...»

Non riuscivo a capire quelle frasi che avevano un significato, ma per me mancavano totalmente di senso logico.

«Che ti è successo?» insisté.

E lì, in quella notte così silenziosa, fradicia di pioggia, gelida e nello stesso tempo intima, due persone cercavano di scoprire la stessa verità, ma da due strade diverse.

«José Ant... Toni...» lo chiamai, tornando all'infanzia. «Ti ricordi di quando... da piccoli...» quando eravamo amici, stavo per aggiungere «ti crollò addosso la casa di mattoni?»

Ci guardammo, entrambi con le lacrime incipienti sulla coscienza, entrambi con i pugni chiusi. Con gli stessi occhi con cui, un giorno d'agosto, dopo aver saputo che ci avrebbero separati, ci guardammo per l'ultima volta prima di fonderci in un abbraccio, l'abbraccio di tutta la vita.

«Sì» respirò. «Lo sai che non potrei mai dimenticarmelo...» mi rispose senza alzare gli occhi da terra.

Silenzio.

Volevo stare da solo, volevo piangere senza essere guardato, stringere i pugni in silenzio... Mi accoccolai sul divano, affondai il viso tra le braccia e mi nascosi dal mondo.

Toni mi aiutò, si alzò e si allontanò come se fosse scalzo: uscì dalla stanza.

Mi rifugiai su un divano che mi ricordava ancora le serate in famiglia.

Non provavo più né rabbia, né odio, né sete di vendetta, né paura, né freddo, né caldo. Mi restava solo da scoprire la distruzione di un mondo – il mio, quello che mi ero costruito – i cui pezzi ancora non si incastravano a dovere. Un mondo che non esisteva più.

Imparai tante cose su quel divano, quella notte... Imparai che la mente è in grado di inventarsi storie a cui crede solo lei; che la gelosia può offuscare qualunque verità, coprire ogni menzogna; che nei momenti più brutti è raro affidarsi alla ragione, al dialogo, alla franchezza... piuttosto facciamo ricorso ai sospetti, alla diffidenza, alle certezze che ci vengono da una verità che deve essere tale per il semplice fatto che è stata concepita da noi. Imparai la fortezza dell'odio quando sollecita il dubbio, la resistenza della sfiducia quando l'amore non è più com'era un tempo, la confusione dei pensieri quando le cose smettono di funzionare...

Fuori continuava a piovere. Dentro, lo stesso.

Mi svegliai nella stessa posizione: sconfitto.

Del fuoco non restava che la cenere.

Fuori continuava a piovere e il cielo non lasciava troppe speranze.

Mi credetti, all'inizio, in un qualche albergo, in una qualche branda.

Un sogno, pensai, al risveglio.

Realtà, appena vidi la sua coperta sopra di me.

Sussultai al sentire una voce di donna. Una voce confusa, impigliata in una conversazione a due, tra Toni e lei, appunto.

Mi alzai di colpo, gettando la coperta per terra, pronto a fuggire perfino con i piedi scalzi, se necessario. Le voci seguitavano a parlare, piano, quasi un bisbiglio, fingendo una spontaneità che mi irritava. Erano loro: lui e lei.

Gli occhi di Toni non erano mai riusciti a ingannarmi, ero sempre riuscito a leggerci la verità o la bugia... eppure, era innegabile che Toni avesse sempre voluto prendersi Rebe. Da ragazzi ci eravamo battuti per lei... avevamo imparato a sentirci rivali, a mettere tutto da parte per una donna; magari in quel momento aveva anche imparato a schermarsi le pupille.

Una luce sottile usciva dalla cucina dove tante volte ci eravamo riuniti a colazione, gli Abat e io; dove avevo trascorso tanti momenti felici: a preparare i panini per una giornata in gita, a cena tutti insieme, stanchi morti dopo un magnifico pomeriggio, ad aiutare la sua mamma con uno di quei dolci che non arrivavano mai a tavola interi...

Mi avvicinai nel silenzio di qualche passo esitante e vergognoso e, accanto alla porta, mi fermai. Inclinai lentamente la testa per scoprire chi si nascondeva dietro quella serratura lunga e stretta: un'apparecchiatura completa da colazione occupava il piccolo tavolo rotondo a cui tante mattine mi ero seduto da piccolo.

Mi accostai ancora un po' ma riuscii solo a vederle le mani che gesticolavano, si agitavano in aria, giocherellavano tra i biscotti... Mi curvai leggermente di più e all'improvviso persi l'equilibrio e caddi.

Da terra, e con metà corpo in cucina, vidi Toni che si alzava e si precipitava da me. Ci fu il rumore di un bicchiere rotto, qualche posata cadde, l'urlo di una donna, lei? Le braccia di Toni mi tirarono su. Mentre mi alzavo notai all'improvviso che altre mani, più deboli, più delicate, più fragili – le stesse che mi avevano fatto entrare la sera prima –, mi stavano aiutando. Mani minute, morbide, femminili... ma non quelle di Rebe. Lo capii senza guardarla. Lo capii perché le mani di Rebe le conoscevo a memoria, perché c'era stata un'epoca in cui non smettevo di accarezzarle, di proteggerle, di stringerle tra le mie quando passeggiavamo, quando ci amavamo, quando facevamo sesso con le labbra accostate come le mani.

Mi fecero sedere.

Si sedettero davanti a me.

Io fissavo un bicchiere vuoto. Udii di nuovo quelle piccole mani: strinsero il manico di una brocca che venne sollevata, un liquido sciabordò all'interno, scese, cadde, riempì di succo il bicchiere davanti a me. Un'altra mano, la stessa, e un'altra caraffa, un bricco, con un altro liquido, in una tazza vuota: caffè.

Mangiammo, con il silenzio come fondale. Un silenzio

interrotto solo dai rumori inevitabili di una colazione in casa – che non è lo stesso di una colazione in famiglia. Lo sfregare del burro sul pane tostato, il girare del cucchiaino nel caffè caldo, l'assaporare ogni morso, il versare lo zucchero... due volte sole.

Silenzio da parte mia, sussurri per loro. Piccole parole, brevi e tenere, reciproche. Notai le carezze di quelle mani, l'alzarsi dei loro corpi, l'allontanarsi dei passi, lo sfiorarsi delle labbra e l'uscire di una persona che non era Rebe.

«A dopo» bisbigliò mentre se ne andava.

Rimanemmo soli.

Passò il tempo, senza fretta.

Quando il silenzio si fece di nuovo assoluto, Toni parlò. E fu lui, con le sue stesse parole, a rispondere a tutte le mie domande.

«Mi dispiace... mi dispiace molto per tutto ciò che è successo, davvero... perdonami» mi sussurrò.

Incapace di comprendere le sue scuse, decisi di accantonare ogni pregiudizio, ogni sospetto e la maggior parte dei ricordi. Ricominciai da capo. E scelsi il silenzio, preferii tacere anziché dire qualcosa che interrompesse la sua voce.

«La verità è che non sono riuscito a chiudere occhio per tutta la notte. Sono rimasto a pensare...» E si interruppe per tentare di ricacciare indietro qualche lacrima che – riconobbi dal rumore delle labbra – stava cercando una via d'uscita. «Ho pensato a tante cose, ma soprattutto alla tua domanda...» Si strusciò gli occhi e fece un altro respiro. «Ieri non ho capito niente, ho perfino pensato che stessi delirando. Ma stanotte, a letto, ho svegliato Montse. Le ho raccontato della nostra breve conversazione e lei l'ha vista da un'altra prospettiva, dalla sua... e allora ho capito tutto. No, Rebe non è qui. Rebe non c'è mai stata qui.» Fece ancora una pausa. «Ho pensato... abbiamo pensato... che tu e Sara... ah, mi dispiace...» Sara? Tremai. Tremai al ricordo di una videocamera intrusa, un divano nero, un corpo padrone della stanza, un altro che era lì solo in visita... «Lo sai.» Ma no, non lo sapevo; e rimasi in silenzio. «Visto che eravate sempre insieme e ti fermavi spesso fino a tardi... pensavamo... anzi in realtà è stato Rafa a pensarlo e sempre lui a convincermi... a convincerci... e io ho pensato... e alla fine ho fatto pensare a Rebe che...» iniziò a balbettare. «Non so come dirlo... mi dispiace, mi dispiace davvero... Eravate sempre insieme e poi... Rafa insinuava che voi due...» Tacque di nuovo e capii dalla voce che aveva qualche altra lacrima annidata negli occhi. «Rebe mi aveva telefonato, non molto tempo fa. Era preoccupata. Diceva che non sapeva proprio a chi rivolgersi, che pensava che tu avessi un'altra... Mi ha raccontato che ultimamente rientravi sempre più tardi, che a malapena le rivolgevi la parola, che nascondevi cose in cantina... e lei credeva... e quando me l'ha detto anch'io l'ho pensato...» Si interruppe per respirare. «Per questo ti ho seguito, per lei. Cosa volevi che facessi?» mi chiese guardandomi in faccia con occhi supplichevoli. «Dovevo aiutarla! Ti ho seguito, vi ho seguito per qualche giorno e soprattutto vi ho visto quella sera...» Fece un'altra pausa, distolse lo sguardo. «Quella sera nella caffetteria... che vi siete baciati...»

Silenzio, di nuovo.

«Cosa volevi che pensassimo? Il giorno dopo Rebe ha deciso di andarsene da casa: sono andato a prenderla al centro commerciale, l'ho accompagnata a casa dei suoi a prendere Carlitos; le ho cercato un posto dove dormire quella notte e le successive... ho fatto tutto quello che ho potuto per lei.»

Silenzio. Toni aspettava una risposta. Tacqui.

Continuò.

«Ma dopo abbiamo capito che ci eravamo sbagliati, abbiamo capito che... È successa una cosa che ha cambiato tutto. Povera Sara...»

Capii, per la prima volta dalla mia fuga, la lettera di Rebe: la sua rabbia, la sua infelicità, il dolore che scorreva tra le parole, il furore che infiammava ogni riga. Ma perché non ne avevamo parlato? Forse perché ormai non parlavamo più di niente.

«Me l'ha chiesto Rebe... All'inizio non volevo crederci, ho cercato di minimizzare, ma lei insisteva, e la sentivo così triste, così sola... come hai fatto a non accorgertene?» Respirò. «Mi dispiace...» Ed era pentito, realmente, lo capivo.

Quelle parole, come l'onda che fa sparire un castello di sabbia, dolcemente, senza romperlo, dissolsero i resti dell'odio che ancora mi restava.

Quella sera con Toni non fui coraggioso – non lo sono mai stato –, per questo non trovai, e del resto neppure lo cercai, il momento per ammettere che la faccenda di Sara mi era nota, che conoscevo perfino l'autore. Si trattava di un segreto troppo personale, troppo vergognoso.

Riprese a piovere con più intensità.

Lasciammo scorrere, senza fretta, il tempo.

«Cosa farai ora?» mi chiese.

«Non lo so» mi cimentai, per la prima volta in quella mattina, a parlare, «credo che continuerò ad andare avanti, verso nord, a cercare di dimenticare una vita che ormai non è più mia.»

«Ma... e Rebe?» mi domandò sorpreso.

«Si sono rotti troppi legami, ormai, tra noi. Carlitos ci

unirà sempre, ma ormai non saremo più l'uno per l'altra la stessa cosa di prima, ciò che ci sentivamo un tempo: l'amore.»

«Non dire sciocchezze, non si è rotto un bel niente. È stato solo un errore, un grande malinteso.»

«No, Toni, no. Un malinteso non dura settimane, mesi, anni... non è un malinteso la trascuratezza o l'abbandono reciproco, la fatica di dare o di ricevere un bacio, indugiare fuori da una porta che non ti azzardi più ad aprire, il silenzio come dialogo. Non è un malinteso l'indifferenza tra le lenzuola, o il limitarsi a un semplice bacio sulla guancia, o un 'a domani' senza nessun reale desiderio. I nostri ultimi mesi sono stati i peggiori. Era arrivato un momento in cui ci legava esclusivamente l'abitudine e a volte credo neppure più quella.»

Mi fermai e tutto piombò di nuovo nel silenzio.

Ripresi.

«No, è meglio così per entrambi, meglio anche per Carlitos. Non voglio che cresca tra l'indifferenza di due adulti, tra i rancori mal dissimulati di due persone che dopo essersi tanto amate si sono dimenticate con la stessa intensità. Non voglio che cresca pensando che l'amore è questo.

«Ci sarebbero troppe cose da rinfacciarsi. Non il primo giorno, non quello del ritrovamento, no, e neppure quello dopo, né quello dopo ancora, ma alla fine le domande e i rimproveri sarebbero inevitabili. Non voglio ritrovarmi a ripetere tutto da capo, non ora che credo di riuscire ad abituarmi al fatto che non sia più con me.

«L'ho amata. Ci siamo amati tanto... ci siamo amati con forza, con un'intensità che ho pensato più volte che mi sarei ammazzato se un giorno l'avessi persa. Ma alla fine sono stato sconfitto; ho perduto, abbiamo perduto quell'amore, quel desiderio di correre a casa per vivere insieme, per alzarci ogni mattina e sentirci riconoscenti del tesoro che avevamo accanto.

«Ho solo bisogno di qualche altro giorno per dimenticare, tutto qui.»

Non smise mai di piovere per tutta la giornata.

Restammo insieme, in salotto. Parlammo di tutte le cose di cui non avevamo più parlato per tanti anni. Parlammo del passato remoto e di quello recente, ma soprattutto dell'epoca in cui eravamo inseparabili, in cui eravamo realmente amici. E parlammo anche di quell'abbraccio che segnò la nostra fine, la fine dell'amicizia.

Ricordammo le corse coi tappini, i giri in bicicletta per il paese, i giorni delle feste, le notti di confidenze nei lettini appaiati, i pomeriggi senza fine, le merende in cortile, i falò delle erbacce, le prime uscite con le ragazze, i primi pomeriggi al cinema...

Ricordammo anche quella casetta che ci unì intensamente per due settimane e ci separò definitivamente in appena tre giorni.

Gli parlai della mia sofferenza mentre era via, dell'attesa tremenda alla finestra, dell'allegria al vederlo ritornare... ma non riuscii a spiegargli quel che provai nel momento di quell'ultimo abbraccio.

Mi raccontò della sua esperienza in ospedale, dei suoi ultimi ricordi nel momento del crollo della casetta, della velocità dell'ambulanza, degli esami che gli fecero, della voglia di tornare presto a casa per finire le vacanze, del desiderio di rivedermi, dell'amore che sentì in quell'abbraccio...

La pioggia non cessava. Dopo qualche minuto di silenzio, dei quali approfittammo entrambi per ricordarci da soli delle estati dell'infanzia, continuammo a parlare, di molte altre cose.

Montse scese varie volte, ma non si immischiò nelle nostre conversazioni. E malgrado all'inizio mi fossi rallegrato della sua assenza, del fatto che consentisse ai due quasi fratelli – che per poco non lo furono – di mettersi a parte delle loro riflessioni più intime, fui io alla fine a chiederle di fermarsi con noi, accanto al fuoco.

Mi parlarono di loro. Della loro piccola storia, del modo di incontrarsi in un incrociarsi di sguardi, del loro recente passato, dei loro desideri, del loro presente... ancora non si azzardavano a parlare del loro futuro.

In compagnia del fuoco, loro accoccolati su un divano e io sull'altro, Toni mi fece una sintesi degli ultimi giorni in azienda. Mi raccontò tutto quel che pensava che non sapessi.

«È arrivata, di venerdì sera, un'e-mail strana, da un mittente anonimo. Io, per essere sincero, non le ho dato molto peso. L'ho letta e subito eliminata, pensando che fosse un qualche tipo di virus o uno di quei messaggi-spazzatura. Sono andato a casa e, dopo cena, intorno a mezzanotte...» guardò Montse, che confermò con la testa «un conoscente che lavora alla sede di Madrid mi ha chiamato sul cellulare. Mi ha spiegato, in tre parole, la gravità della situazione. All'inizio ho pensato a uno scherzo, ma quando mi sono collegato...» Toni tacque, in attesa di una qualche domanda.

«Cosa c'era?» lo imbeccai, fingendo curiosità.
«Sara e Rafa stavano scopando nel suo ufficio!»
«Sara? Con Rafa?»
«Esatto! Qualcuno aveva installato una videocamera e per più di un'ora sono stati a fare le loro cose, nascosti nell'ufficio ma praticamente davanti a tutti.
«Il lunedì dopo, ti puoi immaginare di cosa si parlava alle macchinette del caffè! Quasi tutti l'avevamo visto in diretta, e chi ancora non ne sapeva niente è stato ragguagliato su tutti i particolari. Sono passate le ore e Rafael non arrivava; a poco a poco ci siamo convinti che non l'avremmo mai più rivisto.
«Più tardi, tramite alcuni contatti, sono venuto a sapere che l'avevano sbattuto fuori di casa, gli avevano tolto l'automobile e tutte le carte di credito dell'azienda... Ho saputo anche che sua moglie l'ha conciato per le feste, e ora ha la faccia piena di lividi e unghiate. Insomma, un disastro.»
«Pazzesco! E io mi sono perso tutto! Ma... chi potrebbe aver fatto una roba del genere?» chiesi preoccupato.
«Be', si tratta solo di sospetti, è chiaro, ma l'opinione generale è che sia stato Javi. Una maniera di vendicarsi per essere stato lasciato sul marciapiede.»
Respirai, Javi mi aveva fatto da scudo.
«E Sara?» chiesi.
«Ah, sì, Sara. Nemmeno Sara si è presentata quel giorno, né il successivo, né quello dopo ancora... Nessuno l'ha più sentita.»
«Povera Sara» riuscii a dire, tentando di giustificarmi davanti a me stesso e contemporaneamente di alleviare, per quanto di poco, una coscienza straziata.
«Sì, però... lei lo sapeva dove si stava cacciando, e malgrado questo non si è tirata indietro. È stata una sorpresa

per tutti; in realtà credevamo che fosse con Marta che... insomma, lo sai.»

«Sì» risposi, mentre mi tornavano in mente le ultime parole che Sara e io ci eravamo scambiati in quella caffetteria. *È da qualche settimana che mi vedo con una persona a cui interessa solo il sesso, nient'altro. Però questa volta è diverso. Esclusivamente sesso, ma mi fa paura, ho il terrore di sbagliarmi perfino in questo.* Sara mi aveva raccontato tutto e io non avevo capito: diverso.

Continuammo a parlare dell'azienda per tutta la giornata. Fu una rassegna dei colleghi, uno scambio di notizie e di pettegolezzi, un ricordarci degli aneddoti più curiosi... Commentammo le cene di Natale, i ritardi di Javi, il tempo perso alla macchinetta del caffè, la quantità di ragazze carine in contabilità, l'ottima scelta dell'ufficio del personale nel caso di Marta, le assurde pretese di certi clienti...

E nel nostro ripasso a distanza delle vite altrui, mi imbattei nella soluzione di un enigma che ormai avevo quasi dimenticato. Passando di collega in collega, una volta conclusa la disanima di Sara, di Godo, di Javi, di Ricardo... arrivò infine anche il suo turno.

«Ma come, non lo sai?» E subito si rispose da solo: «Ah, certo, tu non c'eri già più. Lunedì è stata ricoverata in ospedale, la verità è che la poverina non se la passa per niente bene. Resti tra noi, ma non credo che durerà più di un mese».

«Cosa?!» Avevo appena incastrato l'ultima tessera.

«Non lo sapevi? Sono più di cinque anni che lotta con un cancro che, col tempo, si è ramificato.»

Ammutolii. Un'altra cosa che ho imparato: è sempre possibile cadere più in basso, perché anche sul fondo si può continuare a scavare. Capii le ricette, i giustificativi medici, le sue frequenti sparizioni... tutte quelle situazioni che mi ero permesso di criticare dall'ignoranza, dalla cattiveria.

«È parente del direttore di Madrid, lo sapevi?» mi chiese.

«No, in verità non lo sapevo» mentii.

«Be', sì, è una zia lontana di quello che ora è il direttore generale. Si è trasferita già diversi anni fa da Madrid. In realtà, non è un'esagerazione dire che l'azienda esiste grazie a lei: fu l'unica a sostenere l'idea. È stata Estrella a metterci i soldi necessari per finanziarla, all'inizio. Che storie, vero?

«È stata come una madre, per lui, per questo l'ha iscritta in busta paga e per questo, quando le hanno diagnosticato la malattia, si è occupato lui di tutto: dei medici, della terapia, delle piccole beghe quotidiane... Per lei venire in ufficio era un alito di vita. Ogni chiacchiera, ogni caffè, ogni pettegolezzo l'aiutavano a non pensare a una malattia che la stava uccidendo. Non ti sei mai accorto che cambiava pettinatura continuamente?»

«Sì, ma avevo pensato che avesse il pallino del parrucchiere.»

«Parrucchiere?» E Toni sorrise, ma con la bocca triste. «Credo che le sarebbe piaciuto, ma la poveretta non ha quasi più capelli, per questo adopera tante parrucche. Lo sai che a volte l'apparenza è tutto? In realtà è l'unica cosa che ti consente di nascondere il dolore che ti scorre addosso.»

Tacqui e ancora adesso non saprei descrivere il sentimento che mi invase.

Tacqui e fu un silenzio prolungato, che Toni rispettò.

Ci dedicammo ad ascoltare una pioggia che sembrava

essersi messa da parte, ma che ora recuperava il ruolo di protagonista.

Montse si strinse accanto a lui e gli mise la testa tra le braccia.

«Ricordi quel lago dove andavamo con i tuoi genitori? Quello più grande...» finalmente interruppi il silenzio.

«Certo, il Sant Maurici!» e gli si illuminò il viso.

«Sì, quello, non mi ricordo mai il nome, è qui vicino, vero?»

«A un paio d'ore a piedi.» E, senza aspettare la mia domanda successiva, si alzò dal divano, dando un bacio a Montse sulla fronte. «Te lo dico subito.» E sparì su per le scale.

Ci lasciò per qualche minuto da soli. Montse e io. Situazioni sgradevoli, in cui si pensa a qualcosa da dire senza che ci venga in mente niente, momenti che sembrano eterni. Riuscimmo appena a guardarci negli occhi.

Passi rapidi e allegri che scendevano le scale. Toni ritornò con una cartina in mano. La stese sul tavolo che separava i divani e lì, all'ombra delle nostre teste, mi indicò con il dito il percorso.

«Domani ci vado» annunciai con decisione.

«Ma... e Rebe?»

«Non ne voglio parlare per ora...» risposi e lui capì.

«D'accordo, portati la carta, ti sarà utile. E una cosa: ricordati che domani ci sarà una valanga di persone, lo sai... è il ponte del primo maggio.»

«Grazie.»

E in quella giornata di ritrovamenti, di conversazioni arretrate, di sguardi, sorrisi e ricordi, ci eravamo divertiti a ripensare a tutto il nostro passato.

Al contrario, non avevamo quasi fatto parola del futuro.

Fu una notte senza sonno, di dubbi e pentimenti, di paura e incertezza. Una notte lunga, di quelle che, per quanto guardi l'orologio, il tempo non passa.

Mi alzai, tornai a sdraiarmi, mi alzai di nuovo per accorgermi che la pioggia non si sentiva più. Mi misi prono, supino, chiusi gli occhi, cambiai di posizione mille volte, passeggiai per qualche minuto, tornai a letto... e il dolore era ancora lì.

Finalmente, la notte finì senza neppure essersi accorta di me.

Il sole si alzò presto e io lo accolsi sveglio.

La finestra si trasformò in un quadro esuberante di vita, capace di mostrare i colori che evolvono dal grigio notte al bianco diamante, di evidenziare sassi che brillano di prima mattina, di scegliere la sfumatura perfetta della terra bagnata.

Aspettai, affacciato su quella tela magistrale, che anche loro si svegliassero.

La mattina si presentò fredda all'interno di una cucina in cui ci scambiammo appena qualche parola. Forse ci eravamo già detti tutto oppure, al contrario, c'era talmente tanto da dire che non sapevamo da dove cominciare.

Arrivò, dopo colazione, l'ora della mia partenza, di rimettermi in marcia, di andare avanti senza Rebe.

Indossai i vestiti che ormai erano asciutti. Misi nello zaino che Montse aveva raccolto dal fango il giorno prima un sacchetto con il pranzo e una bottiglia d'acqua.

Ci eravamo appena conosciuti, ma era già diventata, senza che lo sapesse, un'amica. Mi dette due baci, davanti alla porta, mi augurò buona fortuna e sparì per lasciare i due bambini, ancora una volta, alle prese con un saluto.

Ci guardammo in silenzio.

Ormai non pioveva più.

Ci abbracciammo.

Ci abbracciammo come quella volta, tanti anni fa, in cui lui se ne tornava a casa con la testa fasciata e io me ne restavo al paese con il senso di colpa infettato.

Ma c'era qualcosa di diverso quella mattina. Sentii in quel nuovo abbraccio il riannodarsi di un legame che pensavo non esistesse più.

Mi allontanai da lui senza voltarmi; non volevo che mi vedesse di nuovo piangere, non volevo – ancora una volta – veder piangere lui.

Seguii le indicazioni di Toni e partii in direzione del lago.

Ripensai per tutto il tragitto alle sue ultime parole prima di salutarmi.

«Più su del lago, a pochi chilometri, c'è un rifugio incantevole. Passa la notte lì, c'è un panorama mozzafiato.

«Ti chiedo solo di pensare a tutti: a loro, a lei.

«Ah, mi dimenticavo: fuori del rifugio, a una cinquantina di metri, c'è un piccolo spiazzo da cui si vedono centinaia di stelle cadenti, migliaia. Te lo assicuro, vale la pena.»

Ripercorsi a ritroso una parte del sentiero; mi lasciavo alle spalle molto più di quanto avevo portato. Guardai per tutto il tempo fisso davanti a me, ma pensavo ininterrottamente a ciò che avevo dietro, con amarezza.

Di nuovo il paletto rosso. Voltai questa volta a sinistra. Lo stradello divenne un sentiero molto battuto, che portava a un lago di cui avevo nostalgia. Fu un camminare facile, in discesa, un sentiero pendente con sapore d'infanzia.

Arrivai dopo quasi due ore a un grande pianoro infestato di automobili – quasi me le ero dimenticate – dove le famiglie si organizzavano per affrontare il piccolo percorso che portava al lago Sant Maurici. Mi andai a mescolare alla folla, ma in realtà mi sentivo come in mezzo a nessuno.

Mi avvicinai, dopo aver fatto una piccola coda, a un cartello di informazioni per guardare la mappa della zona.

Continuai.

Percorsi un sentiero adattato ai turisti della domenica: passerelle di legno, alberi con i debiti cartellini, corrimani a ogni passo per prevenire gli incidenti, zone in cui un'indicazione segnalava il punto migliore per scattare una fotografia, come se ormai non si potesse più scegliere neppure questo.

Me lo credevo più breve, alla fine mi ci volle un'ora per raggiungere i miei ricordi.

Arrivai, e tutti e tre – il lago, la mia infanzia e io – ci salutammo un'altra volta. Lui era ancora stupendo, immobile, incarcerato tra tutte quelle montagne; io ancora innocente, chiuso come lui tra i ricordi, tra il dolore; e la mia infanzia, nascosta in un qualche punto del corpo.

Mi sedetti sulla sua pelle, senza arrivare a toccarlo, ma a pochi centimetri dal suo respiro. Rimasi a guardare lo scorrere delle nuvole, del sole nella pienezza del mezzogiorno, l'andare e venire delle persone che si abbracciavano, che si facevano foto forse per ricordarsi, in un futuro, del proprio passato; forse per stratificarle nel dimenticatoio.

Mi fermai per varie ore a bearmi del passato.

Galoppava il pomeriggio e tutti si rimettevano in cammino verso casa, per il rientro. Io continuai a stare seduto lì, a mescolare i sedimenti del dolore, a rammaricarmi di non aver mai portato Rebe in quel bel posto, di non aver mai giocato con Carlitos vicino all'acqua.

Ormai non c'era quasi più nessuno quando mi caricai per l'ennesima volta lo zaino in spalla e guardai un sole che cominciava ad allontanarsi. La luce, tenue, sarebbe durata almeno un paio d'ore. Decisi di dare retta a Toni e chiesi del rifugio a un uomo che riposava accanto a un fuoristrada.

«Sì, deve solo continuare per questo sentiero, ma deve fare in fretta, perché tra poco sarà buio.»

«Grazie.»

Iniziai di nuovo a camminare, su un sentiero che anche lui iniziava a salire. Era un procedere difficile, martoriato da decisioni annullate, in cui a ogni passo sentivo crollare principi che credevo immutabili, dove le verità assolute si trasformavano in dubbi. Per la prima volta pensai di nuovo a lei, nel presente. E se c'era ancora una possibilità?

Dopo più di un'ora la luce alle mie spalle scomparve mentre la pista si avvicinava al rifugio. Furono, ancora una volta, passi in solitudine diretti a una tappa intermedia del mio cammino. Alzai gli occhi e lo vidi, lassù, alla fine di una ripida arrampicata. La notte accese le sue luci nel buio: un faro in piena montagna.

Lo raggiunsi con il sole già tramontato, con il fiato corto.

Arrivai, come ormai mi stavo abituando a fare, tardi.

Mi sorpresero due cose di quel rifugio. Da una parte l'edificio: grande, molto grande in confronto ai precedenti. Dall'altra la grande quantità di gente che c'era, dentro e fuori.

Entrai e il calore mi accarezzò il viso.

Osservai l'ambiente e i suoi abitanti.

Una scala, salii al primo piano: la sala da pranzo.

Mi aprii un varco tra le persone senza farmi notare e raggiunsi il bancone, dove chiesi per la cena. Non c'erano problemi. Mi sedetti in un angolo, lontano da tutti, e in due minuti ebbi davanti una scodella di minestra calda e un filetto con patate.

Circondato da voci, risate, vita, ma in fin dei conti solo, mi sforzai per tutta la cena di non pensare a niente, di non tornare a quel saluto davanti alla porta, davanti a lui.

Durò, quel non pensare, il tempo della cena; lo trattenni nell'intervallo in cui i miei sensi furono occupati con altre faccende. In quei minuti fluttuai nella dimenticanza. Finii di cenare e ordinai un tè.

Con quella tazza in mano, dall'angolo da cui mi ero alzato pur senza spostarmi, la mente non riuscì più a restare in ozio. Osservai dalla finestra le stelle che si appannavano appena le guardavo, che si bagnavano appena cercavo di metterle a fuoco. Sì, continuavo ad amarla.

Mi piacerebbe poter descrivere il dolore che mi colse di sorpresa in quel momento, ma non sono capace di raccontarlo. Era solo dolore, puro. Per chi lo ha provato non occorrono descrizioni, per chi non lo ha mai sentito, le mie parole saranno inefficaci. All'improvviso, mentre guardavo il cielo, mi ritrovai con una possibilità in più: ritornare.

Fu il primo istante di debolezza in una fuga che in prospettiva aveva speranze assai esigue. Dover ricominciare da capo avrebbe potuto essere ancora più doloroso.

Tornare. Se soltanto... No.

E se almeno potessi... No.

Continuerà ad amarmi... No.

Per un momento riuscii a ingannarmi la mente. La confusi ascoltando la gente che avevo vicino. Mi divertii a origliare frammenti di conversazione altrui: dialoghi tra amici, commenti sulla fatica del sentiero, risate tra compagni che si scambiano il cinque dopo una battuta, cortesie tra amanti che si abbracciano con tenerezza... e all'improvviso la parola morto.

È curioso come un'unica parola ti obblighi a sintonizzarti su una conversazione che all'inizio captavi solo come rumore di fondo. Morto.

«Hai letto? Hanno trovato una persona morta» diceva un uomo a un altro, mentre le loro mogli – immaginai – li ascoltavano sorprese.

«Dove?» fu la prima risposta che era insieme una domanda.

Dove e non *chi*, perché non pensavano di conoscerlo. *Dove* e non *quando* perché era ovvio che fosse nel passato. *Dove* e non *perché*. *Dove* perché sicuramente era importante il luogo, perché quando uno passa giorni, settimane a camminare per luoghi, è importante il dove.

«In un lago, non dicono il nome...»

«E cosa gli è successo?» *Cosa*, adesso sì.

«Ancora non si sa, il giornale dice che ancora non è chiaro, guarda...» le quattro teste a capannello davanti al quotidiano.

Attesi, col sospetto che fosse lui.

Attesi impaziente, facendo finta di nulla, che liberassero il giornale.

Alla fine, quando se ne andarono, lo abbandonarono su una sedia.

Me lo portai nel mio angolo per scoprire quel che avevo già intuito.

UOMO RINVENUTO CADAVERE AD AIGÜESTORTES

Ieri, alle 18.10, alcuni escursionisti hanno avvistato un corpo in uno dei laghi del Parco Nazionale di Aigüestortes. L'uomo giaceva bocconi, con uno zaino in spalla [...]. Era una persona conosciuta nella zona, perché trascorreva abitualmente le vacanze...

Per ora, nessuna ipotesi è stata scartata, anche se tutto fa pensare a un suicidio, dal momento che non vi sono segni di...

Non riuscii a leggere oltre. Forse ero stata io l'ultima persona che gli aveva parlato, forse l'avevo aiutato a... o magari no. Magari nessuno poteva più aiutarlo perché ormai erano giorni che era già morto e non gli restava che disfarsi del corpo.

Non potei evitare di sentirmi lui, di sperimentare il vuoto che rimane quando non sai se hai fatto tutto il possibile; capire che anch'io ormai avevo perduto il meglio della mia vita. Lasciai il giornale sulla sedia e mi alzai con gli occhi umidi.

Avevo bisogno di uscire, di andare fuori e una volta fuori sentii che avrei dovuto andare ancora più lontano. Mi ricordai di Toni e delle sue stelle cadenti. Mi misi a correre per cercare il punto.

Solo il freddo tentò di frenare le lacrime che continuavano a colare.

Non fu necessario chiedere. Riconobbi, nella luce notturna, poco lontano da lì, varie persone confuse nell'oscurità, su una piccola altura.

Mi avvicinai silenzioso, com'era quel luogo, e iniziai a distinguere le sagome: coppie, almeno tre; un gruppetto di amici che guardavano il cielo e parlavano bisbigliando; altri, solitari quanto me, sdraiati a pancia in su... Vidi anche, nel centro, un uomo anziano che montava un telescopio.

Cercai a tentoni un posto dove sedermi, dove poter assimilare con ordine tutte le sensazioni che avevo accumulato negli ultimi giorni. Un luogo, in sostanza, dove fermarmi a decidere.

Trovai un po' di spazio tra una coppia e l'uomo col telescopio. Mi appoggiai a una piccola sporgenza di roccia per guardare un cielo che ancora non riuscivo a vedere. In pochi secondi iniziai a scorgere le luci, le costellazioni, la scia di una stella cadente. Una, un'altra, un'altra, un'altra ancora e così via, alla fine non mi sarebbero bastati i desideri.

«Ti amo» dissi a una.

Feci passare il tempo, non ricordo quanto. Non ricordo più neppure se mi addormentai o se rimasi sempre sveglio. Da lì sotto, con lo sguardo puntato in cielo, sentii i passi di tutti che un po' alla volta si allontanavano, il raccogliersi delle vite.

Rimasi sospeso tra il sogno e la veglia per troppo tempo. Dormivo, accoccolato sotto la roccia, e un istante dopo mi svegliavo. Mi svegliavo e subito la pesantezza degli occhi mi riportava nel sonno. Sognavo a ogni risveglio un sogno diverso. Sognai l'uomo dai capelli bianchi con il suo zainetto rosso; il grande lago della mia infanzia e del mio presente; Toni sul divano di fronte; le videocamere di sicurezza di un ufficio altrui... Tutto in appena qualche minuto. Sognai anche Pippi col suo piccolo cane; don Rafael e le sue minacce; sognai il bacio di Sara e sognai Rebe. Sognai che scendeva a cavallo di una stella, che atterrava soavemente accanto a me, che mi prendeva la mano come accadeva quando ancora ci amavamo: si intrecciavano le sue dita sulle mie, il suo tatto con il mio... Aprii gli occhi e mi svegliai di nuovo... e il sogno continuò, si dimenticò di scomparire anche se ormai ero desto.

Attesi.

Attesi, sveglio.

Attesi.

Attesi e la mano era ancora lì.

Una mano dolce come l'affetto, piccola come l'amore profondo, una mano che tremava come il mio stesso corpo.

Una mano a cui mi aggrappai con tutte le mie forze.

Intrecciammo le dita, come lo facevamo nel parco quando non eravamo ancora così maturi, come quando le farfalle ci facevano il solletico nello stomaco alla vigilia dei nostri incontri e anche mentre eravamo insieme. E così, palmo contro palmo, intrecciammo di nuovo quelle linee che si erano allontanate troppo, e stavano tracciando due destini diversi. Linee che si mescolarono in una sola mano, in un solo io, in un solo lei. In un solo noi.

Ci stringemmo tanto da farci tremare.

Ci amammo tanto, in quel momento, da farci piangere.

«Non voglio tornare» sussurrai tra le lacrime.

«Lo so» mi bisbigliò il suo respiro.

«Non posso ricominciare come prima, non posso...» continuai a sussurrare alla notte. «Voglio restare qui.»

«Lo so» mi strinse ancora più forte.

Lentamente, con un gesto da fata, si sciolse dalla mia stretta per accoccolarsi dietro di me, con il petto appoggiato alla mia schiena, la voce nei miei capelli, le mani sulla mia nuca.

«Possiamo ricominciare da capo?» mi alitò all'orecchio, mentre mi abbracciava.

Tornai ad avere diciannove anni, come quando ci eravamo conosciuti, come quando di sera, sulla spiaggia, mi chiedeva se l'avrei amata per sempre. «Persempre» rispondevo mentre la stringevo a me, mentre chi aveva paura di perderla ero io. «Persempre», quando neppure sapevamo quanto durava un *persempre*. «Persempre» pensavo, mentre sapevo che sarei morto di dolore se davvero l'avessi persa, se un giorno ci saremmo separati.

«Ti amo» si sentì nella notte.

Non importa da quale bocca uscì quella frase. Non importa se era una voce sola così intensa da sembrare due, o se erano due che, confuse, sembravano una sola.

E quella notte, malgrado il freddo, dormimmo su una pietra gelata.

E lì, di nuovo, vedemmo il sorgere del giorno.

ORA

Da tutto questo sono passati sei anni.

Sei anni da quando Toni avvisò Rebe di venirmi a cercare, da quando Rebe decise di salire fino a quel belvedere per recuperare ciò che sembrava perso.

Sei anni che sono stati l'inizio di una nuova vita.

Una vita diversa, con un diverso scenario, una diversa storia e un diverso ritmo, ma con gli stessi personaggi.

Una vita nuova con un altro panorama: un minuscolo paesino dei Pirenei che in certi momenti dell'anno triplica la popolazione mentre in altri non ci vengono neppure le streghe; una nuova casa, che nello stesso tempo è antica, a due piani, con garage e un piccolo giardino con le altalene. Ah, e il lavoro! Una nuova attività – in proprio – in cui abbiamo investito il nostro primo anno: una graziosa caffetteria accanto all'unica scuola del paese.

Una nuova vita con una nuova storia: quella di due persone che si amano come non si amavano più da tanto tempo; due persone con un bambino che vedono ogni giorno, ogni sera e ogni notte; due persone che, senza grandi lussi, vivono insieme. Due persone che vedono la luna dal loro letto; che hanno insegnato al loro bambino a distinguere una pecora da una mucca, un abete da un faggio, un padre da un papà; che hanno imparato la differenza tra una casa con i letti e una con gli affetti, consapevoli di aver sempre avuto la prima e di aver imparato solo ora ad apprezzare la seconda.

Una vita nuova con un ritmo nuovo: ora le serate sono diverse e andiamo anche a letto... in un altro modo; ora non urlo più quando vado in macchina, perché qui ci sono meno macchine e molti meno urli; adesso il sabato e la domenica facciamo passeggiate in montagna o andiamo a visitare altri paesi, altre città... perché durante la settimana siamo riusciti a trovare il tempo per pulire la casa, aggiustare quel che si rompe, curare il giardino e fare la spesa.

C'è una parola che riassume questa rivoluzione esistenziale: tempo. Tempo per conoscere nuovi luoghi; tempo la mattina per apprezzare una carezza e, la sera, un abbraccio più intimo. Tempo per parlare di problemi e soluzioni, per baciare dappertutto il corpo dell'altro, per imparare cose da insegnare a chi ci sta vicino, per sapere che i bambini hanno sempre voglia di giocare con i genitori, per leggere e apprezzare quel che si legge, tempo da perdere perché ce n'è, per bearsi della solitudine e per stare in compagnia...

Quando le cose non vanno come speriamo, ci intestardiamo a cambiare le persone mentre l'unica soluzione utile è cambiare la storia.

So che è difficile, molto difficile trasformare tutta una vita cementata nell'abitudine: cambiare casa, città, amicizie, scuola, lavoro... e aver voglia di assumersi il rischio di ricominciare tutto da capo. Però, quando si pensa di intraprendere un'avventura del genere è perché le cose sono andate male. E allora... che rischio c'è? Cosa può succedere di peggio quando già va tutto male?

Insomma, mi sembra di aver cominciato a divagare, ad allontanarmi dallo scopo di questo libro. È che oggi ho visto una penna verde tra i giocattoli di Carlitos... Non è gel e le rimane pochissimo inchiostro, però mi è servita per scrivere questo diario di ricordi.

Questo romanzo che hai appena finito – e spero apprezzato – è riuscito ad arrivare fino a te perché, mentre io mi affannavo ad andare di città in città con una valigia piena di copie, ho avuto la fortuna di incontrare persone sconosciute che mi hanno aiutato a promuoverlo.

Questo romanzo è riuscito ad arrivare da te perché migliaia di persone che non conoscevo hanno sentito che in qualche modo ne facevano parte: l'hanno consigliato, regalato, fatto circolare su Internet... persone con cui ho stabilito un contatto attraverso i social network, principalmente Facebook.

Questo romanzo è arrivato da te perché ho ricevuto il sostegno della mia compagna, della famiglia e degli amici. E, soprattutto, perché, mentre mio padre mi aiutava a trasportare i libri, mia madre si premuniva di averne sempre una copia in borsa con l'intenzione di mostrarlo in qualunque occasione le si presentasse: «Guarda, questo romanzo l'ha scritto mio figlio» diceva a chiunque.

E indubbiamente questo libro è arrivato fino a te perché la casa editrice spagnola Espasa mi ha dato la possibilità di pubblicarlo.

Io, in realtà, l'unica cosa che ho fatto è stata scriverlo; invece tutti voi state facendo in modo che cresca.

Grazie.

A YOLANDA, A BALMA, A JANA

Indice

Conversazione con l'autore

Puoi raccontarci qual è stato il tuo esordio come scrittore?

Ho cominciato anni fa scrivendo racconti brevi con i quali ho partecipato ad alcuni concorsi; alcuni li ho vinti e questo è stato il motivo per cui ho trovato il coraggio per scrivere il mio primo libro.

Il tuo romanzo è anche una riflessione critica sullo stile di vita delle società moderne: com'è nata l'ispirazione a scrivere Ricomincio da te*?*

Forse il punto di partenza è stato proprio questo, riflettere sulla mancanza di senso nella vita che conduciamo: orari di lavoro disumani e relazioni sentimentali che per questo motivo si sgretolano. Volevo riflettere sulla questione della solitudine contemporanea; anche se passiamo le nostre giornate circondati da persone e costantemente in contatto con qualcuno, ci sentiamo spesso molto soli.

Com'è stato scrivere Ricomincio da te*?*

Ho cominciato così, senza darmi un limite temporale o una data di scadenza. Mi ci mettevo sempre la sera, dopo cena, con il silenzio della notte che liberava la mia immaginazione.

Una volta terminato ho iniziato a fare le varie revisioni e le infinite correzioni; ho impiegato quasi due anni a completare il romanzo.

Come mai hai deciso di autopubblicarlo?

Le case editrici ricevono ogni giorno così tante proposte che farsi notare è praticamente impossibile. Ecco perché ho deciso di pubblicarmi da solo e di distribuire il libro facendo affidamento sulle mie sole forze.

E come hai fatto ad affrontare questa titanica impresa di autodistribuzione?

Ammetto: non è stato semplice anche perché in me continuavano a sorgere dubbi e paure.

Però sono anche molto testardo: ho trovato una tipografia, ho imparato a stampare e rilegare e, una volta realizzato il libro, mi sono lanciato nell'impresa di promuovere e distribuire il romanzo autonomamente. Ho fatto il giro delle librerie con la mia valigia piena di copie: così ho cominciato a farmi conoscere dai librai e piano piano anche dai lettori.

Parlando di testardaggine: alla fine sei diventato l'esempio di un autore che ha raggiunto il successo grazie all'impegno indefesso. Qual è il segreto?

Il vero segreto è credere in se stessi. Credere fermamente che vale la pena condividere con gli altri le proprie idee, le proprie storie, le emozioni, i sentimenti. E costruire tutto a partire da lì. Se c'è autostima, tutti gli sforzi verranno premiati. A me è successo davvero.

Cerchi sempre di mantenere una stretta relazione con i tuoi lettori ed è per questo che rispondi personalmente alle centinaia di commenti sul tuo sito e alle mail che ti scrivono. Questo contatto diretto con loro incide sul tuo lavoro di scrittore?

È importantissimo soprattutto perché mi permette di leggere il mio romanzo da angolature e prospettive inedite. Credo e spero che a poco a poco questa forma di interazione lettore-scrittore possa diventare la norma. Oggi, fra l'altro, grazie a internet questo scambio è facilitato.

A proposito di internet. Qual è il ruolo che ha giocato nel successo di Ricomincio da te*?*

Fondamentale. Continuo a ripetere che se non fosse per la rete il mio romanzo non avrebbe avuto tutti i lettori che ha. Il suo successo è stato decretato dal passaparola generato dai social network: è stato un fenomeno di proporzioni gigantesche che ha fatto sì che il romanzo si facesse conoscere in maniera del tutto spontanea.

Nonostante i tuoi sforzi siano stati ripagati, credi di dover ancora lavorare in qualche modo sul tuo libro?

Assolutamente sì; sono dell'idea che la vera nascita del romanzo avvenga alla sua pubblicazione. A partire da quel momento devi accompagnarlo, come un bambino, nel suo processo di crescita, devi guidarlo per il mondo e farlo conoscere a quanti più lettori possibile.

Io con *Ricomincio da te*, lo sto facendo giorno dopo giorno.

Finito di stampare nel mese di maggio 2013
per conto della TEA S.p.A.
dalla Prontostampa s.r.l.
Verdellino di Zingonia (BG)
Printed in Italy